空ゆかば

海軍航空隊　林藤太大尉の空戦記録

押尾　隆介

上毛新聞社

昭和18年1月 海軍兵学校　一号生徒(最上級生)

昭和20年3月、零戦62型に搭乗して

昭和19年、海軍中尉

昭和9年11月、念願の飛行学生になる。前列左から2人目 進藤三郎、中列右端 山下政雄

「祖父たちの零戦」神立尚紀(講談社)

昭和19年9月、岩国基地に置かれた332空の保有機3種。手前右が「雷電」21型、左は零戦22型、後方に「月光」がならぶ。

山下政雄少佐

「局地戦闘機·雷電」渡辺洋二(朝日ソノラマ)

昭和14年5月頃、漢口基地における十二空飛行隊長・柴田武雄少佐。拳を上げて何事かを熱心に話している指揮所前の一コマ。後ろは岡崎兼武中尉(S.14.10.3戦死)。

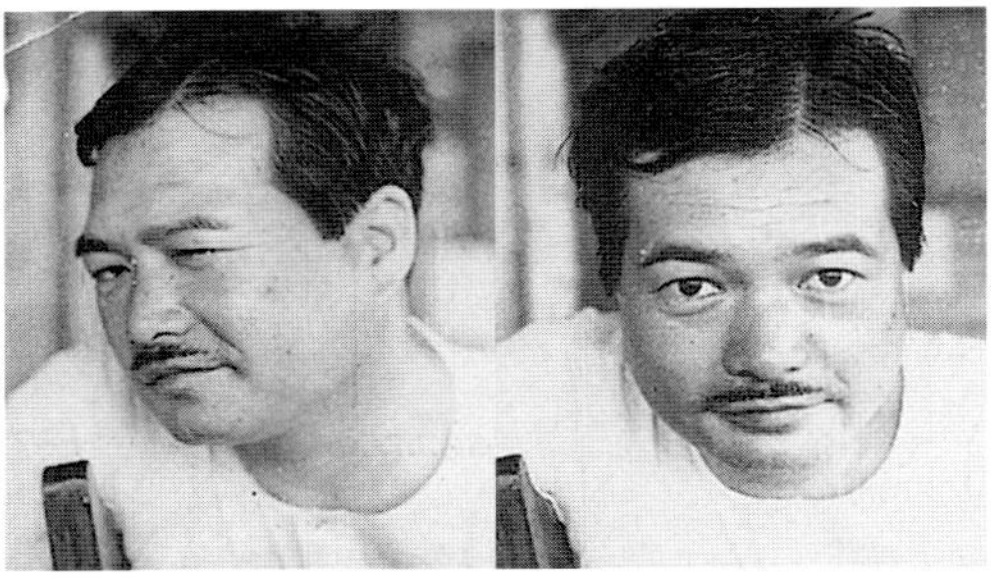
昭和13年、熱血の人・柴田少佐の若かりし漢口基地時代のスナップ。「大空のサムライ」坂井三郎の恩師でもある零戦乗り。
兵学校72期生の林少尉らの任地・岩国戦闘機隊の指令である。

出典:「坂井三郎・写真大空のサムライ」雑誌「丸」編集部編(光人社)

空ゆかば

海軍航空隊　林藤太大尉の空戦記録

もくじ

これは実話に基づく物語である。

登場人物はすべて実名であり、架空の人物はひとりも登場しない。実名のわからない名無しの権兵衛氏がでてくるが、これはご容赦いただきたい。鳴尾基地の司令官が唯一の例外であり、（Ｙ）とした。

平成という時代からながめる戦時下の諸事、指揮官の決断などに、安易な評価は禁物とも思うからだ。海軍中佐（Ｙ）の言動には、少なからず誤解されそうなところがあり、それゆえに実名は控えることにした。

※本編では登場人物の敬称を略す。

まえがき

昭和六十年（一九八五）八月十二日のことである。

寝ころんでテレビのプロ野球ナイター中継を見ているときだった。

居間に入ってきた中学生の息子が、

（――なんかえらい事件が起こってるらしいよ！）

別な部屋で別の番組をみていて臨時ニュースを聞いたという。日航の旅客機が航行中に航路を外れて消息を絶ったというのだ。夏休みで満席のジャンボ機だそうだ。

息子が現在進行形で伝えてきたニュースは、ナイターの終わる頃に過去に例のない旅客機の墜落事故として報道され――五二〇人もの犠牲者が出る大惨事となった。

その後の続報で墜落現場の群馬県上野村《うえのむら》の村長さんが事故対応に奔走したこと、後々までも犠牲者の遺族の心の支えになったことも知った。この方は上野村の村長として多くの功績を遺《のこ》され県町村会長や全国町村会長の要職をも歴任されて、卓越した手腕で山村新興策を手掛けてきたらしい。

私はそういう行政的な実行力よりも、事故当時……おそらくふつうの人なら目をそむけたくなるであろう悲惨な現場に駆けつけ、地元の警察や消防、さらには自衛隊の派遣部隊までも見事な采配で陣頭指揮したという才覚に驚かされた。

これはもう並の村長さんの能力ではない。

――それから三十年ほどが経つ。

人生の出会いというのはわからないものだ。

まったく不思議なご縁としか言いようがないことが、時として起こる。

拙著『あゝ江田島《えたじま》の健男子』の発刊が因《もと》で、私は「群馬江田島会」の会員になるのだ。

嘗《かつ》て――昭和という時代が熱く滾《たぎ》り、純真な若人たちが国防という大義と真摯《しんし》に向き合っていた頃、瀬戸内海の小島に「江田島」という聖地があった。

全国の心身すこやかな若者が憧れた「海軍兵学校」という海軍士官を養成する学舎《まなびや》がそこに在《あ》って、島の名が学校の代名詞にもなる、兵科将校を育成する軍学校だった。

軍学校とはいっても、ここでの教育はスマートな海軍士官の養成に重きをおく英国式の紳士教育（ジェントルマン・スピリッツ）が理念の、男を磨く道場でもあった。

だからこそ、江田島での薫陶《くんとう》が戦後という平時でも生きて人生訓にもなるのだろう。そういう旧海軍士官の親睦会が、海軍とは縁もゆかりもない私を歓迎してくれる。

高崎市にある老舗《しにせ》の料亭が年次総会の会場だった。

そこで、この江田島会の会長が黒澤丈夫《くろさわたけお》氏であることを知った。

「日航機が御巣鷹《おすたか》山に墜落した事故のときの上野村の村長さん……」

海軍兵学校七五期の鈴木武士《すずきたけし》氏が、そう説明してくれる。

日航機墜落事故をあらためて思い出し、海軍兵学校出身の黒澤少佐の戦時体験に思いを馳《は》せた。同氏としては零戦搭乗員《れいせんとうじょういん》としての戦時体験に重ね、航空機事故という惨事に特別な哀悼があったかもしれない。

その黒澤氏はご高齢で健康状態もすぐれず、「群馬江田島会」の実務にたずさわる代表者としては海軍兵学校で九期後輩の林藤太《はやしふじた》さん（同校・七二期）が代行されていた。

初めてお会いした林さんはもの静かで穏やかな感じの印象だった。寡黙な方である。年功の序列からも温厚な人柄からも、誰もが会長にと推挙するのに先輩の黒澤氏がご存命だからと頑《かたく》なに「代行」をはずさない律儀な方でもあるらしい。生粋《きっすい》の戦闘機乗りだったのは黒澤会長とおなじである。

林さんたち七二期生徒が卒業する頃の戦局は、日本の劣勢が加速する大戦の末期、若い士官たちが赴く戦場は——ひときわ苛烈《かれつ》を極めていた。

その史実が正確に記された書籍がある。

著者は後藤新八郎《ごとうしんはちろう》さん、海軍兵学校七五期生であり、戦後の人生で防衛庁戦史室戦史編纂官《へんさんかん》に就かれ、当時の貴重な資料を編纂された労作だ。

『海軍兵学校出身者の戦歴』（原書房）から、引用させていただく。

「——七十二期の直面した戦局は「捷号作戦《しょうごう》」（＊著者・注）以降終戦までのもので武運を飾るべきものは何一つなく、命令一本往く道は特攻の道か、さもなくば初陣《ういじん》即死出の道というのが出陣の常であった。全く悲壮な運命を担って戦ったのが七十二期である——（以下、略）」


（＊）サイパン島失陥後大本営の立案した作戦。


——林さんの戦歴を後藤さんの著書と照合しながら、ざっと紹介する。

昭和十八年九月・海軍兵学校卒業、卒業生総数、六二五人。

半数を超える三二五人が飛行学生として霞ケ浦《かすみがうら》（茨城県・土浦《つちうら》）と神ノ池《こういけ》（千葉県・銚子《ちょうし》の北）航空隊で飛行訓練を受けて後、各実施部隊へと配属される。

林さんは昭和十九年七月、呉《くれ》海軍航空隊傘下の岩国《いわくに》戦闘機隊へ着任。

同戦闘機隊は翌月には「第三三二《さんさんふた》海軍航空隊」と改称され、内地重要地区の防空任務にあたることになる。飛行時間が二〇〇時間ほどの操縦士たちは、ここで実戦訓練に励み一撃必殺の空戦技術を身につけてゆく。

その頃、サイパン島を占領した米軍はここに飛行機を建設——B29「超空の要塞」と呼ぶ大型戦略爆撃機を発進させて、日本の主要都市への空爆を開始する。

この頃に、海軍が開発した「乙戦《おつせん》」と呼ぶ新鋭局地戦闘機「雷電《らいでん》」が完成、岩国の三三二空にもピカピカの新品が次々と配備されてくる。

ゼロ戦と雷電を乗りこなした器用な林さんは雷電をこう語る。

「ゼロ戦に比べると空戦性能と操縦性は劣るが、速度と上昇力に優れ、片翼に二丁ずつ計四丁の二十粍《ミリ》機銃は強みでしたねえ――」

昭和十九年十二月十八日、鳴尾《なるお》航空基地（兵庫県）に進出。

ここを本拠地として、終戦まで大阪と神戸を中心とした阪神地区の防空にあたる。

初陣《ういじん》が暮れもおしせまった二十八日、ゼロ戦に搭乗して迎撃にあがる。

「B29は少ないときで一五〇機、多いときは四〇〇機の編隊できます。迎撃するこっちはせいぜい三〇から四〇機。上空に待ち構えて、高度六千から八千米《メートル》でやってくる敵の編隊のなかに、まっさかさまに突っ込むんです……」

これが大型機を仕留める必殺の秘術――直上方《ちょくじょうほう》攻撃、というそうだ。

終戦までの林さんの出撃回数が、およそ一五〇回。

過酷な迎撃戦を繰り返しながらも、林さんの武運は幸いにも終戦まで潰《つい》えない。

同期の戦闘機乗りでは、数少ない生存者である。

そんな林さんが、群馬江田島会で初対面の私に、いとも気軽に話しかけてこられたのだ。

——そのとき林さんが話題にされたことは、よくおぼえている。

近く日本に寄港する予定の米空母「キティホーク」に米本土にある雷電を搭載してきて航空自衛隊出身の特技パイロットに操縦させ、鹿児島湾の沖合から発艦、鹿屋基地に着陸させる計画があるという。雷電は局地戦闘機だから空母《くうぼ》から発艦できる設計にはなってない。だが「キティホーク」の長い飛行甲板ならそれが可能だという。おもしろいアイデアを考える人がいるものだ。その企画にカネを惜しまないスポンサーがいるらしい。

六十年ぶりに雷電を日本の空に翔《と》ばせる夢のようなプランだという。

それを語る林さんの表情には、往時の「三三二海軍航空隊」のエース（主戦格）の青春の日々が彷彿《ほうふつ》としてよみがえるようだった。

そんな話が実現するなら、ご自身が名乗り出て操縦桿《スティック》を握りたいだろう。

——というのも、これは本編で述べるが、その「雷電」こそが敗戦後に日本の空を飛んだ最期の戦闘機の可能性が高いからだ。進駐軍の命令を受けて、林大尉が最後の御奉公《ごほうこう》と操縦桿を握って屈辱の飛行をした、まさにその愛機らしいという。米軍もよくぞ保存しておいたものだが、林さんにとっては奇蹟のような再会になるだろう。

戦勝国にとってこの新鋭戦闘機は「超空の要塞Ｂ29」に命知らずの迎撃を挑み、多くの搭乗員を葬《ほうむ》った憎き敵機、敗戦国の空の尖兵《せんぺい》となった小癪《こしゃく》な戦闘機だ。

すでに胴体の真紅の日の丸は塗りつぶされ、星のマークがついた愛機を鈴鹿《すずか》の三菱重工から横須賀まで空輸するという屈辱の飛行命令を強いられるのだ。捕獲品となった愛機もろとも米本国に連行され、その性能を徹底的に分析された後に銃殺だろうと、そんな悲運を覚悟して、林大尉は基地司令官の命を受け、操縦桿を握る。

敗戦の年の十一月三日。すでに富士山に冠雪《かんせつ》が見られる晩秋のことである。

米軍の「Air—Technical—Intelligence—Office」から横須賀鎮守府《よこすかちんじゅふ》にきた雷電空輸命令だが、終戦から二ヵ月余、すでに復員した基地の関係者を召集するのは容易ではない。

武装解除した海軍の組織が……そんな空輸命令を履行できるかどうかもわからない。

雷電は邀撃戦闘機（インターセプター）として大型の「火星」エンジンを搭載しているから、雨ざらしにされていた機体を修復するには熟練の整備員の特殊技能が要る。また油圧系統の補修などで部品の交換が必要になった場合、新規に機械加工することが可能なのかどうか見当もつかない。操縦士だけががんばっても飛行機は飛ばないのだ。

——だが雷電は、見事に敗戦国の日本の空に舞い上がった。

四丁の機銃と無線電話が取りはずされ——猛禽類《もうきんるい》のイメージの若鷹《わかたか》はその牙《きば》をもがれて、胴体には星のマークという変わり果てた姿。米軍の雷撃機「アベンジャー」の先導だが、平和のもどった大空に、林大尉の操縦する雷電はまったく正常に重厚な爆音を轟《とどろ》かせた。

一八気筒・一八〇〇馬力のエンジンは快調で冷却ファン独特の金属音を響かせながら横須賀に向けた進路をとり――快調に飛行する。

高度二五〇〇米《メートル》計器速度一六〇節《ノット》で、誘導機の左後方につく。

操縦席の狭い密室のなか、死にそびれた元海軍航空隊の若き士官搭乗員は敗戦という事態からくる屈辱感を悶々《もんもん》と蒸し返していた。

機上の孤独感から、いろいろな想いがその胸中をよぎる。

奇《く》しくも五年前のこの日――あこがれの海軍兵学校合格の電報を手にし、感激のあまり家中を躍《おど》りまわったのも懐かしい。それからまる五年間の海軍生活が、一夕《いっせき》の夢物語のようにも感じられる。つかの間の青春が、わずか二十一歳の若さで燃え尽きる。


終戦の日、八月十五日の夜半――。

翌日の帝国海軍最期の特別攻撃隊として出撃の前夜、林大尉は遺書をしたためる。

「空ゆかば雲に散りなむ若桜　九段の花と咲くぞ嬉しき」

「年老える父上母上　先立つ不孝をお許しあれ」

――だが、知られざる海軍最期の特攻作戦は無残な結果に終わる。

「敵機動部隊の接近」は原因不明の誤報であり、林大尉の搭乗機と僚機・越智兵曹の二機は血眼《ちまなこ》の洋上策敵のあげく——両機ともエンジンの故障で海面に不時着、共に水没してゆく愛機から必死の脱出をして傷心の帰還となる。

それからずっと生き恥をさらすという意識が若者の胸中に居すわるのだ。


高度二五〇〇メートルの飛行は、白く冠雪した富士山の八合目あたりを真横に見る。

「なんて美しい眺めだろう……」

頂上付近をうっすら雪化粧した富岳《ふがく》の威容、上空から間近に見る雄大な眺めは、息を呑《の》むばかりの景観だ。天に向かって聳《そび》え立つ姿は——、
まさに「金甌《きんおう》無欠《むけつ》揺《ゆ》るぎなき、わが日本の誇りなれ——」である。

今は昔、中学生のころに巷《ちまた》で大流行した「愛国行進曲」の一節を思い出す。

霊峰富士の壮大な実像が、人間という生物《いきもの》などまるでちっぽけな存在であると思い知らせてくれる——。

みじめな己《おのれ》の身を見つめる、もう一人の冷静な自分がそこにあった。

「国破《こくやぶれて》山河《さんが》在《あり》、城春草木深」、たしか中学時代の漢文の授業だった気がする——、
戦乱のために破壊された長安の都……だが周囲の山河は昔の姿そのままに存在するという感

慨を詠《うた》った杜甫《とほ》の詩だ。そのもう一人の自分が、わが身の心境をそこに重ねる。

——ほんの一瞬の心の迷いだった。はるか前方に富士山を見つけたとき、特攻機の操縦桿を握った決死の心境がよみがえった。愛機を左旋回させ、まっすぐに飛行すれば富士山の山腹に激突し散華を遂げられる。生き恥をさらさず虜囚《りょしゅう》の辱《はずかし》めも受けずに済む。幾度も死にそびれたが、ようやくここで最後のチャンスが与えられたのだ……。

——そんな身勝手な妄想を、目の前に迫ってきた美しい富士山の気高《けだか》いばかりの眺めが吹き飛ばしてくれ、命を粗末にする愚《おろ》かしさを思い知らせてくれた。

この期《ご》に及んで自爆などは武人として卑怯《ひきょう》だ。ここで死んでなんになる。戦友や仲間への裏切りではないか——。

「ご苦労だが、雷電は貴様がやってくれ。貴様しかおらんのだ」

そう言って自分を信頼してくれた基地司令の期待にも叛《そむ》くことになる。そんな死様《しにざま》で恥をさらしては、空に海に散華した同期の仲間たちにも顔向けができまい……。

雷電は快調な飛行を続けている。エンジンの音になんの異常もなく、速度計の針も微動だにせず——「二速」の速度を保って安定した飛行を続けている。

霊峰富士の姿が左後方に……どんどん遠ざかってゆく。

時間にすれば、ほんの数秒間の心の葛藤《かっとう》であったろうか……。

雷電は操縦席からの視界が、ゼロ戦に比べずいぶん狭い。遠ざかる富士を遥拝《ようはい》するには姿勢にムリがあった。それで、若き傷心の戦士は操縦席の肩バンドをゆるめて腰を浮かせると、上体を半身の姿勢に構え捩《ねじ》り……左後方に流れてゆく富士山を視界にとらえる。

海軍士官として最期の飛行《フライト》をする機会をあたえられた名誉をかみしめる。真新しい飛行服に身を固めた正装、屈辱感を道連れの死出の旅だとしても、白雪に映《は》える富士の山からの見送りを得る武人の栄誉——運命に忠実なれだ。

遠ざかる富士の霊峰に……万感《ばんかん》胸に迫る惜別の敬礼！

富士の山は流麗な本土最高峰というだけではない。大和心《やまとごころ》を喚起させてくれる、神聖な山だ。

若き操縦士の眼《まなこ》から大粒の泪があふれてきて……とまらない。

海軍大尉とはいってもまだ二十一歳、清廉《せいれん》な若き戦士である。

孤独と絶望のなかで気高《けだか》い辞世の句を胸にきざむ——。

「国敗れて山河あり
霊峰陽に映え秋気深し」

平成二十六年の一月末。

私は横浜駅で「湘南新宿ライン」に乗り換え、高崎《たかさき》に向かった。

高崎から両毛線《りょうもうせん》で前橋《まえばし》まで行く。林藤太《はやしふじた》さんの御宅に伺うことになったのだ。

高崎までの二時間半、手許にある林大尉の資料を読み返すことと、局地戦闘機「雷電」に関する文庫本の二冊をざっと読み終えるつもりでグリーン券を奮発《ふんぱつ》した。ゆったりした座席で読書に集中したいし、駅弁を買ってあり、高崎に着くまでに車内で早目の昼食をすませるつもりもあっての……ささやかなゼイタクだった。

平成二十六年は「昭和」でかぞえると、八十九年になる。

終戦が昭和二十年だから来年は昭和九十年で終戦七十年の節目の年である。

——何事にも始まりがあって、終わりがくる。

昭和四十年（戦後二十年）に発足した「群馬江田島会」は、群馬県出身の海軍兵学校の卒業生らで組織された親睦会である。

県内にかぎらず、遠方からも錚々《そうそう》たる方々が集う年次総会が賑やかなものだった。

その親睦会組織もこの年の秋に会員諸氏の高齢化から、四十九年の歳月を重ねて実質の解散となった。

黒澤丈夫会長も平成二十三年十二月に九十七歳で他界される。上野村の村長としての在任期間が十期四十年というから江田島会の在籍年数とも重なる偶然、昭和の灯《ひ》がまた一つ消えた。

——最後の例会は総勢でたったの七人、盛会だった頃に比べると侘《わび》しい。

高崎の料亭「暢神荘《ちょうじんそう》」の玄関前で、各々が別方向の家路につくという別れも侘しい。

高崎駅は私一人で、家路を迂回《うかい》して林さんがクルマで送ってくださることになった。

——人生は出会いと別れの繰り返し、
群馬江田島会の解散があって、私に思いがけないチャンスが訪れる。

まさに天恵《てんけい》のチャンスが降ってきた。

助手席に乗った私は、林さんのハンドル捌《さば》きに、それとなく目がいく。

（戦闘機乗りはクルマの運転も上手だ）

最近読んだ戦記本のなかに、そんな件《くだり》があった。

三次元の立体空間に浮くヒコーキに比べたら、クルマは地面に接しているから重力に逆《さか》らう危険がない。バックや一時停止もできる。だから余裕でハンドル操作ができるという理屈だが、地表を群れて走るクルマは交通事故と隣り合わせ、油断はできない。

「そろそろ免許を返納するつもりです」

おっとりしたハンドル操作で林さんがそう言った。家人たちからの勧告だという。

自分には不本意だが、多勢に無勢で仕方ないとおっしゃる。それから程なく車検の期限が切れたのをきっかけに、林さんは免許証を返納しクルマの利便性を手放される。

「林さんに、お願いがあるんですが——」

高崎駅へ着くまであまり猶予《ゆうよ》はない。私は思いきって、そう切り出した。

この好機をむざむざ逃すのも勿体ない。神戸上空で「B29・超空の要塞」を撃墜したときの様子など、『雷電』（渡辺洋二・著）にある記述ではほんの数行の描写である。これだって勿体ない話だ。ご本人の手許に記録が残っているなら、数ページを使って克明に再現したいシーンだ。歴史上の証言としても価値があるだろう。

一回の出撃で、あの難攻不落の「B29」を二機撃墜・一機撃破という離《はな》れ技《わざ》をやってのけた士官搭乗員の戦果など、おそらく海軍航空戦史の記録ではないだろうか。

私は――林さんの「第三三二航空隊」の頃の話を書いてみたいのですと、自分のなかに湧《わ》きあがってくる想いを正直に告げた。それはつまり、林さんへの取材の申し入れと貴重な資料も、できれば拝借したいという、一方的でムシのいい要請でもあった。

「いや、私の話なんて――」

即座に、林さんが、そう言ってきた。

ハンドルを握る横顔に面映《おもは》ゆそうな戸惑いの笑みが浮く。

「そんな、たいしたもんじゃありません……」

林さんらしい謙虚《けんきょ》な言葉がかえってくる。

そして、さらには林さんの方から、親しみのこもった問いかけだ。

なぜそんなにまで海軍に関心があるのですか……と、そういうお訊《たず》ねである。

「はぁ、それは――」

私は、しめしめとほくそ笑む思いで事態の好転を予感した。林さんからの好意的な反応を感じたからである。私の海軍への関心が林さんには不思議でならなかったらしく、その傾倒ぶりに感心されていたなどと、ありがたいお言葉である。

「てっきり……ご親戚にでも海軍の関係者がおられるものと思ってました」

林さんがそう言って、憶測のはずれた意外性に笑顔をみせた。

それで私は、昭和のあの時代の歴史と帝国海軍の興亡《こうぼう》にかかわった――江田島健児の青春物語に心惹《こころひ》かれるのですと、そういう意味の説明を補った。

前作――『遥かなりわが海軍』（上毛新聞社・刊）を林さんに読んでいただいたことも、少しは奏効したかもしれない。

「お役にたてるかどうか、私の話でよかったら……」

林さんがそう言ってくれ、私は礼を言って、高崎駅前でクルマを降りた。

そのグリーン車には専属の女性車掌が乗務していてときおり車内を巡回してくる。乗客のグリーン券を確認したり車内販売をしたりと、そのスマートな制服姿が旅客機のスチュワーデスのようだ。いや、まったく……ルックスだって彼女らにマケまい。

横浜から乗った列車は快適に走って、都内を抜けると空席も多くなり読書もいいペースではかどり——久々にゆったりした旅気分も味わえた。

湘南新宿ラインが——鴻巣《こうのす》、行田《ぎょうだ》と停車して熊谷《くまがや》を過ぎたころ、私は進行左側の車窓の彼方に特徴のある山の頂《いただき》を目にする。真っ白に冠雪した山が、上州の山脈の向こうに姿を現したのである。高崎線が関東平野を北上して上越の山脈に向かうイメージだから、進行左手にその山が見えるとは、不思議な気がする。

そこへ優雅なステップを踏んでスチュワーデス風の車掌さんがやってきた。タイトな制服が似合っていて清楚なメークにも品があり、表情のあかるい女性だ。

私は彼女に、こう尋《たず》ねた。

「あそこに見えるのは富士山じゃありませんか……?」

「はい、富士山です。今日はお天気がよく、とてもきれいにみえますね」

彼女の表情がにこやかにほころぶ。

——天気がよければこの辺りから富士山が見えるのですよと、教えてくれる。

その「富士山」こそが、若き林大尉に生きる矜持《きょうじ》を授けてくれた「霊峰《れいほう》」である。

湘南新宿ラインはのどかな冬景色のなかを疾走して、定刻に高崎に到着した。

快晴で日差しはあるが、上州の空《から》っ風《かぜ》が冷たい。

車内の読書からいろいろと収穫があった。「雷電」のメカや戦史だけではない。その名称がズングリした機体から江戸時代の伝説の力士「雷電為右衛門」からとったものと思っていたがとんでもない！　雷《かみなり》さまのことだとは迂闊《うかつ》にも知らなかった。

「B29」にとっての雷電は、まさに上空から降ってくる雷だったろう。

林大尉の「初恋散華」と題する秘話だってはじめて知った。ずっとむかしの社内報に連載されたエピソードの一部だから……、これに新たな資料を加え膨《ふく》らましても、林さんのプライバシー侵害という暴露《ばくろ》にはならんだろうと、そうも確信した。

そのドラマは実にドラマチックである。

『撃墜王・アフリカの星』という映画を高校時代に見た。

ドイツ空軍の戦闘機パイロット、ハンス・ヨアヒム・マルセイユの哀しい恋物語だ。ハンスは、アフリカ戦線で勇名を馳せ「撃墜王・アフリカの星」と連合軍のパイロットたちから恐れられたヒーローである。

この二人は、ともに激戦の末に搭乗機が被弾して炎上……。パラシュートで脱出するのだが、林大尉のパラシュートは六甲山《ろっこうさん》の上空でパッと開くが、ハンスのは尾翼に引っかかり開かず、愛機メッサーシュミットと運命を共にする。ハンスの恋人は彼との逢瀬《おうせ》で、あなたはもう充分お国に尽くしたのだから私の許に戻ってくださいと懇願するのだが、彼は恋人の愛を裏切る苦悩を抱《かか》えたままアフリカ戦線に留まり、再び祖国に戻ることはなかった。

――一方の林大尉は、六甲の裏山に奇蹟的な着地をして、可憐な乙女の手厚い看護を受け蘇《そ》生《せい》する。女子挺身隊《じょしていしんたい》で工場に動員されてる女学生にとって、傷ついたパイロットとの出逢いは胸のときめく思いがけぬ出来事になる。

その女性が若き海軍大尉に想いを寄せるヒロインであり、彼女のイメージが、私のなかでは、その日その時の湘南新宿ラインの乗務員の面差しとピッタリ重なるのである。

高崎駅からの両毛線乗り継ぎも順調で、前橋駅に定刻に着く。

林さんのお住まいは前橋市郊外の閑静な住宅地にあった。

モダンな外観の二階家で一階の居間が庭にせり出した硝子《ガラス》張りのサンルームの採光で明るい和室、その和室の中央に大きなテーブルを乗せた電気炬燵《こたつ》があって――そのテーブルに、林さんと旧帝国海軍との関わりを記す資料が山とそろえられていた。

林さんの資料保存の几帳面さと用意周到な親切さに感謝しつつ……私は早速、貴重な資料の閲覧にとりかかると同時に、テープレコーダーのスイッチを入れる。

炬燵のテーブルを挟み向き合う私たちの会話に、奥様が心くばりの茶菓を差し入れながら控えめに加わる。旧海軍にゆかりのご夫婦は――私の知る限りでは、夫唱婦随というさり気ない円満さが共通していて、これが実に心地よいのである。

林さんの資料のなかで私の目を惹《ひ》いたのが、戦後復員してから暇《ひま》にまかせ、「戦中日記」に加筆したという回顧録の分厚いノートと、鳴尾基地での空戦記録を綴った日誌だ。

パラパラとめくって見ると――この二冊には、かなり主観描写が多い。

これは史実の蔭《かげ》にかくれている「真実」を探る有力な手がかりになるだろう。

――幸いにして、林さんの記憶力はまだ健在である。

人気作家の城山三郎《しろやまさぶろう》氏（故人）が指揮官たちの特攻を題材にした作品で林さんに取材を申し込んでいるが、多忙を極めていたお二人のスケジュールが調整できず、今になってそれらの資料が日の目を見るというのも不思議な因縁である……。

三好　達さんに深甚なる感謝と

今にしてなを江田島健児たりし諸兄に敬意を込めて――。

三好　達（みよし　とおる）

海軍兵学校第七五期卒業

東京大学法学部卒業

元最高裁判所長官

天と地の間《ま》
生と死の狭間《はざま》
蒼空《そうくう》に不死鳥が翔《と》ぶ

［序］

昭和十八年――蒼空

（1）

大正十三年（一九二四）四月二十五日——。

この物語の主人公——林藤太が、前橋市で産声《うぶごえ》をあげる。

男ばかり五人兄弟の末弟、母親ハツが四十歳で産んだ子である。当時とすれば、五人兄弟も四十歳での出産も、さしてめずらしいことでもなかったと思われる。

国家を担《にな》う次世代の子らを——。

「産《う》めよ育《そだ》てよ！」

とばかりに、国を挙《あ》げて奨励する時代であった。

だがそれは逼迫《ひっぱく》する国家財政のなかでは、国民の福祉などには手が回らない事情があったから「貧乏人の子沢山《こだくさん》」という現象を生んで、庶民の生活を圧迫している。

上州《じょうしゅう》（上野《こうずけ》国）は、世に嬶天下《かかあでんか》の異名《いみょう》を知らしめる土地柄だが、ハツは心根《こころね》のやさしい働きもので信仰心の篤《あつ》い母親だった。すでに四人の男の子を産んでいるが五人目を身ごもり、高齢出産の不安があったのかもしれない。伊香保稲荷《いかほいなり》に安産の祈願に出かけ、お守りを頂戴して「藤太」の名前も授《さず》かってくる。

この藤太は（ふじた）と読ませる。

――なかなかそうは読まれず（とうた）が通用音になってしまう。ハヤシフジタでは姓が二つ連《つら》なるようで、発音に違和感があるのだろう。

陽春という時候も幸いして、産後の肥《ひ》立《だ》ちも申《もう》し分《ぶん》なく母子ともに健《すこ》やかだった。

その産声からして、経産婦の母親は、丈夫な男児の出生を確信したことだろう。ずっと年上の兄たちは思いがけぬ末弟の誕生をよろこんだに違いないが――、

赤子《あかご》というのはけたたましい声で泣くもんだ、イヌやネコとはちがうなぁ……。

などと、自分たちのことは知らず、末弟の夜泣きなどそう揶揄《やゆ》したことだろう。

藤太の四人の兄のうち三人までが陸軍士官になっている。

これは「高崎十五連隊」の地元ということにも関係があるだろうが、藤太少年はずいぶん早い時期から「海軍」へのあこがれを胸に抱くようになる。

冬は紺色（ネイビーブルー）、夏は白（純白で潔癖）の制服で腰には短剣――多くの若者がそうであったように、彼もまた、その姿に胸をときめかせる多感な少年だった。

中学生になると、その熱い思いがいっそう切実な願望になってくる。

――陸軍のカッコウは、なんだか泥臭《どろくさ》いなあ。

——四面《しめん》海に囲まれたこの国を護るのはやっぱり「海軍」、日本男児の使命だ。

当時の中学生たちは、仲間同士でそういう会話をしている。これは素直な愛郷心の顕《あらわ》れと尋《じん》常《じょう》小学校の教育だろう。軍国主義などの欠片《かけら》もない徳育の成果でもある。

藤太少年の想いは兄たちへの対抗意識ではなく、海のない郷里に育っての未知なる世界への憧れであり、愛国という……ほのかな萌芽《ほうが》の兆《きざ》しだったかもしれない。

やがて将来の夢を叶えるための「海軍兵学校」という難関が立ちはだかってくる。

この学校が月謝のいらない官学であること、卒業後には世界各国をまわる遠洋航海ができるなどの魅力が、難関校へ入学する決意を猛烈に滾《たぎ》らせるのだった。

海軍兵学校への入校資格は、十六～十九歳という年齢制限だけである。

十六歳——つまり、旧制中学を卒業する一年前の四年生から受験できるのだ。

今や忘れられかけてる「海軍兵学校」について触れておこう。

その起源は明治二年（一八六九）東京・築地《つきじ》に創立された海軍操練所である。それが海軍兵学寮となり、さらに明治九年に海軍兵学校と改称された。

文明開化の余波が東京の街を繁華にさせたことから、教育環境の良好な立地を求めての移転先が波静かな瀬戸内海の小島、広島湾に浮かぶ緑豊かな江田島《えだじま》だった。

明治二十一年（一八八八）のことである。

勅令《ちょくれい》四十四号を以《も》って海軍兵学校官制を公布《こうふ》。明治天皇の大権により官立（国立）の学校として布告され、海軍大臣・西郷従道《さいごうつぐみち》（西郷隆盛《たかもり》の弟）の直轄《ちょっかつ》となり、海軍兵学校は――江田島という白砂青松《はくしゃせいしょう》のめぐまれた学習環境のなかで、近代国家へ向けて歩む日本の若き防人《さきもり》たちを育む峻厳《しゅんげん》な聖地として、確かな歴史を刻んでゆく。

ここで導入された紳士教育はイギリス流の伝統的なものだが、これが日本古来の武士道精神と見事に融合《ゆうごう》して、江田島教育の根幹をなしたとも言えるだろう。

【士官であるまえに、まず紳士であれ】

これが江田島に集う健児たちの心得の根底にあり、

【スマートで目先が利《き》いて几帳面《きちょうめん》、負けじ魂《だましい》これぞ船乗り】

というモットーが、彼らの目途とした心意気である。

江田島移転の当初はまだ生徒館がなく、東京から回航した老朽船「東京丸」を生徒館などに代用していたが――明治二十六年には、その生徒館が竣工し、食堂や兵舎それに浴室などの付帯施設も整って、大正九年（一九二〇）には大講堂も竣工する。

昭和十一年（一九三六）には教育参考館が完成、この建物は古代ギリシャの神殿ふうの豪奢《ごうしゃ》な建築で――これらは今も当時のままの佇《たたず》まいで存在する。

太平洋戦争の末期には江田島本校は艦載機の機銃掃射を幾度か受けたが、爆撃はほとんど受けていない。終戦後は進駐軍に接収されたが、後に返還され海上自衛隊に引き継がれ、海上自衛官幹部を養成する幹部候補生学校などの教育施設になっている。

海軍兵学校は、旧制の第一高等学校（今の東京大学教育学部）と同じくらいの難関とも言われ、「兵学校に落ちた者が一高にゆく」という逸話《いつわ》もあったそうだが真偽《しんぎ》のほどはわからない。学力と同等に身体検査も重視され、さらには合格内定者に官憲《かんけん》の家庭調査まであったというから、合格へのハードルが高かったのは事実である。

募集人員は、戦時と平時、さらには軍縮などの影響で異なったが競争率が十倍以下になることはほとんどなかったから、兵学校生徒になるのは、やはり容易ではなかったろう。

——七二期生の場合を数字でみてみよう。

昭和十五年（一九四〇）全国の中等学校から、八三八七人が受験している。

この年は、日米開戦が予期されたことから前年度よりも五八人が増員され六五九人の採用だが、競争率は実に12・7倍にもなっている。

——林藤太が受験する群馬県での兵学校生徒採用試験にも触れておこう。

同年の夏休み、七月と八月に身体検査と学科試験が天川原《あまがわはら》校舎で行われたと前橋高校の同窓会誌49号に載っている。群馬県内の旧制中学校からは総勢六〇人余がこの試験に挑み前橋中学四年で受験した藤太だが、見事に合格者の七人に入っている。

前橋中学からは五年生でもう一人の合格者があり、皇紀《こうき》二六〇〇年の祝賀の年に学校にとっては特筆すべき快挙であったろう。「皇紀」とは日本の紀元を日本書紀に記《しる》す神武天皇即位の年を元年に起算したもので、キリスト誕生の西暦よりも六六〇年遡《さかのぼ》っている。

この七人の合格者のうち五人の方々が不帰《ふき》（戦死）の人となる――。

平成二十六年までに同期の一人が鬼籍《きせき》に入り、林藤太元大尉が唯一の生存者となる。

太平洋戦争が終わってもう七十年……歳月の流れは容赦《ようしゃ》なく過ぎてゆく。

（2）

昭和十五年十二月。

日米開戦の一年前に、第七二期生徒が海軍兵学校入校式を迎える。

厳しい選抜試験の狭き門をくぐった俊秀《しゅんしゅう》たち六五九人が、江田島の大講堂で海軍中将新見政《にいみまさ》一《いち》・校長の訓示を緊張の面持ちで聴き入ったことだろう。

この年、すでにヨーロッパではヒトラー率いるナチスドイツが台頭して、フランスへ進攻してパリ陥落、英軍はダンケルクより撤退。そのドイツと「三国同盟」を締結した日本の行く手には、ただならぬ戦雲《せんうん》が立ち込めていたのである……。

米国の財務長官が石油とガソリンの対日輸出禁止計画を大統領に提出し、さらには対日ハイオクタン石油の輸出制限という強攻策にもでる。これは航空機が主役の近代戦には手痛い締め付けだ。なにしろ日本は輸入する原油の七割を米国に頼ってきたのである。

その窮状《きゅうじょう》が、日本に北部仏印《ふついん》（ベトナム北部）進駐を強行させる。

これらの事態が日米関係をさらに悪化させ、翌年の日本軍の南部仏印進駐と米国の対日石油輸出の全面禁止という決定的な事態を招くことになってしまう。

ルーズベルト大統領は三選され……対日戦を視野に入れた米英幕僚会議＝レインボー計画を承認。太平洋艦隊の基地を本土のサンディエゴからハワイの真珠湾《パールハーバー》に移動させる。

日米関係がそういう危機に陥《おちい》っても、江田島の海軍兵学校生活は平穏《へいおん》だった。

林藤太は、十二月一日の夕刻——校庭の松並木の彼方、江田内《えたうち》とよばれる「江田湾」の夕凪《ゆうなぎ》の海面のひろがりに、思わず見惚れてしまった……。

——なんて綺麗な夕景色だろう。

冬は日の暮れるのが早い——。

郷里の前橋なら宵闇《よいやみ》の迫る時刻なのに、江田島ではまだ残照の明るさがある。

それだけではない——潮の香りを含んだ海風には、上州名物の空《から》っ風《かぜ》のような凍《こご》える寒気がない。それだけでも藤太は心やすらぐ温もりを感じた。

新入生（四号生徒）たちは生徒館で一〇人ほどのグループに分かれ、各々「分隊《ぶんたい》」という組織の新入りと迎えられ、六五九人の同期生がグループ単位でちりぢりになる。

兵学校という全寮制の学校で起居寝食《ききょしんしょく》をともにするこの集団が分隊だ。学年を縦割《たてわ》りにして各学年から一〇人ほどの生徒で混成され、通常は一分隊が四〇人くらいである。

死ぬまで続く同期生の交友がある一方で、分隊制度の絆《きずな》が生む上級生と下級生の交《まじわ》りも、末永く続くようである。名作『海軍』の著者・岩田豊雄《いわたとよお》（筆名・獅子文六《ししぶんろく》）は作中《上級生を中心として営まるる自治によって、伝統も誇りも（中略）生徒の間で保たれ、生徒の間で継《つ》がれてゆく。〝分隊の名誉にかけて〟生徒たちは競技に勝たねばならず、身を修《おさ》めねばならず、秩序を紊《みだ》してはならないのである。上級生と下級生を混合した分隊制度は、まことに微妙なる知恵でなされた発明である――（以下、略）》と書いている。

ここでいう（中心となる上級生）とは最上級学年の一号生徒である。

彼らは兵学校生活の全てに精通していて、新入生たちを厳《きび》しく指導する使命を伝統的に受け継《つ》いでいる。上級生であるが故に偉いのではなく、実質的に上級生が偉いのであり、鍛錬《たんれん》の年月がモノをいう、とも断じているのが『海軍』の著者の見解である。

分隊での指導には「訓育提要」という定めがあって、このなかの「生徒隊内務」という細則には訓育の中心となるのは分隊単位での修養と勉学であるという一項がある。

この修養には躾《しつけ》教育とされるものが含まれ、一号生徒が新入生の日常の所作に目を光らせ些《さ》細《さい》なことでも規律に悖《もと》るとあらば、容赦なく叱声《しっせい》を浴びせ指導する。

海軍兵学校の見学ツアーは当時もあって、これが人気だったらしい。その昔のツアーでは当然だが、兵学校に起居する生徒たちの姿を散見《さんけん》するわけだ。

《春秋のころには兵学校見物の子女が、呉《くれ》、広島あたりから堵《と》をなし遉《さすが》に四号生徒はなんとなく態度が落ち着かなくても、一号生徒は（子女の存在など）どこ吹く風というように、眉もうごかさぬのである》

風光明媚《ふうこうめいび》な美しさと校内の環境の塵《ちり》一つ止《とど》めぬ清浄《せいじょう》さに驚き、さらには白い作業服姿の生徒たちが《汚《けが》れなき童貞の挙止《きょし》を以て》きびきびと動くことの驚きもある。

《誰一人佇《たたず》んだり、逍遥《しょうよう》している者がいない》のは、実に一号生徒の躾教育がもたらしたもの、新入生の四号時代に誰もが身につけさせられた慣習《ならわし》であろう。

校内の舗道で、あるいは階段の昇降など——四号生徒は気が抜けない。

「ぼやぼやするなッ！」

「だらだらするんじゃないッ！」

——一号生徒の怒声がどこからくるのか、まったく油断ならないのだ。

入校式の日の、その夕刻――。

分隊監事《ぶんたいかんじ》との初顔合わせが、分隊の自習室であった。

分隊監事とは兵学校七十年の伝統である、自治・自律・自啓を尊重しながら、深い愛と見識で分隊制度を見守る後見者である。それゆえに、選任にあたっては人物考査《じんぶつこうさ》に念を入れ、大尉より大佐までの階級から選《よ》りすぐった人材を揃えていると言われた。

《今後は儂《わし》（私）を親父と思ってもよろしい……》

自己紹介のあと、そういう挨拶をされた海軍中佐に四号生徒たちは親しみを感じた。

第一種軍装（濃紺）の制服姿は毅然《きぜん》として風格があるが、雰囲気がおだやかで、簡潔であっさりした訓話など、新入生の緊張をやわらげる好ましい印象を与えている。

ところが――それで当日のスケジュールが全て完了とはならなかった。

一号生徒との手荒《てあら》い（きびしい）初見参《げんざん》が控えていたのである。

――その舞台となるのが、同じ自習室だ。

自習室とは兵学校生徒たちが就寝や課業（学習）や訓練以外の時を過ごす部屋である。

総勢四〇人ほどの分隊の生徒全員の机《デスク》とイスが整然と並び――最後部を一号生徒として学年順に前へ二号・三号と横並びの配列、前部の二列が四号生徒――というのが、そのときの席順だった。部屋は整理整頓が行き届き、後方壁際《かべぎわ》の銃架にはズラリと「三八式歩兵銃《さんぱちしき》」が納められ、機密図書箱とかその他、教材らしき備品類などが置かれている。一人一人の学習机だって、木製の頑丈そうなもので、中学校の机よりひとまわりは大きな感じである。

分隊監事がおだやかな訓話を終えると、退室する。

それを待っていたかのように、

「四号は前に並べッ！」

と、一号生徒なのだろう、ドスを利《き》かせた蛮声が自習室に鳴り響く。

部屋の後部には一号生徒たちの全員が立ち、それも上体を反《そ》り気味に威嚇《いかく》するような仁王立ちだ。二号と三号は整然と椅子に腰掛け、背筋をピンと伸ばして前方を睨《にら》むような顔つきにも見える。

(伝え聞いていた姓名申告か？)

——四号生徒の全員が前方の壁を背に一列横隊で並び立ち、分隊の先輩たちの視線を浴びて向き合うという、重苦しくも無言の差し向かいとなる。

緊張の面持ちから直立不動の姿勢を保ったまま、身じろぎもできない。

「これから姓名申告を行う！」

伍長《ごちょう》と名乗った一号生徒がドスを利かせた声を張り上げる。

(やっぱりきたか、いよいよだな……)

伍長とは一号の成績トップの生徒が就《つ》く分隊のリーダーで級長役だ。

「──一号、二号、三号と順に行う。いずれも貴様たちの兄貴となる先輩であり、分隊ではそれぞれ重要な役を務めておられる。名前と顔をしっかり覚えておけェ──」

そう言い置いて、あらためて雷鳴《らいめい》のような絶叫《ぜっきょう》調で自分の姓名を申告する。四号生徒の度《ど》肝《ぎも》をぬく凄《すさ》まじい声で一語一語に腹の底から絞りだす独特の節《ふし》をつけて怒《ど》鳴《な》る。

「○○分隊・伍長、柔道係・水泳係──○○○○！」

まるで、咆《ほ》えるような雄叫《おたけ》びで部屋の空気がびりびり震えるようだ。

二番目の一号も同様な蛮声で、間髪をいれず、怒鳴りあげる！

一号生徒の絶叫が次々と、機関銃の連射みたいに続く。

藤太はあまりの事態に呆然となり、不可解な威圧感におののいた。理不尽な罵声《ばせい》を訳もなく浴びせられる、そんな恐怖と似た戸惑いである。

怒鳴り合う自己紹介のどこが海軍式か──などという疑義など木端微塵《こっぱみじん》にされる。

一号に続いて、今度は二号が──机の横にスッと起《た》ち「○○係補佐○○○」と、一号よりもトーンを下げた声だが堂々と名乗り、サッと素早い動作で着席する。

三号も同様にあとを続け、三十余人の姓名申告があっという間だ。

──いよいよ四号生徒の番である。

先任《せんにん》となった藤太は、胸がどきどきしてくる。

トップバッターにされた貧乏クジを恨《うら》めしく思った。

各分隊の同じ期の者の中で最も成績のよい者を「先任」という。これは辞書に載っていない意味だから、海軍用語なのかもしれない。

最上級生（一号生徒）の先任が伍長である。藤太は新入生の先任であり、姓名申告は先任から行うように命じられているから――順番でやる自己紹介とはいえ、そのはじまりの瞬間は、代表して晒《さら》し者にされる気分だ。

だが藤太には、わずかな冷静さが残っていた。

その冷静さで「前橋中学出身」とやることが学歴詐称ではないかと案じている。

十二月一日の兵学校入校式のため中学は十一月末日で「準卒《じゅんそつ》」なのだ。つまり中学校四学年の課程を四ヵ月残したオマケで四学年までの修了である。卒業はしていないから出身とは言えないだろうと、そこまで考えるゆとりがあった。

もともと地声は大きいほうではないから明瞭な発音を心がけて――。

「群馬県立、前橋中学……」

とまで言ったところで一号生徒たちの怒涛《どとう》の喚声《かんせい》が爆発、声が掻《か》き消されてしまう。

声が小さいッ！

全然聞こえんッ！
なっとらん、やりなおせッ！
藤太自身だけではない、四号の誰もが一号生徒の過激な反応に仰天《ぎょうてん》したことだろう。
——どう考えたって、こんな罵声《ばせい》をあびせられるなんて尋常ではない。
憧れの海軍兵学校で初日からこんなめに遭《あ》うとは思ってもいない。
（全然聞こえん）とは酷《ひど》いではないか。藤太は言葉を失って茫然《ぼうぜん》とした。
「もういっぺん最初からやり直せッ！」
伍長が藤太を睨《にら》みつけ声を荒げる。
「はいッ！　群馬県立前橋中学四年修了」
そこまで言ったところで、再びわきあがる怒号の渦《うず》だ、
聞こええんッ！　貴様ぁ、それしか声がでんのかぁ！　もういっぺんッ！
「……！」
藤太は訳の判らない屈辱感に唇をかみしめる。
こんな奇妙な辱《はずかし》めを受けたのは、生まれて初めてだ。
——落ち着け。
藤太は自分にそう言い聞かせ、深呼吸を一つすると、

「群馬県立、前橋中学校――」

額《ひたい》に青筋を立てる形相でおもいっきり声をはりあげる。

――けっきょく藤太は、非情な連呼を一〇回ほども命じられやっと放免《ほうめん》になる。

どんな大声で喚《わめ》こうが、伍長らはすんなりOKを出してはくれない。

藤太に続くあとの四号生徒も同様だった。上級生の視線を浴びながらその荒行を済ますと……冷や汗と声をふりしぼるエネルギーの放散で、全身が汗びっしょりである。この新入生通過儀式が「兵学校三勇士」（詞・山田泰雄―兵学校六六期）に登場する。

夢も束《つか》の間夜嵐吹けば
姓名申告凄面《すごづら》揃い
足の震えを何としよう
お国なまりがうらめしや
――（以下略）

海軍の隠語《いんご》では一般社会のことを娑婆《しゃば》というが、この俗世間にあった中学生の娑婆っ気満々の気分をたちどころに払拭《ふっしょく》するのが――姓名申告とも言われている。

「姓名申告」という夜嵐《よあらし》が吹き荒《すさ》んだあとの自習室は静かだった。

そして四号の全員が就寝前に自習室の各自の机に向かい官給品（教科書、それにノートなどの文房具類など）の確認を命じられる。

伍長の声がさっきとはまるで違い、表情も別人のように温和だ。

木製の学習机は緩い傾斜のついた平面の板が上に開く仕掛けで、その下がノートや教科書や文具の収納できる空間になっていると――伍長の説明である。

厚い板の蓋《ふた》を上げると、確かに、それらの物がきちんと揃えてある。驚いたことには真新しい教科書とノートに自分の名前が毛筆の字できちんと書かれているのだ。

そういうことができるのは、分隊の先輩たちをおいて他にはいない。

伍長はそのことにはひと言もふれないが、四号の誰もが先輩たちの心遣いに気付く。

藤太は胸をつかれた。

――四号生徒たちはジンとこみあげる共感にひたる。

入校式の翌日からしばらくは「入校教育」という比較的おだやかな教育期間だが、これが過ぎると途端に、日課の締めつけがきつくなり訓育も厳しくなる。

起床から就寝までの一日が、全て規則と規制ずくめだ。

午前の座学では教官から軍事学と普通学を学び、午後の実務と実技はベテランの下士官からの指導を受けるという具合に、充実した教程がびっしりである。

そういう緊迫した日常性のなかで無我夢中の毎日だ。

七二期生にとって幸いなことは、一号生徒の六九期生が獰猛《ねいもう》クラスではなく……これは後に言われることだが（お嬢《じょう》さんクラス）という、鉄拳制裁《てっけんせいさい》の懲《こ》らしめを滅多に行使しないクラスだったことだ。四号・新入生の無作法を見咎めても……口頭の注意で許し、固い拳《こぶし》でガツンと頬を殴打《おうだ》することはあまりしないのである。

（獰猛クラス）は（お嬢さん――）の逆で（土方《どかた》クラス）というらしい。

この命名者は――獰猛な土方クラス・六八期の、直木賞作家氏のようだ。その著書によれば新入生のとき一二〇〇発殴られ、一号になって新入生を二八〇〇発殴ったという。

下級生になるほど生徒数が増えた結果というが……すごい数字だ。

藤太が四号時代に受けた鉄拳の数は――たったの二発である。

――三号新入生時代も残り少なくなった九月末のことである。

藤太にとって思いがけない訪問者が……ぶらりと江田島に現れるのだ。

午前の普通学の授業の最中だった。

「林生徒、至急当直監事室に行くよう――」

教官が廊下を小走りできた下士官の伝言を受けて、生徒たちを見回して言う。

「教官、林はここだけでも三人おりますが……」

前列の席にいる一人が教官にそう言った。

七二期には総勢五人の林姓がいる。入校以来十ヵ月、同分隊でなくとも同期生の顔は同じ教班での講義や分隊対抗の各種競技などから、馴染み深くなってきている。

「林トウタ生徒――」

教官が手許のメモを見てそう言った。何人かの生徒が、その音読に笑い声をもらす。同期のだれもがフジタとは呼べないのだが、教官もやはり、である。

林姓の五人は仲間内では名前で呼ばれるが、藤太の通り名はトウタである。

藤太は思わず、ぎょッ！となった。

授業中にこんな呼び出しがあるなんて、ただごとではない。

まず思い浮かんだのが郷里の両親の、どちらかの不幸である。

縁起でもないが、そういうこと以外に緊急連絡のくる理由が考えつかない。

それにしても、当直監事室に呼ばれるとは腑《ふ》におちない。

生徒のプライバシーの、そこまで分隊監事が世話を焼くとも思えないからだ。

（3）

廊下で待っていてくれた下士官が無言で当直監事室まで案内してくれた。

講堂（教室）はどこも講義中だから、建物のなかは生徒でぎっしりだが、廊下は無人の館《やかた》のようにひっそりしている。そしてその静寂《せいじゃく》のなかに何か張り詰めた空気が漲《みなぎ》っているのが藤太に伝わってくる。藤太が抜け出してきた講堂の雰囲気がそうだった。

教官の熱意と生徒たちの凄《すさ》まじい集中力が格闘するように絡み合っている。私語を話す者など皆無である。同じ数学でも中学校の授業とはまるで違う。

藤太はもともと理数系が好きだから、個人的な理由でそういう場から離脱してきたのを後ろめたく感じたくらいだ。

当直監事室の前に立つと二人の会話が、やけに朗《ほが》らかにドア越しにもれてくる。

藤太は若い声の方の――かすかな上州訛を耳にして、思わず息を呑んだ。ドアのノックもそこそこに、半身を当直監事室にすべり込ませている。

「林生徒、入りまぁす！」

そう言ったのと、藤太がドアを背に上体を前傾させる最敬礼の姿勢をとったのが同時だった。

「直《なお》さん！」

最敬礼から顔をあげた藤太の声が、はずむ。

スラリと長身、陽灼《ひや》けも精悍《せいかん》な面立ちの大尉が、ドアの方に首をねじ向け白い歯をみせた笑顔をする。大尉はこの日の分隊監事であろう佐官の方と立ち話をしていて、部屋には他に誰もいないようだ。それでつい、藤太は馴れ親しんだ呼びかけになったのである。

「すまんな、急に呼び出して……」

大尉が藤太に詫《わ》びるように言ってから、群馬に帰省した帰りだと告げる。

「貴様の実家にも寄ったが、皆さん元気だったぞ……」

「はぁ、まだ大丈夫でしょうか？」

「大丈夫って、何が？」

「父や母ですが……」

「妙なことを言うなぁ貴様。大丈夫に決まってるだろ……お母さまがなぁ」

大尉が足もとに置いた大型のトランクから紙包みを取り出す。

「貴様が甘いものに不自由してるだろうと……伊香保の温泉饅頭《まんじゅう》らしい」

藤太は甚《いた》く恐縮して、冷や汗をかく思いだった。

直さんとしては、「江田島羊羹《ようかん》」という名物を知らせることも考えたろうが、それを切り出すだけの勇気が――直さんには欠けていたようである。

それに温泉饅頭は糸状菌（カビ）が繁殖しやすいとは知らず、母の心づかいは無残《むざん》なことになるのだが、それがかえって藤太には懐かしい思い出になる。

「春先の頃より、だいぶ兵学校生徒らしくなっとるぞ！」

直さんが重そうなトランクを片手で楽々持ち上げると、藤太の全身を眺めてそう言った。

直さんの面会はこれが二度目である。春には「養浩館《ようこうかん》」という生徒のためのクラブで汁粉《しるこ》をご馳走になったのだが、今回はそんな余裕がないらしい。

「では教官、これで失礼します！」

直さんが名残《なごり》惜しそうに、恰幅《かっぷく》のいい佐官に別れを告げる。

兵学校時代の懐旧《かいきゅう》の想いや教官への久闊《きゅうかつ》と、饅頭の一件もあって、江田島に足を向けられたのだ――と、藤太はそう思って恐縮する。

「これから、どちらへ？」

伊香保饅頭を小脇に、藤太がそう訊ねる。

すると直さんが実にさり気なく、

「いま特殊任務に就《つ》いているのでね――」

と、なんだか言葉を濁《にご》す感じで応える。

藤太は、そのことになんの訝《いぶか》りも感じなかった。

「元気でやれよ！」

直さんがそう言って、握手を求めてきた。

それも前回にはないことだが、藤太はなんとも思わず白い手袋の手を素手で握り返す。

「どうか、ご壮健で」

そう言って眩《まぶ》しそうに、直さんの「大尉」の襟章《えりしょう》を見つめた。

今度お会いするときは佐官だろう。マークが違ってるな。そんなことを思った。

「――貴様もな」

――それが直さんの別れの言葉だった。

足どりも軽やかに、直さんが颯爽《さっそう》とした歩調で廊下を一直線に行く。

後を振り返りもせず、端正な歩調で、長い廊下をどんどん遠ざかってゆく直さん。

そして二度とふたたび、直さんが――藤太の前にその姿を現すことはなかった。

その後《うし》ろ姿《すがた》こそが、今も藤太の瞼《まぶた》から失せない直さんの面影となる。

直さんこと――、
岩佐直治《いわさなおじ》（海軍兵学校六五期）。

前橋市立城南《じょうなん》小学校、群馬県立前橋《まえばし》中学校は藤太と同窓。実家も近隣。双方の兄同士も同窓で親友。おまけに家族ぐるみの親交があったから、藤太の兵学校受験には直さんの存在が少なからず影響していたと思われる。海軍士官に憧れるその以前から、林藤太にとって岩佐直治という好漢《こうかん》はずっと憧れの人、七つ年上の頼もしい兄貴だった。


昭和十六年十二月八日。

午前七時のニュースが日本全土を震撼《しんかん》させる。

館野守男《たてのもりお》アナウンサーの緊迫した声が、ラジオから迸《ほとばし》る。

「臨時ニュースを申し上げます。大本営陸海軍部
午前六時発表。帝国陸海軍は本八日未明、西太平
洋において米英軍と戦闘状態に入《い》れり」

十二月八日は月曜日である。

月曜日は、海軍兵学校の定例分隊点検が行われる日だ。

午前八時、全校生徒が大広場のグラウンド——錬兵場《れんぺいじょう》の千代田艦橋《ちよだかんきょう》前に整列する。

日米開戦の日を在校中に迎えたのは、七一期（第三学年）、七二期（第二学年）、それに七三期（第一学年）の三クラスであり、このとき四号生徒はもういない。

全校生徒を前に、教頭兼任の監事長・市岡寿《いちおかひさし》少将が朝の「臨時ニュース」を厳《おごそ》かに伝えた

後に、こういう内容の教頭訓示をしている。

「――我々は海軍軍人たるの本分を尽くさねばならぬことは申すまでもないが、生徒たる諸子は落ち着いて、生徒たるの本分を尽くすことを望むものである」

午後一時にはその続報として、

「帝国海軍は本八日未明、ハワイ方面の米国艦隊ならびに航空兵力に対して決死的大空襲を敢行せり――」

という大本営の海軍部発表が、分隊監事や教官などから生徒に知らされた。

さらには午後五時――。

大講堂に集合した全校生徒に校長の草鹿《くさか》任一《にんいち》中将は、

『宣戦布告の御詔勅《しょうちょく》』（天皇の意思の表示）を奉読して後に、こう訓示をする。

「――我国は今暁《こんぎょう》を以って米英に対し戦闘状態に入り、宣戦の詔勅も渙発《かんぱつ》された。

（略）諸子は素《もと》より武人としても若き血潮が沸き立つのを覚えるであろう。

校長も、そうである。（略）飽く迄落ち着いて課業に精進せよ。戦争気分は腹の底に確りと収めて、その意気をもって諸子、当面唯一の職責たる課業に対し、従来以上の努力を望む……（以下略、原文はカナ表記）」

このようにして、海軍兵学校は、日米開戦の日を迎えた。

臨時ニュースに沸き立つ一般社会―娑婆の雰囲気とは、かなり様子が違う。

この日以降も、課業は平常どおり行われ、生徒たちも少しも動揺するところがなかった。

だが学科内容（カリキュラム）には戦時色が反映され軍事学の、砲術・航海・水雷・通信・航空などの座学が若干増えている。また普通学でも、実戦に不可欠となる数学・物理学・力学・熱力学・流体力学などの理数系科目が多くなる。

校長の訓示でも実は触れているのだが、在校期間の短縮に備えて、午前三時間、午後二時間の課業では履修がムリとなり、七三期では夜間授業まで行われるようになった。

そして昭和十六年の暮れも押し詰まった某日――藤太を衝撃のニュースが襲う。

分隊監事が、めずらしくも自習時間の合間に姿をみせるのだ。

いつになく、その口調が興奮ぎみで、

「これはまだ非公式な情報だが、諸君らの先輩たちの快挙でもあるから……」

そう勿体ぶって、かるく咳払いをする分隊監事である。

自習室が水を打ったように静まり返る。

「かの真珠湾奇襲攻撃は航空戦力の華々しい戦果だけではないのだ……」

（ええッ？）

という声のないどよめきが、自習室の沈黙のなかに、漲《みなぎ》る！

航空戦力の他に、一体何があると言うんですか！

誰もがそういう疑問にかられたろうが、固唾《かたず》を呑《の》むという沈黙は、途切れない。

その航空戦力の驚異的な戦果にしたって、航空機で戦艦を沈めるという発想などこれまでにないから、ちっぽけな島国の海軍の壮挙として世界中に衝撃をもたらしたろう。

娑婆の市井《しせい》の人だが、徳川無声《とくがわむせい》という有名な（声優）さんが、日本海軍が真珠湾奇襲攻撃で米国の太平洋艦隊を壊滅させた臨時ニュースを聞き、

――「あまりにも凄いことなので、これはきっと、海軍が我々の知らない魔法でも使ったのだろうと思った」などと、十二月八日の記憶を、そう語っている。

おもむろに口を開いた分隊監事が言う。

「岩佐直治大尉を指揮官とする特殊潜航艇が――真珠湾への特別攻撃隊として参加してるそうだ」

藤太の全身が、エッ！と硬直した。

「岩佐直治」の名を耳にした、その驚愕《きょうがく》！

そして次には、異様な興奮で胸がしめつけられ目眩《めまい》を感じた。

（まさか、直さんが、特殊潜航艇……！）

あまりのことに、藤太は言葉がでない。

（直さんの特殊任務というのはこれだったんだ！）

機動部隊と一緒に、潜水艦までもがハワイ作戦に同行しているとは！

分隊監事からの新情報は、さらに藤太に追い討ちをかけて、
岩佐大尉については、艇を搭載していた潜水艦「伊号22」との電話交信の記録に辞世の言葉があり、水中音波探知機（ソナー）に快調なスクリュー音を伝えて出撃していったという艦長の報告もあった――と、特攻出撃の最期の様子までが告げられた。

（直さんが特攻で戦死……開戦早々に、あの直さんが死んだ？）

「そんなバカな……」

呻《うめ》くような声を藤太は絞りだした。

林藤太――十七歳の青春の試練である。

だがその熱き想いは、悲嘆《ひたん》にくれる感傷を寄せ付けず、一途《いちず》に邁進《まいしん》する。

――直さんに続かなければいけない！

――皇国の興廃此《こうはいこ》の一戦にあり。国を挙《あ》げての戦争が始まったんだ。

その冬は冬期休暇が取り消しという、異例な事態である。

年中行事のなかの大きな楽しみが消えても、時局の重大さを知っているから、分隊の誰もが

その無念さを洩らしたりはせずに潔《いさぎよ》い。

遠く西太平洋で日米両軍が戦火を交《まじ》えたといっても、江田島の年末は静かだった。大晦日《おおみそか》には、津久茂《つくも》の丘陵に建つ品覚寺《ほんかくじ》の除夜の鐘の音が……風向きでは江田内の海原を越え兵学校まで届くのだが、熟睡している生徒たちの耳には入らないようだ。

（4）

——年が明けて昭和十七年。

温暖な瀬戸内地方とはいえ、冬は、やはり寒い。

新年早々から十三日間の猛訓練を「厳冬訓練」と呼ぶくらい、早朝の寒さは厳《きび》しい。

冬季は午前六時（これを〇六〇〇と表記する）起床。

時間厳守。何事にせよ定刻ぎりぎりで慌てたりせずに、五分前には次なる行為の準備を完了する余裕、海軍の五分前精神がこのように朝の起床動作《きしょうどうさ》から徹底される。

六時ジャストに起床ラッパが鳴《な》り響《ひび》き、そのラストサウンド——余音《よいん》が消えるまでベッドに臥《ふ》した体勢でいる。その前にモソモソ動きはじめるのはご法度《はっと》だ。

起床ラッパが止み、分隊の全員がいっせいにベッドから跳ね起きる様《さま》は、敵に寝込みを襲わ

れたような騒動かと思いきや、さにあらず、起床動作にはちゃんとマニュアルができていて
——寝巻きを脱いでたたみ、靴下を穿《は》き靴を履《は》き、毛布をたたみ、その上に枕を重ねて……といった手順で事は迅速にすすむ。

藤太たちは、この一連の動作を一ヵ月ほどで、二分三〇秒台で済むまでに練達、これも若さと敏捷な運動神経のなせる業《わざ》だろう。

——なぜ、そんなに急ぐのか。

それは錬兵場で上半身裸になり海軍体操をする時刻が決められていたり、掃除当番であれば分隊の自習室や寝室の掃除もあるからだ。わずかな時間のなかで、洗面と用便なども済まさなければいけないから、一分一秒が貴重なのだ。

起床から七時の朝食まで、二号生徒になったがまだきつい日課である。

開戦劈頭《へきとう》の日本軍の勢いは、年が明けてもおとろえず、破竹《はちく》の進撃を続ける。

二月十五日。英領シンガポールを攻略。

その三日後には、江田島村民の約二五〇〇人がシンガポール陥落祝賀のため、兵学校に来校している。

四月には、真珠湾を空襲した海軍機動部隊の精鋭がインド洋の制海権をめぐり、英国の東洋

艦隊と激突、戦力の違い（搭乗員の錬度の差）を見せつける。

英空母「ハーミス」など、わずか一五分で沈めてしまう。

それも、日本海軍の艦上攻撃機からの擲弾《てきだん》の82パーセントが当たる驚異的な命中率だ。


そして五月十六日（日付は・保存版「海軍兵学校」秋元書房による）。

七二期を、いや海軍兵学校を震撼《しんかん》させる事件が起こる。

海軍兵学校の分隊対抗の競技のなかでも、海軍記念日の総短艇レースというのは、最も大掛かりで話題性もある競技だろう。この短艇（カッター）を上手に漕《こ》げるようになるだけでも血と汗の、大いなる結晶の賜物《たまもの》である。

短艇というのは木製だが、重さが一・五トン（一五〇〇キログラム）もある代物だ。

これを一二人で漕ぎ、艇指揮（号令者）と艇長（舵取役）が乗り組み総勢一四人のクルーである。艇は最大定員が四五人——長さ九メートル、幅二・五メートル、深さは〇・八メートルもある。

これだけの木箱に、波立つ洋上で推力を与える櫂《かい》（オール）は、ごついものだ。

長さ四・五メートル、直径七六ミリ、しかも、バランスをとるために握り手の近くに直径が三八ミリの鉛の丸棒を埋め込んであるから、重さは一〇キログラムもある。

——その櫂（オール）の漕ぎ方である。

漕ぎ手は艇座に浅く尻を乗せ腰かけ、胸の位置で一〇瓩《キログラム》の櫂を両手で支え持つ。

「櫂備《そな》え！」

と、号令者の声で櫂を海側に突き出して、舷側の縁《へり》の上に乗せ固定する。

舷側の上縁には重い櫂がズレないように櫂座とよばれる半円の窪《くぼ》みがあり、櫂をこの櫂座にきちんと嵌《は》める。この櫂座を支点に櫂を前後に往復《ストローク》させ――先端の平たくなった部分で水を掻《か》きながら前に進むのである。

――この説明は「事件」の要因でもあり、もう少し補足しなければならない。

櫂を櫂座に固定すると、

「用意、前へ！」

と、次の号令がくる。

これは、出発ッ！　というゴーサインだ。

両足を前の艇座にかけて、身体を前に倒しながら櫂を支える両腕を思いっきり前方に突き出す。この瞬間の姿勢は、野球のバッティングに喩《たと》えれば、打球の飛距離を伸ばすための思いきったテイクバックで、フルスイング寸前の構え――だろうか。

そして、櫂座を支点に斜め後方に下げた櫂の先端部の水かきで海水を捉えるや、身体を後方に倒しながら両腕を胸のほうに力いっぱい引き寄せ、水を掻く。

両腕を引き寄せるときには、上体を弓なりに反らせた反動も使い渾身《こんしん》の力を込める。

この動作の繰り返しで、カッターは前進する。

漕ぎ手は全員が進行方向に背を向け、艇指揮と艇長の二人が前を見据える。

左舷と右舷に六人ずつの漕ぎ手が肩を並べ、左右対称の整然としたストロークを繰り返さなければ、カッターは前進してくれない。

直進がマスターできると、次の課題は速度だ。

分隊の対抗レースとなれば、このスピードが勝負である。

そのためには、今度は物理的・力学的に、高度な戦略が必要になってくる。

片側六人の縦列になった漕ぎ手の席順だが、これは背丈や姓名のイロハ順ではない。学年の一号、二号の序列でもない。

艇座には一番から一二番までの番号があり、どの番号の櫂が艇の速度にどう影響するのか計算されているから——推進力の担《にな》い手とか、櫂漕のペースメーカーとか、あるいは筋力の違いとかで、個人の特徴を生かしたポジションがあるらしい。

これも野球で守備位置をきめる適性と似ている。

そして各分隊で選抜された一二人プラス二人は、分隊の名誉にかけて猛訓練にあけくれるのである。

——カッターほど団結力とチームワークを培《つちか》う訓練はないだろう。

カッターを漕ぎ、早くゴールに着くという共通した目的のためにクルーが一致団結してそれぞれの任務に全力を尽くす。その努力が至らないと、チーム全体に多大な迷惑をかけるという認識があるから、自分が担う役割の重要性が身に沁みてわかる。

任務を遂行することの大切さを、体力の限界に挑む訓練から学ぶのである。

手のひらは豆だらけ、その豆が潰《つぶ》され、すぐ新たな豆ができ——腹筋の酷使から呼吸の度に腹部に鈍痛があり、尻の表皮が剥《む》けて出血——下着（前出・褌は別名ストッパー）を汚し白い事業服にまで、その血がにじみでる。

擦《す》り剥けた尻の痛みで夜は仰向けで寝られない。全員がうつ伏せになって寝る。

だが、誰一人弱音を吐く者はいない。

その苦行の共有が、無言のうちにも仲間同士で励まし合う切磋琢磨《せっさたくま》にもなっていよう。

だからこそ、その峻烈《しゅんれつ》な日々すら彼らには顧みるときの微笑みになり得るのだろう。

前出の「海軍記念日」は五月二十七日である。

「日露戦争」の天王山《てんのうざん》、日本海海戦は明治三十八年のこの日、日本海の対馬海峡沖で日露の海軍が激突——壮絶な海戦の末に日本の連合艦隊がロシアのバルチック艦隊を一方的に下《くだ》し、その勝利を祝賀する日として海軍記念日が制定された。

事件の起きた五月十六日は——海軍記念日も間近に迫り、総短艇競技の予選が一段と白熱する時期だろう。予選で好成績を残さなければ晴れの舞台に出場できない。決戦への進出を賭けて、各分隊が死力を尽くす勝負どきである。

『七二期クラス会史抄』に、その時の状況が載っている。

『昭和十七年五月十七日。短艇週間最後の日なり。第四分隊第一クルーは第五十一カッターに移乗競技場に出発す。「頑張れ」の声援をあとに必ず勝つの信念の下、意気旺盛なり。(中略)回頭点に至って先頭、帰りは概に全力を使い果たし唯精神力のみ。漕ぐ漕ぐ、へたばる、頑張る。遂にゴールイン、一着だ。「櫂立て」の号令、十二本の櫂が勝ち誇るように一斉に立った。その瞬間二番の櫂がゆっくりと倒れ田村がうつ伏せている。直ちに内火艇に移し軍医官の手当てを受け病室に自動車で運び、血の滲み出る如き努力ありしに拘らず、田村は遂に帰らなかった。嗚呼、田村呼べども答えず。』

（5）

十一月十日。

井上成美《いのうえしげよし》（海軍中将）が、兵学校校長に着任する。

山本《やまもと》五十六《いそろく》や米内《よない》光政《みつまさ》らと共に海軍の良識派として知られた人物である。

在任期間は、十九年八月までの一年九ヵ月だが、その間にいろいろと兵学校の内容を改革された校長としても知られている。井上校長を抜きには海軍兵学校教育を語れない、とまで言われるくらいだ。

有名な話では、教育参考館に飾られていた歴代海軍大将の写真を、

「このなかには日本を対米戦争に駆りたてた国賊《こくぞく》まがいの大将もいる――」

と断じて、全部下ろさせたという。

これなどは、いかにも井上校長の気骨を示すエピソードである。

英語教育にも熱心で一家言《いっかげん》あった人らしい。

英語を敵国語と排斥する国情が――野球用語の「ストライク」を「よし」と呼ばせたなかで、この主張にも気骨を感じさせるものがある。

「自国語しか話せないような海軍士官が、どこの国におる。相手国の言葉を知らなくて戦争に勝てるか！」

と、これは痛烈だ。

海軍兵学校の教程にある程度の英語は学問ではなく技術であり、外国語は海軍士官としての大切な学術——とする卓見《たっけん》も凄いと思う。

今の高校生世代の若人たちが、井上成美という——国家の中枢にある人物を校長に擁《よう》した学《まな》舎《びや》で、その人間的な魅力に触れ学問に勤《いそ》しむ姿勢を身につけるのである。

——諸子は、学ばんと欲《ほっ》するがゆえに教えを乞《こ》う態度で学業に励むよう。

——成績は優秀であれ、しかし席次は争うべからず。

藤太は——戦後の人生で管理職に就くと、幹部社員たちにこう語っている。

「江田島の教育は、日本を愚《おろ》かしくも滅亡に導くような単純で好戦的なものではなかった。人間教育そのものだったと思う。今日《こんにち》の民主主義には躾《しつけ》教育がない——」

十一月十四日。

第七一期生徒（五八一人）卒業式。

藤太たち七二期生徒は入校以来三度——卒業生見送りで、正規の校門（表門）といわれる桟橋のある岸壁に立った。六九期から七一期まで、いずれもネイビーブルーの濃紺の制服姿がとても凛々《りり》しい少尉候補生たちを見送っている。

藤太たち七二期にとっては、七一期生との惜別には感慨ぶかいものがあった。

その理由の一つが分隊での「対番」という制度だろう。学年を縦割りに繋《つな》ぐパートナーで成績の席次を参考に編成するペアだ。入学前に支給品の教科書や衣類にまで名前を書いておいてくれたり、生徒館生活のあらゆる事を親切に教えてくれるのが一学年上の対番生徒の役目であり、藤太たちの場合なら七一期生である。

生徒館生活の生き字引として、実に頼もしい兄貴分なのである。

対番一号生徒七〇期生は、もっと大所高所から三号生徒を見守って指導する立場だから、どうしても七一期生より親近感は薄くなる。

だがそれでも、この対番から生まれる絆は海軍時代はもちろんだが、戦後になっての人生のなかでも、潰《つい》えぬ関係を保っている方々が少なくない。

卒業式のクライマックスは、桟橋から内火艇《ないかてい》（内燃機関で走る小艇）に分乗して去ってゆく少尉候補生を岸壁から見送るときだろう。呉の海軍軍楽隊が正装してやってきて、洋上に向けた吹奏楽を高らかに奏《かな》でるなか、五八一人の卒業生が次々と桟橋から内火艇に乗り組んでゆく。

戦時下だからもう遠洋航海はない。江田内に入港している戦艦『伊勢《いせ》』『日向《ひゅうが》』は、候補生の配乗《はいじょう》を待って午後には出港、柱島《はしらじま》泊地に碇泊する戦艦『武蔵《むさし》』『長門《ながと》』などに候補生を分乗させて、約二ヵ月の士官教育をはじめることになっていた。

——卒業生をぎっしり乗せた内火艇が表桟橋を離れてゆく。

——岸壁には軍楽隊と、見送りの在校生と教官たちで、黒山の人である。

歓呼の声と「軍艦マーチ」と、頭上に掲げられ打ち振られる帽子——海軍の「帽振《ぼうふ》れ」と呼ばれる別れの慣例《しきたり》である。内火艇の少尉候補生たちだって、江田島を去ることに特別の感慨をかみしめるのは勿論だ。岸壁に向かって負けずに士官帽を振る。

どの候補生たちの表情も、感極まって紅潮《こうちょう》している。

——これを今生《こんじょう》の別れと、自分に言いきかせる候補生もいよう。

——どの候補生の眼《まなこ》にも、国防の第一線に立つというゆるぎない決意が漲《みなぎ》っている。

——そんな彼らの視界から、表桟橋が、松並木が、赤煉瓦の生徒館が、そして古鷹山《ふるたかやま》が、少しずつ、すこしずつ遠のいてゆく。

やがて軍楽隊の勇壮な「軍艦マーチ」が「蛍の光」の哀調をこめた吹奏になる。この旋律こそが別れの場面に最もふさわしく、中学校なら「仰げば尊し」とともに、卒業式にはなくてはならぬ——慣れ親しんできた古典的な名曲である。

藤太は中学校の卒業式で送られるという感激を味わっていない。

だからこそ江田島での卒業式風景が鮮烈で、胸が熱くなる感動にひたってきた。

それも今度というこんどは、兄貴ぶんの対番生徒との別れの握手では、こみあげる感情を抑《おさ》えきれなくて、不覚にも涙が溢《あふ》れ嗚咽《おえつ》をもらしてしまう。

送る側と、送られる側——その双方が「蛍の光」の演奏を合図のように、打ち振る帽子のリズムに緩急をつけている。

岸壁の、正装した在校生たちの軍帽が——、
内火艇の甲板上の候補生たちの、士官帽が——、

「蛍の光」の緩やかな旋律で……尽きぬ名残《なごり》を惜しみつつ、振られる。

この分ではおれたちの卒業式の時は、どうなることか……。

遠ざかる内火艇に帽子を振りながらも、藤太の脳裡《のうり》をそんな現実がかすめた。

それは七二期生にとっての一番の関心事だったろう。

藤太が兵学校の受験を決めた理由の一つが、卒業生の特典である遠洋航海だった。

だがその夢は日米開戦で儚《はかな》くも消えてしまった。

戦争が始まってそろそろ一年になるが、江田島の生徒たちが戦争の進捗《しんちょく》状況を知るということはなかった。井上校長の方針で、課業に専念すべき生徒にそういう情報をもたらすのは好

ましくないとして、教官にも（戦争の話はしないように）と言明してある。

大本営《だいほんえい》という戦時に設置された最高の統帥《とうすい》機関からのニュースにしても、報道の管制から戦況の詳細までは伝えていない。だから一般国民も同様に戦争の実相については、あまり知らなかったと言える。これは米英などの報道姿勢とはまるで違った。

海軍が機動部隊の主力四空母、『赤城《あかぎ》』『加賀《かが》』『飛龍《ひりゅう》』『蒼龍《そうりゅう》』を一挙に失う「ミッドウェー海戦」の惨敗も報道されず、その事実を隠蔽《いんぺい》するために沈没艦の乗員をしばらく隔離《かくり》して海軍当局・大本営は、国民に戦争の事実を教えて厳しさを認識させるよりも、その報道がもたらすであろう士気の低下を避けるという選択をしている。

ミッドウェー海戦に敗れて以来、日本海軍が太平洋で再び優位に立つことはなく、米軍の反攻が勢いづく。

——海軍はこれからの戦力としては航空兵力を主力とすべきで、その基地は航空母艦ではなく撃沈される心配のない陸地でなければならない。日米双方にとって航空基地となる島嶼《とうしょ》（島々の意味）の争奪戦が勝敗をわけることになるだろう。井上中将のその予言どおり米軍は島嶼を次々と攻略して、そこに航空基地を整備する。

米軍は太平洋戦争の開戦前から、日本の国家予算の半分もの巨費を注ぎ込み、ボーイング社で超大型の戦略爆撃機の開発を始めている。やがて「超空の要塞」と呼ばれ姿をあらわすのが

「B29・戦略爆撃機」――"The Superfortress"である。

航続距離・九三五〇キロメートル。

最高時速・五八五キロメートル。

飛行高度（上昇限度）・九七〇〇メートル。

爆弾搭載量・4000ポンド（一八〇〇キログラム）。

全長・三〇メートル。

全幅・四三メートル。

武装・一二・七ミリ機関銃　一〇丁、二〇ミリ機関砲　一門。

搭乗員総勢・一一人。

生産された総機数・約四〇〇〇機。

＊　　＊　　＊

「B29・爆撃機」は、ずば抜けて大きな機体である。

ドイツ本土の主要都市を空爆で瓦礫《がれき》にした「B17爆撃機」（空の要塞）の二倍もある巨体だ。

米国のマスコミはこの巨人機を（地獄の巨鳥）とか（火の鳥）とか呼んでいる。こんな（怪鳥）が登場すれば、戦争の帰趨《きすう》は決してしまう。

米軍がマリアナ諸島を占領し、そこに飛行場を整備すれば――北海道と東北の一部を除いた日本全土に、空から爆弾の雨を降らせることができるのだ。

高度九〇〇〇メートル《メートル》で来られたら、対空射撃の高射砲《こうしゃほう》の有効射程外だし、そこまで舞い上がって迎撃できる戦闘機など、日本には存在しない。

だから理論上では、そんな怪物を退治《たいじ》できる戦術などはあり得ない——。

「B29」の完成は昭和十八年六月である。

(6)

昭和十八年二月三日、節分。

厳冬訓練が終了して節分がくると、江田島の寒気が緩んでくる気配が、そこはかとなく感じられてくる。その節分の日に、七二期生徒の卒業が九月十五日と決まる。

「いよいよ、くるものがきたな——」

誰もが、そんな決意をあらわにする。

卒業式が九月十五日。

七二期生徒の在校は、実質二年と十カ月に満たない江田島生活となる。

日本軍の劣勢を具《つぶさ》に知らぬ江田島の健児たちは、待ち受ける過酷な現実は知らず先輩に続く好機到来とばかり、繰り上げ卒業をむしろ歓迎している。

土曜日午後の軍歌演習などでは「江田島健児の歌」が、いちだんと声高になる。

広い校庭に全校生徒が四列の円陣を二つ作り、歩調をとった行進も溌剌《はつらつ》と若さみなぎる斉唱が真継不二夫《まつぐふじお》の写真集「海軍兵学校」に載っているが――実に壮観だ！

その締めくくりの「六番」である。

ああ江田島の健男児《けんだんじ》
機到《ときいた》りなば雲喚《よ》びて
天翔《てんか》け行かん蛟龍《こうりゅう》の
池《ち》に潜むにも似たるかな
斃《たお》れて後《のち》に止《や》まんとは
我が真心《まごころ》の叫《さけ》びなれ
（「海ゆかば」軍歌・戦時歌謡大全集【コロムビア】より）

昭和十八年の、七二期生卒業までの歴史をふりかえってみよう――。
二月一日　日本軍ガダルカナル島から撤退開始。

四月十八日　連合艦隊司令長官、山本五十六戦死。
五月二十九日　日本軍のアッツ島守備隊玉砕《ぎょくさい》。
七月二十九日　キスカ島撤退。
八月一日　日本占領下のビルマ（現・ミャンマー）独立宣言。米英に対し宣戦布告。
九月四日　日本軍ニューギニア、サラモア・ラエから撤退。
九月八日　同盟国イタリア、連合軍に無条件降伏。

そして九月十五日、はれの卒業式である。

それも戦況の逼迫《ひっぱく》で、過去に例のない慌ただしい卒業式になっている。

艦船に配乗となる三一七人は、江田内で待機している戦艦『山城《やましろ》』『伊勢《いせ》』、旧式巡洋艦の『八雲《やくも》』などに分乗して柱島泊地に向かうのは、七一期と同じだ。

一方、航空組の三〇八人も兵学校「正門」の桟橋から練習艦『阿多田《あただ》』に乗艦、江田内を出港すると宇品《うじな》に上陸、用意されていた広島発の特別列車に乗り、土浦《つちうら》の霞《かすみ》ヶ浦《うら》海軍航空隊に向かい、第四一期飛行学生として入隊する。

そして二ヵ月ほどが経ち、
十一月十八日——。

七二期の総勢が、天皇陛下への拝謁《はいえつ》のため東京で合流する。

太平洋の戦いが劣勢を加速させるなか、これが最後となる伝統の儀式だ。

航空組の飛行学生は六ヵ月間の練習機教程の三分の一を済ませたところだが、艦船組の乗艦実務訓練はすでに修了して、第一線の実施部隊《じっしぶたい》（海軍では実戦部隊をこう言う）への配置先も決まっていた。それで早く任地に赴《つ》きたい艦船組の日程に合わせ、航空組が東京で合流し、一緒に陛下への拝謁をすることになっていた。

当時の交通機関は、蒸気機関車に頼る長距離移動が普通だから、所要時間も乗り物疲れも今とは大違いだ。艦船組は十五日に呉から特別列車で上京、陛下の拝謁を終えると直ちに各地の実施部隊に向かうという過酷な移動である。

空と海に別れる同期生の久々の集いも、ろくに話もできない再会に終わる。

——そして誰もが、これが同期の仲間と、帝都・東京と、そして陛下とも今生《こんじょう》のお別れになると……ひそかな覚悟を決めて、東京駅で上野駅で、寸刻《すんこく》の別れを惜しむ。

（こんどは靖国神社で逢《あ》おう——）

彼らはそういう覚悟を無言のうちにも伝え合い、必死必殺を胸に決別する。

霞空《かすくう》（霞ケ浦航空隊を略して、こう呼ぶ）に戻った藤太たちは、艦船組の同期生が置かれた過酷な現実を知らされたことで、飛行学生という身分の日常がずいぶん恵まれた環境のようにも感じられ、彼らにはすまないような気にもなった。

艦船組のなかには、二ヵ月の基礎訓練のとき、南方の最前線トラック島への兵員輸送という実戦に参加した者もいた。敵との遭遇はなかったが——毎日が緊張の連続でいい経験をしたと聞いたとき、藤太は自分たちが出遅れているような気さえしたものだ。

だが間もなく飛行学生の誰もが、飛行機で空を飛ぶということの大変さを思い知らされるのである。

初心者の練習機教程というのは、俗に「赤とんぼ」と呼ばれるカーキ色（枯草色）布張り二枚翼の飛行機を使って初歩的な操縦技術を身につけるものだ。

この複葉機《ふくようき》はあまりスピードはでないが、安定性が良く扱いやすい飛行機である。つまり操作が簡単だということだ。それでも離陸がどうにかでき、飛行場上空で左旋回と右旋回も無難にこなし——滑走路に舞い降り、地上滑走をして、「列線《れっせん》」という飛行機を一列横隊に並べておく駐機場に戻すまで、数十回の訓練を必要とする。

約百時間ほど乗ると、とりあえず単独飛行ができるようになる。それだけで普通は半年かかるから一人前のパイロットを養成するのは大変だ。

練習機「複葉機・赤とんぼ」はあまりスピードはでないといったが、それでも今の新幹線よりも速く、時速三〇〇キロメートルは出すから秒速一〇〇メートルにもなる高速だ。

この高速度で飛ぶことから、飛行学生が先ず体感するおどろきは空気の密度と風圧の凄《すご》さだろう。秒速一〇〇メートルなどと言う乗り物はこれまでに誰もが経験していないのだ。

練習機（正しくは、九三式陸中錬）の操縦席には円蓋《キャノピー》がなく後部座席の教官ともども、飛行帽にゴーグル（防風・紫外線防止眼鏡）の顔面で——まともに風圧を受ける。

この風は地表で体感する風とは違い、濁流《だくりゅう》の勢いで顔面にぶつかってくる。

当然、その風速と風圧が声などを掻き消してしまうから——後部座席の教官のアドバイスは伝声管《でんせいかん》から前部座席の飛行学生の耳に届く仕掛けである。

それも、受話器の端末から左耳に当てたレシーバーで聴くのだ。

なぜ左耳かというと、プロペラは座席から見て右に回転（時計方向）してるから、プロペラで攪拌《かくはん》され押し流される空気の後流が操縦席の右側で強く、右耳の聴力を低下させるという理由からである。この後流は慣れるまで厄介で、後部の垂直尾翼（方向舵）の片方に……右にだけ強く当たることから、知らぬ間に直線飛行が左方向に流れてしまう。

「機首を戻せ！」

教官の声に慌てふためいて、逆方向にフットバーを踏んでしまい、

「馬鹿野郎ッ！」

と怒鳴られたりする。

教官も初心者相手に命がけの同乗をするわけだから、その指導はきびしい。

これが地上でのミスなら、鉄拳がポカリとくるところでも、秒速一〇〇米《メートル》では、そうはいかないのである。うっかり拳《こぶし》を振り上げようものなら、風圧でその手は座席の後ろに叩きつけられ、打ちどころが悪いと脱臼《だっきゅう》である。

ベテランの教官たちは心得たもので、野球のバットの握りの部分の太さで長さ一米《メートル》ほどの棒をちゃんと後部座席に隠してある。

これで、叱声と同時に飛行帽の脳天をゴン！とやるのだ。

――これが意外にも痛いらしい。コブができることもあるそうだ。

狭い機内でそんなことができるかと思うが、これが可能なのである。風圧というか風力というのか、自然エネルギーの巧みな利用である。

教官は（この馬鹿やろう！）というタイミングで、棒の先端を飛行学生の頭上にもっていくと、教官には省エネでも（秒速一〇〇米《メートル》）の風力エネルギーが、$\frac{1}{2}mv^2$ の衝撃を棒に伝え、棒の先端が、飛行帽の上にグサリとめり込むからたまらない！

ゴツン、ボコッ、グシャリ……頭蓋骨の部位と風力の強弱で、音はいろいろだ。

飛行学生のほうも、二度目からは防御《ぼうぎょ》を工夫してくる。

マークされてる教官と同乗するときは、飛行帽のなかにクッションとして手拭いを畳《たた》んで入れるのだが、これが痛み止めとして完璧《かんぺき》すぎると、音と棒に伝わる感触でバレ、着陸後にもっと痛い鉄拳がポカリとくるから、ほどほどの痛みを甘受するほうが賢明だ。この一撃は愛のムチともいえるお仕置きのようで、双方の了解もあるのだろう。

飛行中のミスを空中でくどくど詰《なじ》ると、新米パイロットはますます焦《あせ》って、とんでもない事態を起こしかねないから、ゴツンと一発やって覚醒《かくせい》させるのは効果的だろう。

これが重大なミスだと、ポカリとやってるヒマはない。

初めて大空に舞い上がったときの藤太は、気分までも舞い上がり――、体に翼が生えたような爽快感で……思わずエンジンを加速させ、前方を飛ぶ「赤とんぼ」に異常接近（追突）しそうになる。手許の計器盤の目盛りにばかり気を取られて、前後左右を見る余裕を失っている――典型的な初期のミスで、だれもが一度はやる。

「おい、スピードが出すぎとる！」

「スピードでありますか？」

「前を見ろ！」

（……いけねぇ！）

藤太は操縦桿《そうじゅうかん》（スティックと呼ぶ）はそのままに、思いっきり脚で車輪のブレーキを蹴《け》るように踏む。離陸前の滑走路の徐行ではつんのめるように利いたブレーキが、さっぱり反応してくれない。

（おかしいなぁ……）

「ばかもん！　早くスティックから手を離せッ！」

後部座席の教官が声をはりあげる。

藤太の全身から冷や汗が噴《ふ》きだす！

こういう場合、練習機の操縦は自動的に後部座席でできるようになっている。

搭乗機は教官の操縦でゆるいカーブを描いて、左に大きく旋回する。

「今おれたちがいるところは地《じ》べたじゃありゃせんぞ――脅《おど》かすな！」

「は、はい、そうでありました……」

藤太は、手袋のまま額にべっとり浮いた汗をぬぐう。

そんな初日にはじまり、やがて迎える単独飛行というのも忘れがたい感動である。

この（単独）という緊張感が、言葉にならない有頂天《うちょうてん》の気分なのだ！

その単独飛行の前に、実は単独離着陸という前段階の訓練がある。個人差はあるが大体九時間から一五時間くらいで、こういう教程に到達するようだ。

「チョーク（車輪止め）外せ！」

と整備員に号令をかけ、単座の「赤とんぼ」を離陸地点まで地上滑走で移動するだけでも
――気分はもう、いっぱしの搭乗員になっている。

滑走路の離陸地点に着くと、下りてくる飛行機はないか、自分の前後に離陸しそうな飛行機はないかと、一応、確認する。

これは今の自動車学校で、車をコースに出すときのマニュアルと似ている。

その確認をしてから――、

「離陸しまぁす！」

と叫んで、エンジンを一杯にふかして操縦桿を前に押し、機体を水平にする。

地面に接していた後輪が浮き上がるのだ。

そして機体が――脱兎《だっと》の勢いで疾走する。

飛行場の芝生が、左右の目に緑の帯《おび》となって、まるで川が流れるように見えてくる。

その水流の滑《なめ》らかさの色合いと、体感する風圧とで離陸できる速度の見当をつけ、飛行機を水平に保っていた操縦桿を、少しずつ手前に引き始める。

すると飛行機は何の抵抗もなく、ふわりと舞い上がるのである。

そのまま、まっすぐ上昇し高度を一〇〇～一五〇〇《メートル》くらいに固定する。

その高度を保って、飛行場上空で大きな円を描くように、第一旋回第二旋回と、右に左に水

平飛行を繰り返すのである。地上から双眼鏡を覗いている教官には操縦者の表情までがはっきりわかる高度らしい。その飛行を二〇分ほど繰り返してから――着陸となる。

これは離陸と同じ操作が逆になるだけなのだが、最初はこれがむずかしい。

高度が一〇〇メートルをきると、高度計は、もうアテにならない。

高度計の目盛は「50」「0」とあって針は微動していても正確な数字はでない。

目測で読む高度は、どうしても実際より高めになってしまう。地面が迫ってくると墜落しそうな恐怖感にかられるという、初心者のクセなのだ。

その結果、定められた着地点を越えて車輪が接地するから――地上滑走の距離を長くとってしまう。陸軍機ならそれでも良いが海軍では艦載機を想定した「定着《ていちゃく》」が基本だから、空母《くうぼ》の飛行甲板の長さ（二〇〇メートルくらい）で滑走路に停止しなければいけない。

単独飛行ができるようになると、いよいよ基礎教程も後半の「特殊飛行」となる。

これは空中戦を想定しての様々《さまざま》なスタント飛行の基本を身につけるものだ。

待ちに待った、本格的な戦術のその基本をかじることになる。

――宙返り、宙返り反転、背面飛行などである。

「いよいよオレたちも操縦士だぜ、くるところまできたなぁ――」

単独離着陸をクリアした日の夜である、誰が言うともなく、藤太ら同期の仲間で互いの健闘を讃《たた》え合う祝宴をやろうということになった。

祝宴といっても、格納庫の片隅での反省会だからサイダーと適当な菓子類を持ち寄り「赤とんぼ」の傍《かたわ》らに車座をつくってのささやかなもの。

気の置けない同期の仲間というのは、実にいいものだ。

江田島健児という固い絆《きずな》に、「死なば諸共《もろとも》！」という連帯感が生まれている。

こうなると、もうこの世に怖《こわ》いものなどなくなってくる。

それも一途に純粋な使命感を共有しているから、空の護《まも》りに就くという誇りを決して忘れることはない。

――平成の世に生まれていれば、成人式の行事などで周囲から祝賀を受けるのが当然だと思っている、そういう世代の若者たちである。そのときの顔ぶれ――屈託《くったく》のない笑顔をしている仲間が、今もって藤太の記憶の抽斗《ひきだし》からスラスラとでてくる。

相澤善三郎（あいざわ・ぜんざぶろう）
高見隆三（たかみ・りゅうぞう）
向井寿三郎（むかい・じゅさぶろう）

松木亮司（まつき・りょうじ）
山本勝雄（やまもと・かつお）
渡辺清実（わたなべ・きよみ）
渡辺光允（わたなべ・こういん）

この同期の若桜たちは、この後の「実用機教程」でも同じ戦闘機組に選抜され、卒業して赴任する実施部隊までも一緒という——浅からぬ因縁《いんねん》の顔ぶれだ。

もともと鼻柱《はなっぱしら》の強い連中だから、いいペースで単独離着陸までできたことで意気があがっている。江田島の頃はそうでもなかったが、霞空にきてから、藤太は急に彼らに親しみを覚えるようになった。（鼻柱）はともかく、そろって性格がいい。山本光允などは一浪で兵学校に入ったから藤太より三歳年上の兄貴分なのに、少しも横柄《おうへい》な態度はとらない。

「ところで大きな声じゃ言えんがな……」

と、相澤がおおきな地声《じごえ》をだす。

「兵学校出の若い教官にゃ、要注意だとも言うらしいぞ……」

「なにか理由があるのか？」

そう訊《たず》ねたのは、資産家のお坊ちゃまの、高見である。

「考えてもみろ、霞空に飛行学生できて足止めかけられてんだぞ。操縦がヘタクソでどうしようもねぇから、もうちっとここに置いて上手くなるまで教官やらせようってんだ」

「それがどうして要注意なんだ――」

高見が怪訝《けげん》な顔をする。

「そんな落ちこぼれ教官がだ……俺たち後輩にどんなご立派な演説を聞かせようっていうんだ。ちゃんちゃら可笑《おか》しいじゃねえか――」

「貴様、いったい何を言いたいんだ……」

高見が言う。

「おいおい……一寸まってくれ。江田島の先輩の飛行教官が俺たちに有難いお言葉をくださるというんだから、俺としちゃあ、いえ結構ですとは言えんだろう」

藤太が、二人のやりとりに割ってはいる。

七二期の藤太らは、これまで、ほとんど下士官の教員から訓練を受けていた。そういう教員のなかには支那事変《しなじへん》の頃から操縦桿を握っているベテラン搭乗員もいて、そういう教員の指導訓育には霞空でも定評があったと、藤太は記憶している。

そういうお世話になった教員ではなく、これまで話をしたこともない教官が（祝宴）と聞きつけて顔をだしてくれるというのだ。有難いことだと藤太は思った。

「霞空まで来て妙な一号生徒のお達示なんてゾッとするぜ……」

相澤が、プィとふくれっ面《つら》をする。

一号生徒とは兵学校時代に睨《にら》みを利かせていた最上級学年生徒、お達示とはその一号生徒たちの特権であった居丈高《いたけだか》な下級生への訓戒である。

場合によっては、お達示のあとにポカリと鉄拳がくる事もあった。

「そう言わずに、俺の身にもなってくれよ……」

藤太はそう言って相澤をなだめる。

相澤の危惧も一理ある。霞空という大世帯には確かに油断ならぬ教官もいるだろう。

後に藤太が知ることだが、兵学校を七〇期で卒業している獰猛《ねいもう》な教官がいて、飛行学生四二期の連中――藤太の一期後輩たちは、ひどい扱《しご》きをうけたようだ。

その教官は「宇佐《うさ》航空隊」で実用機教程を卒《お》えて「霞ヶ浦航空隊」付の教官になったという。

――てめぇらのようなトロイ奴らは、この航空隊にゃ要らねぇんだよ！

そういう粗暴な言葉で、学生たちのミスを咎《とが》め罵《ののし》ったり、
同乗飛行中の学生の失策を背後から樫《かし》の棒で小突《こづ》き、

――バカやろう、貴様なんかこっから飛び降りちまえッ！

そんな無茶な暴言を吐いたりしたらしい。

「神風特別攻撃隊」第一号、「敷島隊《しきしま》」の指揮官として散華した関行男《せきゆきお》中尉である。

「俺の感じでは妙な人じゃなさそうだった。いいじゃないか相澤……」

藤太はそう続けた。

その教官が現れたのは、まさにその時だった。

格納庫の物陰からひょっこり姿を見せたという、そんな感じの登場である。

第三種軍装というのか、胸元が開襟《かいきん》シャツみたいな襟《えり》の薄緑色の服で、襟についた階級章が「大尉」である。

藤太たちは一斉に立ち上がって挙手の敬礼をする。

大尉も答礼をするが、「無礼講だ、まぁ座れ」と、そう言った。

その大尉が歩を運んでくる数《メートル》で――藤太らは、その片脚が少し不自然に引きずられるのに気付く。歩調の様子から治癒《ちゆ》してない怪我の所為《せい》ではなさそうだ。

大尉はその歩調で、一同が車座になった中央の空間にゆっくりと歩を運び、

「単独離着陸まで一〇時間だそうだが、ペースとしちゃ悪くはない……」

そう言ってから、ニヤリと笑う。

「だが、あんな着陸でいいと思ったら大間違いだ」

それは誰もが自覚している今日の反省点だった。

――いきなり本題に入り、痛いところを突いてくる。

藤太は、なんだかうれしくなってきた。

「最初にしちゃあ上出来だと、貴様たちを乗せた教員はそう言って褒《ほ》めてくれたろう」

図星《ずぼし》である。

今日の飛行でも、全員が下士官の教員にあたっていたのだ。

海軍という階級組織にあって、兵学校生徒たちは江田島の頃から優遇されている。

兵学校への入校と同時に「下士官の上、准《じゅん》士官（兵曹《へいそう》長）の下」という、かなり高位の階級が与えられる。

「下士官」の上の階級だから、実技を教える教員よりも生徒の位《くらい》が上になる。

すると教員としては、相手が息子世代の生徒でも命令口調で喋《しゃべ》ることはできない。

「○○生徒○○せよ！」

とは言えず、

「○○生徒○○する！」

と、動詞活用の終止形を使う。

少尉候補生の飛行学生が下士官より階級が上であることはいうまでもない。

藤太が、教官は我々の着陸を見ておられたのですねと、訊ねる。

「おぅ、貴様か。着任早々だから指揮所のテントの隅っこで遠慮しながら見てた……」

「我々の着陸のどこが大間違いなのでありますか？」

相澤がすかさず訊ねる。

「着地してからあんなに長い滑走は陸さん（陸軍）の着陸だ。ケツ（後部）も高すぎるから、あれじゃあ艦載機の着艦なら空母の甲板に張ったワイヤーにフック（鉤《かぎ》）が引っかからん――全機海面に墜落だな。貴様らゼロ戦の製造原価を知っとるかぁ？」

「おいくらでありますか？」

相澤が問う。

「俺も知らんよそんな値段、だが少尉候補生の月給の百年分以上はするな……」

と、大尉がイヤなことを言う。

「貴様たちの着陸は勇ましい滑り込みのイメージだ。あれじゃいかん……」

（イメージ）――？

意外な英語がとびだし、一同がキョトンとする。

「それなら、どんなイメージで着陸すべきでしょうか？」

矢つぎばやの質問をする相澤だ。

「そうだなぁ、ふんわりと舞い降りる感じかなぁ……」

（ふんわりと）意外な言葉に、四一期飛行学生の俊秀《しゅんしゅう》たちは愕《おどろ》く。

彼らは、この後に控える「実用機教程」で最も競争の激しい戦闘機の適性を認められるのだが――ふんわりなんて言葉は、初耳である。

――いや待てよ。

藤太は座学での記憶を手繰《たぐ》る。

そんな理論を述べた教官がいたような気がする。

何という教科だったか、居眠りのでた退屈な講義だった。

（理論はどうあれそんな着陸があるもんか）と、反感すらおぼえた講義だった。

――後悔先に立たず、である。

「貴様たちの先輩になる飛行学生の三三期に――」

これをやった天才がいたという。

兵学校は六六期卒業、「霞空」では昭和十五年六月に優秀な成績で練習機教程を修了した男だというのだ。生き証人がいるとは聞き捨てならない。

航空母艦に着艦するための予備訓練で、地上の定点に、前の二つの車輪と後ろの尾輪の三つを同時に着地させる「定点」という着陸訓練で、これをやったという。

藤太は、脳天をガツンとやられたような衝撃を受けた。

――まったくもって「後悔さきにたたず」だ。

藤太はそう悔《く》やみ仲間の表情をみると、彼らの眼つきも変わってきている。

「フジタという天才パイロットが、実際にこれをやっとるんだ」

大尉がその生き証人の名前を明かす。

「フジタという天才ならここにも四修《よんしゅう》で一人おりますよ、教官――」

相澤がニタリと笑って、うやうやしく教官に告げる。

相澤というのはまったく天真爛漫《てんしんらんまん》な好漢だと、藤太は思う。

「ほォ、このなかにフジタイヨゾウ（藤田怡与蔵）の親戚でもおるのか……」

「違います教官、私は天才じゃありませんし、フジタは姓じゃありません」

藤太があわてて弁明する。

「教官、七二期には林が五人もおるのです、五人ですよ。ファーストネームで呼ばにゃあ収《しゅう》拾《しゅう》がつかんでしょうが。もっとも仲間うちじゃあこの男はトウタですがね……」

「貴様の言ってることは理解できんな――一体なにが言いたいんだ？」

「教官、この男はサイダーで酔っ払ってるんです」

と、藤太。

「バカ言え、サイダーで酔っ払う奴がどこにおるか！」

相澤も負けていない。

「待て待て――仲間割れはよせ。フジタトウタというのが貴様の名か？」

大尉が藤太に訊ねる。

「いえ、私の姓は林であります。林藤太《はやしふじた》であります」

「するとフジタトウタというのは架空の人物なのか？」

「いえ、そうではありません――」

大尉が首を傾《かし》げる。

「話せばながくなりますが……」

藤太がそう言った。

「いいではないか、まだ宵《よい》の口《くち》だ……」

教官が鷹揚《おうよう》にかまえる。

「はぁ……」

それで藤太は――自分の出自《しゅつじ》の折に母が安産の祈願で伊香保稲荷にでかけた話をする。

「おいおい、そこから始めんのか……夜が更《ふ》けちまうぞ！」

車座になった相澤たちが腹をかかえて笑う。

彼らには先刻承知の逸話なのだ。大笑いするほどの事じゃないが、教官の仰天《ぎょうてん》ぶりが可笑《おか》しかったのだろう。

「大丈夫です教官。フ、ジ、タの命名がお稲荷サマのお告《つ》げというだけの話です」

相澤がそう説明する。

「そうか――」

教官はそう言ってから得心して、うなずく。

「お稲荷さんと言えばキツネだなぁ」

「はい、キツネです」

藤太がこたえる。

一同、キツネに抓《つま》まれたような顔つきになる。

「同期の藤田怡与蔵の話に戻ろう、キツネじゃなくネコの話だ」

大尉が真顔になり、

「貴様の実家は伊香保温泉の近くなのか？」

と、藤太に問う。

「前橋の在郷であります」

「すると野良《のら》ネコなども見てるな？」

「ノラかどうかわかりませんが……ネコは見てます」

藤太が少し当惑気味だ。

「ノラじゃなくてもかまわん……ネコならいい」

「はぁ、前橋にもネコはおります」

「ネコという奴は……どんな姿勢で空中高く抛《ほう》りあげられても、四つの足をきちんと揃えてドンピシャリと着地するそうだ……」

「ネコが……どんぴしゃりですか？」

「そういう話を聞いたことがあるだろう？」

「はァ、あいにく、ネコに知り合いはいませんが……」

その当惑した返答が仲間の哄笑《こうしょう》をもたらすから、

「何となくわかります」

あわてて、そう補足する藤太だ。

「貴様……まじめな顔しておもしろい冗談を言うなぁ」

藤太は冗談のつもりではない。大先輩を前にして汗顔《かんがん》の思いである。

大尉は藤田怡与蔵の着陸があまり見事なのでネコという仇名《あだな》を頂戴したという。

ネコが頭を低く少し前のめりに重心をとるバランス感覚が理想的な着陸姿勢だとも言い添える。今の俺たちは野良ネコ以下かと、飛行学生たちは苦笑する。

しかし藤太は着陸というイメージを拡《ひろ》げられたようなヒントを感じた。
エンジンの出力を絞り――最後は機体を大地の引力に委ね、抱きすくめられるように滑走を停止する。それを感覚的な言葉にすれば、まさに（ふんわり）だろう。

昭和十九年三月十五日。兵学校を卒業して六カ月――。

練習機教程を終了して海軍少尉に任官。七二期の平均年齢が、二十一歳。

――この時、すでに一八人もの戦死者がでている。


練習機教程が終了すると、適性と本人の志望を参考に――戦闘機・艦上爆撃（艦爆《かんばく》）・艦上攻撃機（艦攻《かんこう》）・中型陸上攻撃機（中攻《ちゅうこう》）・水上機、偵察などの機種にふるいわけられ全国各地にある練習航空隊に配属となり、実用機の教程に入る。

藤太たち八人はそろって「神ノ池《こうのいけ》航空隊」――千葉県銚子《ちょうし》の北にある新設されて間もない航空隊で戦闘機の訓練を受けることになった。

「霞空」よりもずっと小規模だが、ここにはホンモノの戦闘機がズラリと列線に並んでいて――その全金属製の機体が、藤太たちの視線を釘付《くぎづ》けにした。

少尉ともなると、れっきとした海軍士官。日曜日の外出で土浦《つちうら》、潮来《いたこ》、佐原《さはら》といった近在や

――東京の新宿《しんじゅく》などにも繰り出し「ムーランルージュ」をのぞいたりと、平服の外出で英気を養《やしな》っている。


戦闘機搭乗員の教育は、離着陸からはじまる。

戦闘機は一人乗りが普通だから、座席は一つしかない。

「赤とんぼ」で単独飛行をやってはいても、いきなり実用機の操縦をさせるのは無理だろうから、「零戦《ぜろせん》」にもう一つ座席をつけた複座《ふくざ》の練習用戦闘機『錬戦《れんせん》』というのがあり、この特別機で数回教官に同乗してもらう「慣熟《かんじゅく》飛行」が訓練の始まりだ。

「慣熟」とは――なれて上手になる、と辞書にある。

複座とはいえ、いきなり憧れの「ゼロ戦」に搭乗、身体を慣《な》らす体験飛行が手始めなのだから、なんというゼイタクだろう。

この当時、まだ世界の最高級機で最強メカといってもいい「零式戦闘機」に――赤とんぼの「九三式中型練習機」(中錬《ちゅうれん》)で飛行時間一〇〇時間ほどの学生をいきなり乗せてくれるのだから昂奮しないほうがおかしい。

その慣熟飛行をする前夜といったら、小学校時代のむかし、遠足の前夜とか、運動会の前夜などの、あの寝付《ねつ》けないコーフンの再来を味わう飛行学生たちである――。

そしてその当日である——、
操縦席にすっぽり身を沈めて体を固定する肩バンドをする前に——、
スティック（操縦桿）を前後左右に動かし補助翼や昇降舵の利き具合をみる——、
方向舵の作動を左右の足で蹴《け》るようにフットバー《フラップ》を踏み込んで利き具合の確認——、
そういう一連の動作に、実にやわらかな反応が伝わってくる。
金属と金属の擦《す》れあう摩擦《まさつ》に、少しも金属的な硬さのない滑《なめ》らかな感触は——数万点に及ぶだろう精密機械加工された部品の高精度の証《あかし》なのである。
操縦席から目を凝《こ》らして、補助翼や垂直尾翼の動きを目視《もくし》するまでもなかった。そのデリケートで細やかな反応がカシャカシャという軽快な微動を機体に伝えてくるのだ。
それは「戦闘機」という破壊《はかい》と殺人を業《ごう》と負《お》うマシーンでありながら、粗暴《そぼう》さどころか優美で淑《しと》やかで嫋《たお》やかさを秘《ひ》めたクールな戦士だ。「愛機」という呼び方がぴったりくる操縦性の良さに藤太は恍惚《こうこつ》となった。
初めての離陸のときだが、そのスピードと加速性の凄さに藤太の全身は総毛立《そうけだ》つような驚愕に震《ふる》える。離陸直後の水平飛行なのに強烈なGを受けたように、背中が座席の背にピタリと吸いつけられるような反動を受けたのだ。
空に舞い上がってから（赤とんぼ）とは操縦性の良さがまるで違うことに仰天《ぎょうてん》する。

何が違うかといえば、何もかもがまるで違うのだ。

操縦桿とフットバーの利き具合など、ほんの僅《わず》かな違いにもきちんと反応する。

それにエンジンのパワーが桁違いだから、宙返り飛行など難なくできてしまう。こうなると毎日の飛行訓練が楽しくて仕方がない。

一日中空にあがっていたいくらいだが、そうもいかないのだ。

卒業も迫ってきた飛行訓練で、藤太たちは「捻《ひね》りこみ」という零戦の極意、初期のラバウル航空戦では練達の下士官搭乗員らが、連日、米軍の戦闘機をボタボタ叩き落とした秘術を体験させられ度肝《どぎも》を抜かれる。

その日は梅雨《つゆ》どきにはめずらしい快晴で、真夏のような青空だった。

教官と一緒に飛び上がって銚子の沖合での空戦訓練だ。高度二〇〇〇米《メートル》、太陽を背にした教官の零戦の後方三〇〇米《メートル》につけ、進路も同じ方向に合わせた後追《あとお》いで飛ぶ。

教官の最初の左バンク（翼を左に傾けて振る）を合図に、距離を八〇米《メートル》に詰める。

それを確認した教官機の、次のバンクで戦闘開始だ。

飛行学生がそのままの攻撃態勢、つまり教官機の後ろにつけていれば、飛行学生の勝ちである。

――というのも、

射程距離八〇メートル、敵機（教官機）の真後ろの近距離にいれば、二〇ミリ機銃の炸裂弾《さくれつだん》一発で空戦にケリがつくはずだ。撃墜どころか、敵機は跡形《あとかた》もなく空中分解して飛散するだろう。空中戦を英語で〝ドッグファイト（犬のケンカ）〟というがこれは犬が牙《きば》をむき噛《か》みつき合う闘いは、相手の後方にむしゃぶりつくことで雌雄《しゆう》を決するからだろう。

飛行学生が優位な後方から相手を攻めるのを追躡《ついしょう》攻撃というが、この模擬空中戦で教官機が負けることは、まずありえない。

——ここで教官機の使う魔法が「捻りこみ」である。

藤太の、その日の「追躡攻撃」から捻りこみを検証してみよう。

藤太は教官機の最初のバンクで、エンジンの回転数を徐々にあげながら教官機の機影を照準器の中央にピタリと捉《とら》える。その流麗《りゅうれい》なボディーラインは、真後ろから眺めても惚《ほ》れぼれするような美しさだ。

模擬空中戦とはいえ、その美形に背後から襲いかかるのは——何か清楚《せいそ》なものを陵辱《りょうじょく》するようなイヤな気分だ。

そんな気分の藤太は、教官機がどう動いてこの劣位から反撃に転ずるのか想像をめぐらせる。次も左にバンクして——おそらく急上昇しながらの横滑りがあるだろう。

自分ならそうする。

そこで今度は右に横滑りしながら、急上昇しての宙返りか——？

そんな逃げを打っても双方が同じ機種の「零戦」だから劣位を覆《くつがえ》すのは不可能だ。

——では、どうするか？

すでに教官機の機影が、照準器いっぱいになっている。

目測で、距離は一〇〇《メートル》をきっている。

教官機が左にバンクした。

と、思う間もなく急上昇である。

——しめしめ、これで勝負ありだ。

藤太も操縦桿を思いっきり手元に引いて急上昇する。

体に強烈なGがかかる。

心臓が早鐘《はやがね》を打ち、動悸《どうき》が激しくなる。

だがこの身体的ハンディは、兵学校五期先輩の教官よりも若さでこちらが有利なはずだ。

眼下にあった太平洋の水平線が……みるみる視界の下方に沈んでゆく。そして雲海をバックにして教官機が上昇を続ける。

藤太は距離をピタリと保って、食い下がる。

やがて頭の上に太平洋の紺碧《こんぺき》の海原が見えてくる。

二機の零戦は太平洋の上空で互いに背面飛行、半径一千《メートル》ほどの同心円を描くような宙返りに入るところだ。操縦士にとっての平衡感覚では、頭上に見える太平洋は幻影で眼下に着陸すべき飛行場があるのだと――そう錯覚している。高速度でのアクロバット飛行が地球の引力というGを攪拌《かくはん》していて、視界にはいる景色といえば、青い空と白い雲の広がりだけである。こういう空間では人間の水平垂直感覚は、アテにならない。

だが藤太は前方八〇《メートル》にある機影から目を離さない。敵機は宙返りすると読んで、背面飛行から急降下にはいるタイミングを狙う。

これが勝負どころだ。

居合《いあい》の剣客《けんきゃく》同士がにじり寄り、まさに剣《つるぎ》を抜き放たんの一刹那《いちせつな》！　藤太は教官機の垂直尾翼のかすかな揺れを、心眼《しんがん》が捉えたように感じた。

その読みが的中する！

教官機がまっさかさまに落下した！　藤太も思いきった急降下で追う。

高度二千《メートル》を切った銚子の街並みの俯瞰《ふかん》が――ぐわッと、せりあがってくる。

――だがしかし、教官機の姿が目の前から消えている。忽然《こつぜん》と消えている。

――そんなバカなっ！

と、真後《まうし》ろを振り返ると、教官機がピタリと背後にくっついている。操縦席でニヤついている教官の表情がわかる。あっという間に攻守《こうしゅ》ところを変える逆転負けである。

「貴様のような下手クソは初めてだ！」

それが着陸した藤太への教官の第一声だった。

そう言ってどやしつけておきながら、顔は笑顔なのである。

そして左右の手のひらを目の前に広げて、二機の戦闘機に見立て……こうして、ああしてと、空戦の模様を再現しながら「捻りこみ」の技法を伝授してはくれた。

要するに、その戦法のポイントは宙返りの頂点付近での複雑なひねり運動で、両手両足をまんべんなく駆使し正円ではなく楕円《だえん》を描きながら相手の後尾に回り込むのだ。

言葉の説明に身振り手振りを加えても、藤太には理解し難いものだったが、捻りこみをやられたら、まともな宙返りでは太刀打ちできない実感が、せめてもの収穫だった。

宙返りをしながら、機体に「公転」と「自転」を加えるというのだから、これは知識として理解するより、飛行訓練を重ねて身につけなければ意味がない。

それからの特殊飛行には、編隊飛行や宙返り失速、それに射撃などもあり、七月末には飛行時間が約二〇〇時間となり、実用機過程が終了となる。

操縦士としてはまあ一人前と言われるのが、飛行時間で五〇〇時間という。その半分にも満たない兵学校七二期の飛行学生にとっては、厳しい門出である。

それでも彼ら戦闘機乗りの若鷲《わかわし》たちは、南はスマトラ・セレベスから北は千島《ちしま》にわたる第一線基地に配属され、勇躍初陣《ういじん》を待つのである。

兵学校出身の搭乗員が百人を超えたのは七一期の一一四人と、七二期一五六人。開戦後に実施部隊に配属となった兵学校出身の搭乗員となると六七期から七三期までで五〇〇人ほどにすぎず、この少ない人員に初級指揮官としての重圧がのしかかり、技量未熟でも出撃命令がでる。その挙句《あげく》が、初陣即戦死という結果を生む……。

昭和十九年七月。

林藤太ら八人は、呉海軍航空隊への勤務という辞令を受けるが、その任地は呉海軍航空隊から分離独立した「岩国《いわくに》戦闘機隊」である。

［破］

昭和十九年――決戦

「雷電」21型とB-29の比較

	「雷電」	B-29
全幅	10.80m	43.05m
全長	9.695m	30.17m
全高	3.945m	8.46m
自重	2490kg	32370kg
乗員	1名	11名

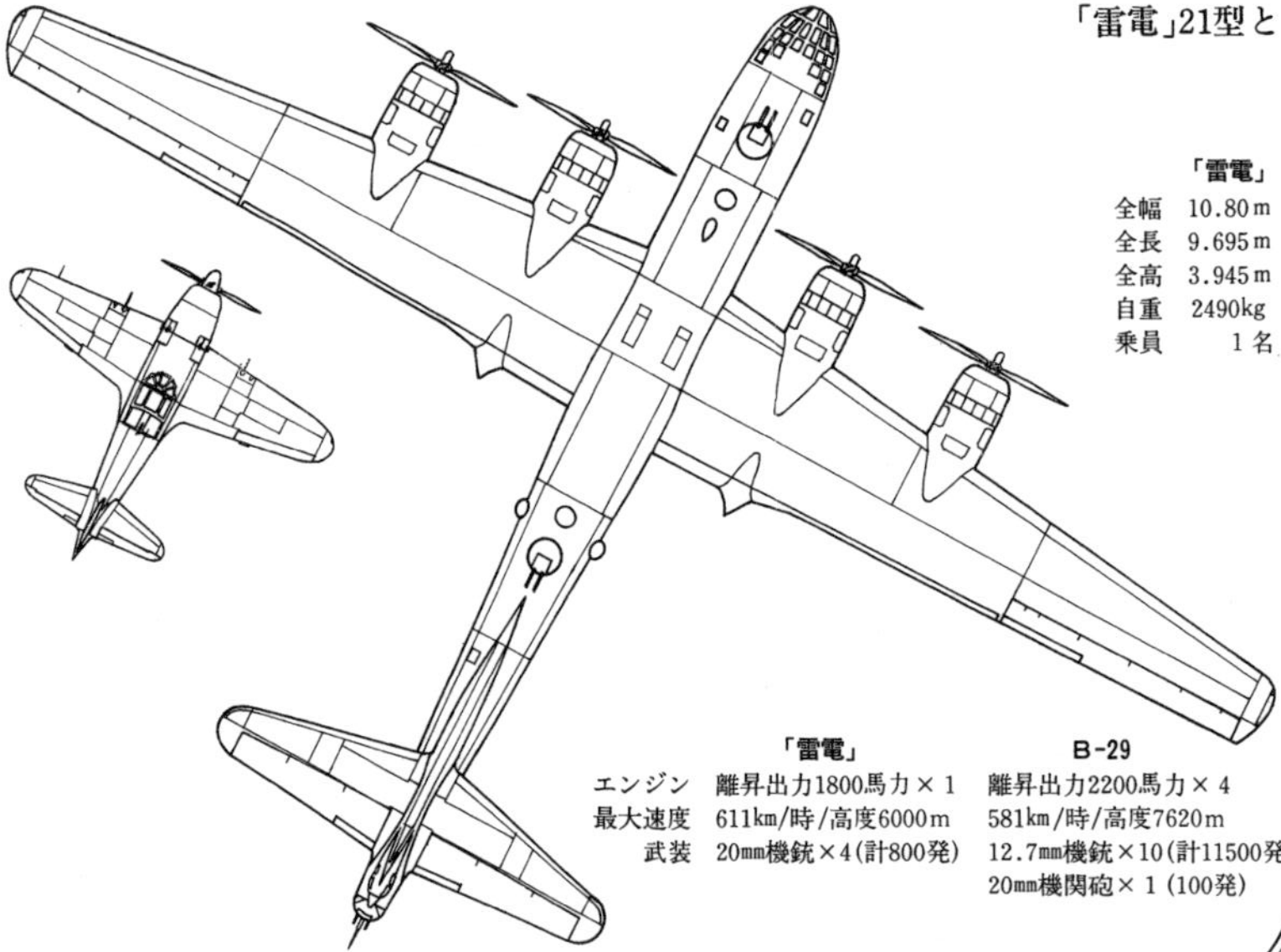

	「雷電」	B-29
エンジン	離昇出力1800馬力×1	離昇出力2200馬力×4
最大速度	611km/時/高度6000m	581km/時/高度7620m
武装	20mm機銃×4(計800発)	12.7mm機銃×10(計11500発) 20mm機関砲×1(100発)

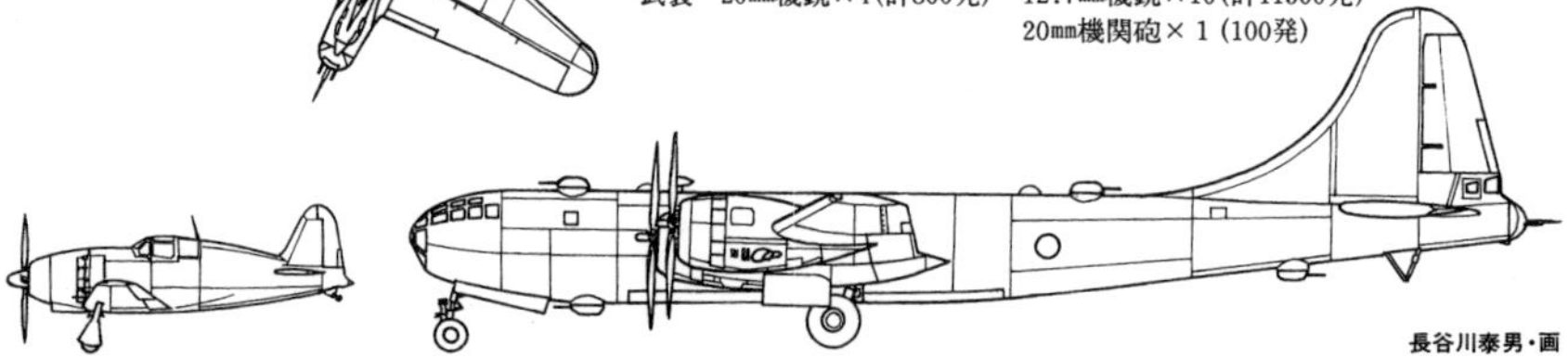

長谷川泰男・画

（1）

「岩国戦闘機隊」は昭和十九年八月一日付で「第三三二海軍航空隊」と改称される。この（三三二）は、さんさんふたと、ちょっとかわった呼びかたをする。

実施部隊といわれる作戦航空隊が隊の名称に地名をつけたのは、昭和十七年までで、それ以降は番号化した名称が使われるようになった。基地の移動や再編成が多くなったための措置である。神奈川の「厚木航空隊」は「三〇二空《さんまるふたくう》」、長崎の「大村航空隊」は「三五二空《さんごふたくう》」といった具合である。

――これら三つの航空隊は、本土重要地区の防空任務を分担するという同系列の航空隊である。同系列というのは人員の移動や転属などが割と容易で、機材や戦闘機の共有などで互いの便宜を図ったりもするから、兄弟航空隊と言われることもある。

第三三二海軍航空隊の司令は柴田武雄《しばたたけお》中佐である。

柴田は生粋《きっすい》の戦闘機乗りであったと同時に、なかなかの論客《ろんかく》だ。

戦闘機乗りであったからこそだろう、その後の航空廠《こうくうしょう》飛行実験部の主務者としての少佐時代に、零式《れいしき》艦上戦闘機の試作について——兵学校同期の源田実《げんだみのる》とやりあった白熱の用兵論などは、語り草にもなっている。

源田の「格闘戦性能第一義」に対して、柴田は「速力と航続力第一」を譲《ゆず》らない。

——昭和十三年四月十三日のことである。

二人の平行する激論が、設計技師・堀越二郎《ほりこしじろう》を究極の土壇場《どたんば》まで追い詰め……可能性の限界を超えた名機の誕生につながったと、言えなくもない。

——そもそもが、海軍側の無茶な要求がことの始まりだ。

それで堀越二郎（三菱重工）は、海軍側の突きつけてきた要求の、

「空戦性能」

「航続力」

「速力」

——のうち、どれにウエートをおくべきかを海軍側に質《ただ》したのだ。

それが、源田実と柴田武雄の激論の発火点になった。

「昭和」という歴史の緊迫《きんぱく》のなかで、堀越二郎を中心とした三菱重工の技術陣の頭脳は海軍側の要求のすべてを満《み》たす「零式艦上戦闘機」を誕生させるのである。

海軍に「零式艦上戦闘機」がなければ——、

『真珠湾奇襲攻撃』という、それまでの世界の軍略史の常識を覆《くつがえ》す作戦は有得《ありえ》ない。どんな名将が連合艦隊司令長官であろうが、そんな発想は浮かばないだろう。すると、あの日米関係の不穏な軋轢《あつれき》はどういう決着に至ったろうか……。

――話を、フレッシュな（八人の侍）たちの赴任のときに、戻そう。

林藤太は……姓名申告以来であるが、あらためて心地よい緊張感をかみしめた。

柴田武雄司令と、山下政雄《やましたまさお》飛行長（少佐）が、そろって直々《じきじき》のお出迎えである。

「林少尉他《ほか》七名ただいま着任いたしました！」

「宜《よろ》しくたのむぞ――」

でっぷりと巨漢の柴田司令が、挨拶にきた少尉たちを穏かな表情で迎える。

「見てのとおりこんなあばら家《や》だが、がまんしてくれ……」

そういって柔和な笑顔を見せたのが山下政雄飛行長である。「飛行長」というのは基地司令に次ぐ高位の部署で、戦闘部隊の指揮官「飛行隊長」よりも権限がある。

だから飛行長が人格善良、若者の意思を酌《く》む度量と理解があるなら――若い少尉たちにとっては居心地のよい基地であり、好ましい上官に恵まれたということになる。

柴田司令とは対照的な痩身《そうしん》でスマート、しかも洗練された紳士の雰囲気すらある山下飛行長は、初対面で新任の若者たちに気に入られたようだ。

（この飛行長は話がわかりそうだ……）

そう思って安堵したのは藤太だけではなかったが、岩国基地に対しての彼らの印象は——二転三転する。

街なかにある飛行場というから、ちっぽけなのは覚悟していたが、その狭さは想像を超えていた。しかも周辺には民家が密集している。

それだけではない。飛行場の周囲をぐるりと土手が囲い、その土手の高さが——大人の背丈ぐらいもあるのだ。

「着陸のとき、あの土手は厄介だぜ……」

誰かが、そうため息まじりに言った。

実用機教程を終えても、飛行時間二〇〇時間ではまだ着陸に不安を抱える身だ。

「土手がなくたって高度は高め高めで下りてくるもんなぁ……」

もう一人が、同じ不安をもらす。

土手が脚（車輪）を引っ掛ける障害物になるという心配である。

その不安から、さらに高度を高めにして下りると——滑走路内で停《と》まれず、オーバーランした機体もろとも土手に激突してしまう危険がある。

そんな不安を吹き飛ばしたのが、滑走路の脇にずらりと並んだ零戦の雄姿だ。

「神ノ池」の実用機訓練で馴染んできた古ぼけた「零戦」と違い……黄色のペンキが剥《は》げかかったものではなく、全機が深緑の光沢と胴体には真紅の「日の丸」の塗装だ。

それも、「二一型」「五二型」の新品である。

列線にズラリと勢揃《せいぞろ》いした新型機の眺めは、少尉たちをその場に棒立ちにさせ熱いため息をさそった……こんな新品を迂闊《うかつ》に扱ったらバチが当たる。

（おれと一緒にがんばろう、安心しろ、着陸なんかでおまえをコワすもんか！）

そういう決意を新人たちに促す、ピッカピカの愛機「零式戦闘機」だった。

その「零戦」に比べて、航空隊司令部の建屋はお粗末《そまつ》だった。

砂地の上に急造された貧弱なバラックというのが、ひと目でわかる。

柴田武雄という傑出した人物を司令に、山下政雄という信頼できる飛行長、そして江田島以来の起居を共にした同期の仲間と——「零式戦闘機」。

これ以上何が要るのだと、藤太は自分自身にそう言い聞かせている。

日米両軍の死闘は、まだ日本の本土とは遥か彼方の遠い洋上での出来事なのである。

彼らにはその詳細を知るすべがなく、圧倒的に優勢な敵の戦力も知らずにいる。

——藤太たちは、束《つか》の間の嵐の前の静けさのなかにいた。

昭和十九年七月七日　サイパン島陥落、守備隊約三万人戦死。
　七月十八日　東条《とうじょう》内閣総辞職。
　八月十日　米軍は、サイパン、テニアン両島の飛行場を整備して
　　　　　　B29爆撃機の発進基地として使用開始。

（2）

昭和十九年九月十五日。

藤太たち兵学校七二期生は、揃って海軍中尉に進級する。

卒業して満一年である。平時なら三年を要するところが戦局の逼迫《ひっぱく》などからこうなった。

風雲《ふううん》急を告げる戦線が、極度の指揮官不足を訴えてくる事情もあった。

当時こんな戯《ざ》れ歌が流行《はや》っている――。

〝大佐中佐は爺《じじ》くさい
　少佐大尉にゃ妻がある
可愛い少尉さんにゃ、暇《ひま》が（金《カネ》が？）ない
　女泣かせの中尉殿！〟

「冗談じゃないぜ！」

藤太はその歌を耳にして、そう思った。

「中尉殿！」というから陸軍の話かもしれないが（海軍では階級の下にドノはつけない）、そんなヒマな中尉がいたらお目にかかりたいと思った。

二十歳の新米中尉は（女泣かせ）という言葉の理解はしてるがそんなヒマはない。

藤太にとっての目下の（恋人）は——新品の「零式戦闘機」である。

それも「八二号」というスラリとした美型に一目惚《ひとめぼ》れをした。同じ図面で製作された機体だろうに外観がそれぞれ微妙に違う——いや、違って見えるから不思議だ。

山下飛行長の方針で、搭乗員の性格に合わせた愛機が決められていた。その割り振りは技量の進捗《しんちょく》や訓練の内容なども考慮して常に変更があるが、藤太には、本人の要望をすんなり受け入れて「八二号」があてがわれた。

赴任して中尉進級までの約二ヵ月、藤太らには充分な飛行訓練の時間が与えられ、来たるべき決戦に備えての——日夜を問わぬ猛訓練に明け暮れる毎日だった。

飛行学生の頃には日曜ともなれば仲間と近在の街へ出かけては英気を養《やしな》ったものだったが岩国に来てはそうはいかない。岩国基地はすでに前線の戦闘基地なのである。

基地のまわりが民家だから町の人の日常生活が身近にあり、なんとなく戦時下という窮屈《きゅうくつ》さを感じるし、出征兵士を送る光景なども最近はよく見かける。後輩たちが学ぶ江田島の兵学校分校が岩国基地のなかにも開校され、後輩たちが学んでいる。

いよいよ国を挙《あ》げての総力戦だ。

中尉の分際《ぶんざい》で女を泣かせている場合じゃないと、そう自覚している藤太たちである。

実際、海軍中尉というのは——文句なしにドラマチックな存在だ。

戦後の戦記映画に登場したヒーローは、大体が「海軍中尉」である。

——なかでも、石原裕次郎が演じたゼロ戦搭乗員「谷村中尉《たにむらちゅうい》」などは絶品《ぜっぴん》だった。

南太平洋に実在するベララベラ島などが台詞《セリフ》にはあるが映画はフィクションだ。

『零戦黒雲一家』という痛快なアクション大作である。

この映画を知らない読者の方にひと言《こと》紹介すると——。

敗色濃厚な戦争の末期、南方の孤島にゼロ戦で単身赴任してくる谷村中尉は、いよいよという土壇場《どたんば》で軍の命令に叛《そむ》き、守備隊を玉砕《ぎょくさい》させず潜水艦で決死の脱出をさせ——自《みずか》らは群がって襲いかかる敵機を迎撃《げいげき》、ゼロ戦とともに散華《さんげ》する。その守備隊員と今生《こんじょう》の別れの場面では若い予科練《よかれん》の搭乗員がいたりして、彼は一緒にお供《とも》したいと号泣《ごうきゅう》の懇願《こんがん》をするのだが、

「甘ったれんな！　これから生きていくってことは、死ぬよりもずっと難《むずか》しいんだ！」

——そう一喝《いっかつ》する、石原裕次郎・海軍中尉だ。

そして戦後（映画の公開は、昭和三十七年）航空自衛官になったその予科練搭乗員が、平和の戻った空に初飛行の日、「さあ始めよう、あの人たちの話を……」というファーストシーンから、彼の回想が忽《たちま》ち戦時へタイムスリップするという見事な構成である。

——現実の海軍中尉の話に戻ろう。

中尉に進級したその日に、藤太は山下飛行長から零戦空輸の命令を受ける。

中島飛行機株式会社の小泉工場まで出張して、完成したばかりの出荷待ち「零戦」六機を引き取ってくるというものだ。

この会社は現在の群馬県太田市《おおたし》にある「富士重工《ふじじゅうこう》」の前身である。その小泉工場は東武小泉線の「西小泉《にしこいずみ》」にある。一行の止宿先が駅前旅館の「暢和館《ちょうわかん》」という。

藤太は空輸責任者としてすでに山下飛行長が人選してあった若い予科練の搭乗員五人を連れて国鉄岩国駅から上り一番の汽車に乗った。

山陽線、東海道線と乗り継いで、その日の夜には旅館に着く予定での出発だ。

「零戦」引き取りには、慣例として工場の立地する地域の出身者である士官搭乗員が空輸責任者に選ばれてきた。ほやほやの中尉だが、慣例どおりに前橋が郷里の藤太に空輸責任者の役がきた。

「新任の中尉には少々荷《に》が重すぎないか？」

基地司令の柴田がそういう懸念をもらすと、

「何事も経験です。林中尉なら上手くやってくれるでしょう」

山下飛行長が、そう答える。

二人が朝食後のコーヒーを喫《の》んでいる頃、空輸部隊六人の乗る汽車は神戸駅を通過していた。

藤太は平服《へいふく》だから軍人には見えないだろうし、その藤太が網棚《あみだな》に置いた鞄《かばん》に——飛行服と手袋、マフラーなどの一式が入っているなど、乗客の誰が想像するだろう。

藤太はこの後、二度の零戦空輸を命じられるが上手い方法を考えたものだと思う。もっともこれ以外に方法はないだろう。今でいえば未登録車両を運転して運ぶトラックの陸送みたいなものだ。

飛行場は広大な敷地を必要とするから、航空機のメーカーは部品を製作する工場とは別なところに最終工程の組み立て工場を置き、飛行場と格納庫なども併設している。

全国にある航空隊の基地からは、引き取る機数と同じ人数の操縦士を——中島飛行機株式会社、三菱名古屋航空機製作所、川西航空機姫路製作所などの飛行場のある工場のほうに差し向け、出来たての新品を「試飛行《しひこう》」したうえ、空路運んでくるのだ。

中島飛行機株式会社の太田工場から小泉工場までは、直線距離なら二キロほどである。群馬に住んでいても縁のない会社だったが、思いがけないことから、その小泉工場に用事ができた。

藤太は郷里の中島飛行機で造る零戦の数は、名古屋の三菱製よりもずっと少ないと思っていたが、実はこれが逆だった。

終戦までの総生産機数は約一万五五〇〇機。その六三パーセントの六六〇〇機ほどが中島飛行機製である。これだけ大量生産された飛行機は日本の航空工業史上、他にない。

——その夜、西小泉駅前の旅館「暢和館」に着いた藤太は、疲労困憊《ひろうこんぱい》である。朝早くから一日中汽車に揺られて、しかも窮屈な体勢でいたから、全身に疲労が溜《た》まっている。国鉄を利用して任務に就く場合、士官は二等車（今ならグリーン車）に乗れるが、藤太は同行する部下の引率と心情を考え、一緒に三等車の座席でがまんした。

彼らに弱味を見せまいとする妙な強がりもあった。

だが長旅の疲れは思った以上に堪《こた》えたが、予科練の連中ときたら疲れ知らずである。思いがけない官費旅行が転がりこんできたのである。そのうえ仲間と一緒の解放感もあるから、まるで修学旅行のようなにぎやかな道中だった。

彼らは甲種《こうしゅ》予科練だから、藤太が兵学校に入った頃、中学生になったかどうかの年代だろう——江田島の一号と四号くらいの年齢差だ。岩国を朝一番の汽車に乗ったから車内は空席ばかり、藤太は気を利かせて彼らと離れた座席について居眠りをはじめた。

その程よい距離が、彼らの解放感の妨《さまた》げにならなかったようだ。

ようやく宿の表玄関に到着すると、これがまた、思いもよらぬ歓待である。

旅館の若い女中さんたちが海軍のパイロットたちと知ってだろう、大騒《おおさわ》ぎの歓迎をするものだから、彼らの旅心地がさらに勢いづいて、静かな佇《たたず》まいの老舗《しにせ》旅館に時ならぬ夜更けの賑《にぎ》わいが巻き起こる始末だった。

まだうら若い別嬪《べっぴん》の女将《おかみ》が采配をふるって、清々《すがすが》しいばかりの心くばりをする。

看板は旅館だが、ここはきっと海軍の重鎮《じゅうちん》たちが「料亭」もどきの場として利用することもあるのだろうと……藤太は、女将の気品《きひん》からそんな想像をふくらませた。

その翌朝のことである——、
藤太は朝食を済ませ部屋に戻り、飛行服に着替えてから（しまった！）と気付いた。

飛行服の階級章のことなど、すっかり忘れていた。

飛行服左袖の二《に》の腕の部分に——階級章が縫い付けられている。遠くからでもひと目でわかる黄色い太い筋で、少尉が一本、中尉になると二本線に増える階級章だ。

中尉になって二日目だが、まだ袖の階級章は少尉のままである。岩国基地を発った昨日の早朝、階級章のことなど忘れていたのだ。

（――ムリな増産の影響だろう、労働力の質が落ちてるから零戦の引き取りでは手直しが当たり前らしい。中尉の威厳《いげん》を見せつけて、どんな不具合でも徹底的に直させろ！）

山下飛行長の厳命である。

少尉と中尉では、相手に与える言葉の威圧感がまるで違うとも言われた。

わずか、一センチ×五センチほどの布きれが男の威圧感を変える階級という序列。

それで藤太は窮余《きゅうよ》の策、女将の善意にすがる決心をした。こういう事態は男がじたばたしたってどうにもならない。藤太は黄色い布を短冊形にして、飛行服に縫い付けては貰えないかと、理由は言わずに、そう女将に頼みこんでみた。

「黄色ですかぁ……」

女将が声をひそめて微笑む。

戦時下だから、そんな派手な色彩の婦人服なんかもってませんけれど、同系色のモノで薄い生地でよろしければ――と、そう言うのである。藤太はその言葉の意味を解釈する間もとらず、

「それは有難い、助かります！」

と答えて、飛行服を女将に差し出している。

充分な睡眠と朝食をたっぷりとった若い搭乗員たちは体調万全、すでに飛行場に向かっている。中島飛行機からの迎えの車がきて――トラックだったが、飛行服に着替えた予科練の搭乗

員たち全員を荷台に乗せて、早くに出発しているのだ。

（一刻も早く自分の搭乗機を見たいんだな……）

藤太には、彼らの逸《はや》る気持ちが手にとるようにわかった。

今日こそが、彼らにとっての本当の単独飛行と言えるだろう。

練習機ではない実戦用の新品、それもピッカピカの零戦を駆《か》って霞ヶ浦の上空旋回ではなく、本州の半分ほどの距離を自分で航路をとって岩国基地まで飛んで還《かえ》るのだ。

藤太の迎えには小泉工場の技術担当者が乗用車でくることになっている。

その約束の時間まで少しあるが、部屋にいても仕方がない。

藤太は昨日の平服で身支度を整え――玄関の板の間のソファに腰を沈めていた。

快晴の飛行日和《びより》であるのが嬉しい。

汽車でまる一日かけたコースを空路二時間余で戻るのだから帰路は楽だ。

藤太の今日の仕事は、小泉工場で完成した零戦を一機ずつ「試飛行」と呼ぶテスト飛行をして、エンジンその他に異常がなければ予科練の搭乗員に順次引き渡し――工場の燃料タンクから給油を受けさせ、岩国基地へ発進するのを見届けるというものだ。

試飛行に問題がなく、不具合の手直しも簡単なもので済めば――その日の岩国基地の滑走路には三〇分ほどの間隔で、合計六機の零戦が次々と着陸してくるはずだ。

その最後の一機が林藤太中尉の搭乗機というわけである。

——ところが、そうは問屋が卸《おろ》してくれない。

その日は、生憎《あいにく》と他の航空隊からの引き取りも重なり飛行場の滑走路を共用、そのうえ車輪のブレーキが左右均等に利かない手直しの続発である。これは着陸時の滑走で直進に支障がでるから、思わぬ事故の原因にもなる不具合だ。

そんな事態は予測できぬ藤太、一番機の試飛行を前に予科練搭乗員への訓示をする。

「今すぐにでも飛び乗りたい気持ちだろうが、まず俺が乗心地を確かめて——異常なしと確かめ引き渡す。そういう決まりだから勘弁《かんべん》しろ。ほんの15分くらいだ。戻ったらすぐに燃料の補給をしてもらい、直《ただ》ちに岩国めざして発進だッ、いいな！」

はいッ！と一斉に元気な声がかえってくる。まるで出陣の雄叫《おたけ》びのようだ。

「燃料は少し余分に入れてもらうが、途中あまり道草《みちくさ》を食ったりすると燃料計と睨《にら》めっこになるから気を付けろ。それから計器飛行にまだ自信のない者は——」

藤太の脳裡《のうり》を……陸軍の戦闘機乗りをからかった冗談が、フッとよぎる。

「こちらで双眼鏡を借りて持っていけ！」

（双眼鏡）と聞いて、予科練の若鷲《わかわし》たちがキョトンとする。

確かに、藤太は真顔《まがお》でニコリともせずに冗談を言うことがある。

「高度を五〇〇（メートル）まで下げると双眼鏡で停車場《ていしゃば》の看板の字が読めるそうだ。国鉄の線路伝《づた》いに飛んでいけば……間違いなく岩国駅に着けるだろう」

飛行服姿も凛々《りり》しい若鷲たちが、声をあげて笑いあった。

その日に小泉工場を離陸した零戦は四機だけ、藤太と予科練の先任は「暢和館」にもう一泊することになる。

——翌朝のまだ日の出前、二人は中島飛行機の迎えの乗用車で飛行場に向かう。

朝靄《あさもや》のなか、すでに二機の零戦が格納庫から引き出され滑走路の端に並んでいる。

その機体に群がるように、中島飛行機の従業員たちだろう——大勢が出て、忙しそうに機体やら風防の飛行硝子《ひこうガラス》を磨いている。

「この靄が早く晴れるといいですねぇ……」

車を運転してきた中年の社員がおだやかな口調で話す。旅館を出るときに女将も同じことを心配してくれた。天気予報は「軍事機密」だから民間人には知らされない。

自動車の傍らに立ち、藤太は……かねての質問を運転手に告げてみた。

「ア、アレの値段はいくらぐらいするもんでしょう……？」

「あ、あれって……？」

「零戦です、あそこにある」

「ああ、零戦ですか」

運転手がニコリと笑って（一機七万円）と聞いたことがあると、そう言った。

「おい、聞いたか――」

藤太が予科練の若者に話しかける。

若者は、どう応えるべきか、その金額の価値を量《はか》りかねているふうだ。

藤太はざっと暗算をする。

月給七〇円を飲まず食わずで一年間貯める――。

その金額で七万円を割り算、ざっと、八〇年という数字になるが……、
飛行学生の頃のエピソードを思い出した藤太である。誤って零戦一機を訓練中にコワしてしまい、海軍にローンで弁償するとなれば（そんな事は有り得ないが）やはり百年以上になるという数字だろう。

運転手はその金額が途方もないことを知っているから――、

「でも世の中には大金持ちがいるものです……」

そう続けて、土建業で財を成した群馬の篤志家《とくしか》が御国《おくに》の為に「航空機献納《こうくうきけんのう》」という戦闘機購入の金額を寄付したと教えてくれる。陸軍への献納機が「愛国号」で、海軍は「報国号」とい

うことまで教えてくれた。

——朝靄《あさもや》が消えたのは旭日《きょくじつ》が地平線から昇って一時間ほど経ってからだ。

凪もなく絶好の飛行日和《びより》のなか、一機目の試飛行が無事に済む。全てに異常なしだ。

「では頼むぞ！」

藤太はポンと部下搭乗員の肩を叩きすれ違い、自分の搭乗機に小走りで向かう。

「林中尉——！」

藤太が振り向くと、朝日を背にした若武者が直立不動の姿勢で敬礼をしている。

「有難うございました。こんな楽しかったことはこれまで初めてであります！」

藤太も無言で答礼、朝靄《あさもや》もすっかり消え気分爽快である。

「郷里《さと》へ戻ることがあれば、母を喜ばせる何よりのみやげ話であります！」

「そりゃあよかった。おまえの郷里は確か……」

「新潟《にいがた》であります。母は魚沼郡《うおぬまぐん》の在で百姓をしております……」

「ああ、そうだったな……」

それだけの会話で二人は左右にパッと別れて、互いに操縦席に乗り込む。

試飛行を済ませた零戦のエンジンが、グオーンと咆哮《ほうこう》して前進する。

操縦席の藤太が見つめるなか、銀翼を朝日で煌《きら》めかせ——零戦が滑るような助走で滑走路から浮き軽やかに舞い上がる。飛行場の上空をぐるりと回ってから針路を西に取り、その機影がみるみる遠ざかり、やがて豆粒大になって、藤太の視界から消えた。

それを見届けて、藤太も最後の一機を試飛行する態勢にはいる。

すでにエンジンは始動しているから、藤太は掌《てのひら》を目の前に合わせて、合掌《がっしょう》するような仕種《しぐさ》から、パッと左右に手を開く。

《チョーク（車輪止め）外せ》の合図だ。

左右の翼の下に折りたたみ式で車輪の付いた脚が出ていて、この車輪の回転を止めている木製の留具《とめぐ》がチョーク、左右に控えた係員が搭乗員の合図でこれをタイヤから外して機体が滑走する。

零戦がプロペラの回転する推力《すいりょく》で前進を始める。

この時点で、藤太は肩の荷が下りた安堵感をかみしめていた。

——それが、なんということだ！

エンジンは正常だが操縦桿の動きとフットバーの感触に、妙な違和感がある。

それらは簡単な手直しとはいかず、試飛行が明日に延期となった。

ところが翌日は朝から生憎の雨である。

わるい事は重なるものだ。

どんよりした空に厚い雨雲、雨は終日止みそうになかった。中島飛行機から天候不良で飛行不能の連絡が入り……藤太は、此処《ここ》まで来たのだからと電車汽車と乗り継いで前橋まで両親に会いに里帰り。思いがけぬ役得にあずかる。突然の息子の帰省に年老いた両親は大喜び、すでに食糧不足が深刻だが藤太の母親は息子のために手料理の腕をふるう。

——そして翌朝、小泉工場の飛行場にとって返し、

同じ機体番号の零戦に搭乗、今度は難なく快調に離陸する。

西に向かって飛び上がり高度をとる。

そこで、ふと「魔《ま》がさす」。

理由もなく勝手な針路で飛行するのは軍紀違反だが、明日をも知れぬ命の飛行機乗り、冥土《めいど》の土産に空から生まれ故郷を見ておこうという気が起きる。

燃料は一五分の試飛行ぶんだが——（ええい、ままよッ！）と、操縦桿を引く。

機首を針路三〇〇度に、試飛行のコースから完全に離脱する。

間もなく利根川《とねがわ》の川面《かわも》が白い帯のように光って見えてくる。県庁の建物と特徴のある前橋刑務所の建物を見て針路を反転——高度を三〇〇《メートル》まで下げ、実家の上空を大きく一旋回し東に機首を向けて高度をとり、母校の城南《じょうなん》小学校と前橋中学校（現在の前橋高校）の校庭上空をめ

がけ西南方向より低空飛行三〇〇《メートル》で接近——校庭の生徒たちの両手を振る姿を瞼《まぶた》に収めてバンク（翼を左右に振る）数回、別れを告げる。

だが思ったほどに感傷や悲愴感はない。

高度をとって小泉工場に針路をとったとき——すでに燃料計の針が「ゼロ」になっている。うっかりしていた。思わず背筋を冷たい汗が流れる。

——南無三《なむさん》！

操縦桿を握る手に震《ふる》えがくる。利根川の河原に不時着、軍法会議《ぐんぽうかいぎ》か——？

——小泉工場の狭い飛行場が視野に入ってくる。

——滑走路が見えてくる。

——操縦桿を前に倒す、機首が下がる、あぁ南無八幡大《なむはちまんだい》菩薩《ぼさつ》！

——いよいよ最後の神頼《かみだの》み。

——車輪が接地する。

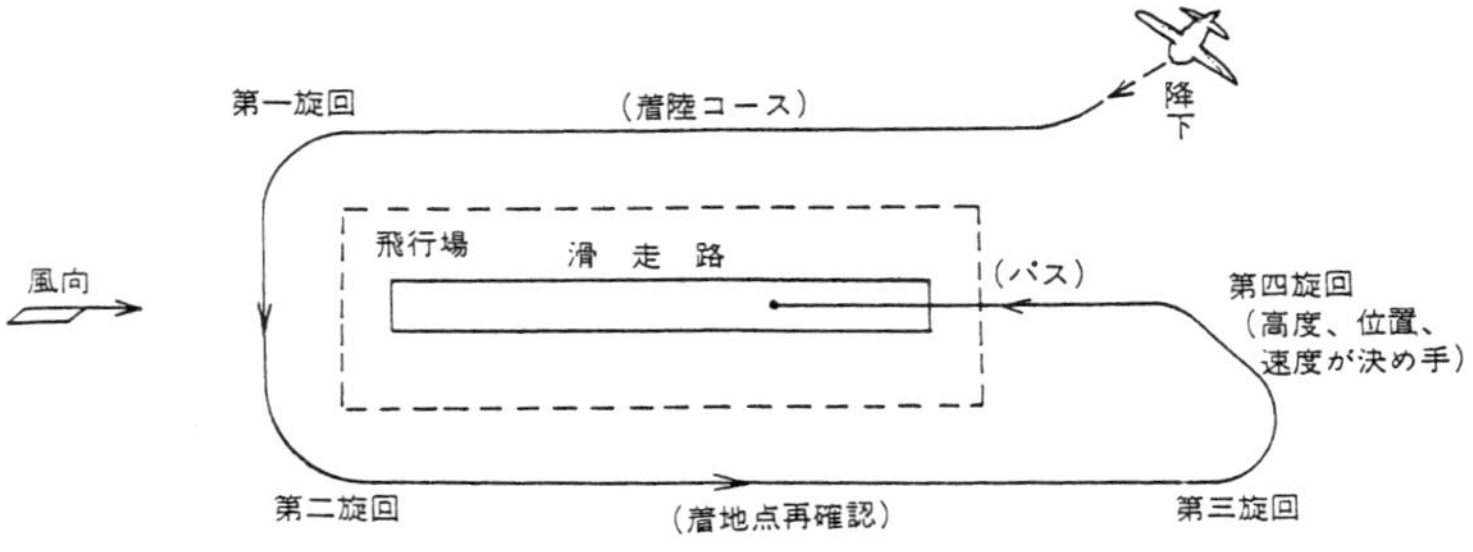

――ズシンと機体が揺れ、フッと安堵の溜め息がでる。

燃料計の針はゼロを指して止まっている。正規の着陸方法をとる余裕はなくいきなりパス(Path)に乗った着陸で難を逃れた。地上滑走して格納庫に到達する途中でプロペラが……プスップスッと妙な音をたてて止まった。まさに危機一髪《いっぱつ》だ――。

＊　＊　＊

――そんな離れ業《わざ》の零戦試飛行から、旬日。

藤太は岩国基地から横須賀海軍航空隊に要務飛行を命ぜられる。

九月の下旬、愛機「零戦」を駆《か》って空の一人旅は快適だ。雲は多かったが雲の隙間から上空に突きぬけると、雲上は快晴の秋の空。高度三千《メートル》で一路東へ向かう。

遠州灘《えんしゅうなだ》上空にさしかかった時である。

右前方の眼下に目を凝《こ》らした零戦搭乗員が、信じ難い光景に息を呑む。

その景観の雄大さと煌《きら》びやかな極彩色《ごくさいしき》は、中島飛行機の小泉工場をすっぽり囲むほどの巨大な七色の帯《おび》の円環――美しい円形をした虹である！

白い雲の絨毯《じゅうたん》の上に描かれた、鮮《あざ》やかな艶《あで》やかな、大自然の造形芸術――。

地上で見るアーチ形の虹とは、スケールも色彩も、まるで違う！

藤太が生まれて初めて目にする天空の壮大な神秘《しんぴ》。七色の太陽光線と雲と水蒸気――そして零式戦闘機の絶妙な位置から見えた一瞬の幻《まぼろし》か……。

（3）

昭和十九年の秋になると米軍の反攻がいよいよ凄《すさ》まじい。

昭和十九年十月二十日。米軍は、フィリピンのレイテ島に上陸。

「比島《フィリピン》の皆さん、私は帰ってきた。全能の神の恵みによってわが軍は再び比島の土を踏むことができた――」

マッカーサー大将は、三年前の日本軍の破竹の進撃で豪州《オーストラリア》に脱出する時の約束、――私は戻ってくる（I shall return）を果たす。

この同日の十月二十日。

戦後に群馬県・上野村の村長になる黒澤丈夫少佐は第三八一航空隊飛行隊長として比島のクラークフィールド飛行基地に到着する。

南方の美しい夕陽が西の空を真っ赤に染める夕方だった。

極秘作戦に必要な零戦一六機の空輸命令を受け、編隊を組んでボルネオ経由で到着すると、すぐに第一航空艦隊司令長官の大西滝治郎《おおにしたきじろう》中将のもとに出頭する。

大西中将からレイテ湾の米軍攻撃に総力を挙《あ》げると聞かされ、

「非情だが、ぎりぎりの作戦をとる！」

その作戦に、空輸してきた飛行機を彼らに渡して欲しいと告げられた。この大西中将が「神風《しんぷう》特別攻撃隊」の生みの親とされる人である。

――その作戦とは、零戦に二五〇キロ爆弾をつけて爆装《ばくそう》、空母を目標に敵の艦艇に体当たりするという捨身《すてみ》の攻撃だ。

百パーセント生還の可能性を絶っての、攻撃である。

その特攻隊の指揮官が海軍兵学校の後輩、関行男《せきゆきお》（前述）大尉だった。わずかな間、寝食をともにした関行男の印象を黒澤は戦後にこう語る。

「初めて会った日、関は結婚一週間で祖国に残してきた新妻《にいづま》と母親に遺書を書いていた。彼は泣き言をいうでもなく、自分を奮い立たせるでもなし、悟《さと》りすました感じでいつ死んでもいいという……そんなふうにみえました」

――風雲急《ふううんきゅう》を告げる比島、クラークフィールド飛行基地の西飛行場、通称マバラカット基地から、二五〇キロ爆弾を抱えた五機の零戦が出撃する。

黒澤少佐が……美しい夕陽に見惚《みほ》れた到着から五日後のことである。

砂塵をまきあげて、重い爆弾を抱えた零戦が次々と舞い上がった。

基地の全員が総出で帽子を振って見送るなか、爆装《ばくそう》した特攻機を直掩《ちょくえん》（護衛）する九機の戦闘機・零戦も続いて離陸する——。

神風特別攻撃隊の第一陣「敷島隊《しきしまたい》」の発進だ。

——本居宣長《もとおりのりなが》の

「敷島の大和心《やまとごころ》を人問《と》わば、朝日に匂う山桜花」から引用した隊の名だ。

——昭和十九年、十月二十五日。

——午前十時四十五分「敷島隊」の五機は、目指す米軍の機動部隊上空に到達する。

——全機とも米空母に突入、残らず散華！

関行男《せきゆきお》、谷暢夫《たにのぶお》……『セント・ロー』に激突、撃沈《げきちん》。

中野盤雄《なかのいわお》……『カリニン・ベイ』に命中、大破《たいは》。

永峰肇《ながみねはじめ》……『キトカン・ベイ』に命中、中破《ちゅうは》。

大黒繁男《おおぐろしげお》……『ホワイト・ブレーンズ』に命中、中破。

すでに日本の空母部隊は六月のマリアナ沖海戦でほぼ壊滅、残る戦艦中心の連合艦隊はレイテ沖海戦に起死回生《きしかいせい》の決戦を挑《いど》むも勝機《しょうき》なく、巨大戦艦「武蔵《むさし》」までも撃沈される。

この海戦に於ける海軍兵学校七二期生の奮戦は壮絶《そうぜつ》を極めた。十月の一ヵ月で艦船部隊七二人・航空部隊三三人――合計一〇五人もの戦死者をだす。

さらには、大西中将が（ぎりぎりの作戦）といった特攻隊の出撃が常態化する。

十一月二十五日。七二期で最初の特攻隊指揮官が出撃。

第二神風特攻隊、吉野隊隊長、海軍中尉・田辺正《たなべただし》が――比島沖で戦死。

これを皮切りに七二期の搭乗員の多くが、特攻機により散華。


航空隊の搭乗員は、戦地でなくとも常に死と隣り合わせだ。飛行訓練中、或《あるい》はテスト飛行中の殉職者の数も決して少なくない。

十月下旬の藤太のテスト飛行のような、信じ難い絶体絶命の事故だってある。

中島飛行機への零戦の引き取りを無難にこなした自信で――間一髪の失態は自戒《じかい》の教訓と封印し、新設戦闘機隊の中心となるべく勤務に邁進《まいしん》の日々を過ごす藤太だった。

――その日、快晴の秋空は抜けるような紺碧《こんぺき》だった。

風もなし、爽やかな秋日和《あきびより》は、テスト飛行に絶好の気象条件を整えてくれた。

地上での試運転ではエンジンは快調そのもの、新たに受け容《い》れた最新鋭の五二型零戦は非の打ちどころのない完璧《かんぺき》さでその存在感を岩国基地の全員に誇示するかのようだ。

天幕を張った「戦闘機隊指揮所」には柴田武雄司令と山下政雄飛行長がどっかと腰を据え、

新鋭機の性能に固唾《かたず》を呑《の》む期待をよせている。

グラマンの新型――Ｆ６Ｆ（ヘルキャット）には手を焼いていて、二千馬力の高速エンジンと合計六挺の一三ミリ機銃には、従来の零式戦闘機ではもう歯が立たない。

グラマンほどの大改造は望むべくもないが、せめて上昇力や旋回性能のキレに目を瞠《みは》るくらいの変化が欲しいものだ。山下飛行長のささやかな願望であった。

――藤太はエンジンの排気音が従来とは違う迫力であることに気付いていた。

星型複列一四気筒の振動がリズミカルに全身に響《ひび》き、確かな高速性を予感させる。その変化は排気管の一本一本が後方に向けられ、そのジェット効果の感触のようだった。

飛行場の片隅まで地上滑走して離陸地点に着く。

岩国基地の総員の視線を惹《ひ》きつける――緊張と高揚感が満更《まんざら》でもない。

「分隊士のウデの見せ所だぞ！」

山下飛行長がそう言って激励してくれた。分隊長の補佐役としての初仕事である。

――計器類、操縦装置、スイッチ類、各種レバー、ブレーキなど……入念な再点検をする。全てに異常がない。いかにも新品という清々しい操縦席だ。

視界の拡がりと新鮮な空気を味わうため……風防のキャノピー（飛行ガラスの天蓋《てんがい》）を後方にズラしていたのを戻し、操縦席をスッポリ覆《おお》い、外界と己《おのれ》を遮断する。

――もう一度、再点検項目の目視を繰り返す。異常なし！

前方を睨《にら》んでスロットルレバーを全開、全身にガツンという加速度！

その体感が、振り絞った弓から放たれた「矢」のようだ！

機体が短い滑走路の真ん中くらいで――フワリと浮く。

その軽快さは、とてもじゃないが全金属製のマシンとは思えない。

機体が浮上した感触ですぐさま脚を引っ込め、斜め旋回をしながら思いっきり操縦桿を引き急上昇する――。

《よくぞ男に生まれける！》

この一瞬こそ、藤太がパイロット冥利《みょうり》と至福《しふく》にひたれる瞬間だ。

――一〇〇米《メートル》！

――二〇〇米《メートル》！

――三〇〇米《メートル》！

異変が起こったのは高度計の針が五〇〇米《メートル》を指した途端である。

機首が何かに衝突したようなグワンという腹の底を揺《ゆ》さぶる異音を発して、同時に風防が真っ黒になって視界がゼロになる。何も見えない！

一体何が起こったのか、そういう思考すら吹き飛ばされる衝撃である。

「反射運動」という言葉がある。

咄嗟《とっさ》の事態に――人は反射的に無意識な運動をするらしい。防御本能という自覚のない行為が身を護《まも》るという。藤太の天性の反応が、容易ならざる危険を感知する。

操縦桿を左前に倒しフットバーを左足で蹴《け》とばし機首を下げ――同時にスロットルをいっぱいに絞りスイッチを切り、燃料コックを締める。

これだけの動作を順序を違《たが》えず、一秒から二秒で、やってのけるのだ。

前が全く見えないから風防を開く。

――ウオッと、思わず悲鳴がでる。

飛行帽と白いマフラーに粘性《ねんせい》のある黒い熱湯が吹きつける。焦《こ》げたエンジンオイルである。ゴーグルが無ければ視力も奪われ、顔も大火傷《やけど》だろう。

高度計の針は見る見る下がる。

すでに落下傘降下のできる限界五〇〇米《メートル》は切っているだろう。

ここでパラシュート脱出をしても、落下傘が開く前に地面に叩きつけられ即死だ。

だとすれば愛機とともに生還すべく……飛行場への不時着を試みるしかない。

――エンジンは止まっている。何としても機体を滑《すべ》らせて滑走路までもっていかにゃあならん！　零戦の滑空性に賭けて心中《しんじゅう》するつもりの不時着しかない！

中島飛行機での危機の再来のようだが、条件はずっと悪い。

急旋回して機首を滑走路に向けるがゴーグル越しの視界も、悪くなる一方だ。

飛行帽とゴーグルで隠れない皮膚《ひふ》が火傷でヒリヒリ痛む。

目の前がぼんやり曇《くも》っても――ゴーグルで目が擦《こす》れないもどかしさ。

そのぼやけた視界の中央に――滑走路が太い帯となって見えてきた！

旋回してとったコースが、きちんとパスに乗っている勘《かん》の良さ、強運！

――あとは、脚を出すタイミングだ。

――早すぎれば、飛行場の手前の土手に脚をとられ前のめりに逆立《さかだ》ちして転倒、遅すぎなら場外へ胴体着陸か、勢いあまって海面にダイビングだ。どっちにしろ「新品」の零戦を一機オシャカ（使用不能）にするのは間違いない。なんという醜態だ。


「南無三！」

操縦桿を倒し高度をさげ、着陸姿勢をとる。

矢のような速度で流れる左右の景色を目の端《はし》でとらえ刻々《こっこく》さがる高度を読む。

「――南無三！」

カタンと翼と直角に出た脚のその車輪が、土手の上の土をサッと撫《な》でる感触！

（ドンぴしゃりだ――高度と滑走路への進入角度は申し分ない！）

ホッと溜《た》め息《いき》をつく藤太だが——これが快挙という認識は本人にはない。

最悪の事態を回避できただけで、こみあげてくる安堵感にひたる。

滑走路の中央付近で、機体をピタリと停める。

それを待っていたように飛行場の連中が……零戦めがけて走り寄って来る。同期の仲間が、先輩が、予科練出身の部下たち整備員たちまでもが一目散《いちもくさん》で駆けつけて来るのだ。

——「大丈夫かッ？」「分隊士！」「怪我はないか？」と、口々にそう叫《さけ》ぶ。

何をそんなに騒ぐ？　操縦席の藤太は、むろん機首の異常にはまだ気付いてない。

藤太は零戦を取り巻く総出《そうで》の観衆から、特に同期の仲間や先輩から何を言われるか内心ビクビクしていた。どんな操縦ミスが原因だったのかまるで見当がつかないからだ。

藤太は操縦席を出て、顔のオイルを拭うのも忘れ——翼に足をかけてストンと地上に降り立ち機首を見上げ、仰天《ぎょうてん》する。

（プロペラが無い！）

零戦の機首からプロペラが消えている！

プロペラ軸だけが、にょっきりと、天に向かって突き出ているのだ——。

（あぁ、おれはプロペラが外れた事も気付かぬ未熟な操縦士か！）

藤太はそういう悔恨《かいこん》の気分で、奇跡的な着陸をも反省材料にしている。

いかにも藤太らしい反応だ。

——本部席のテントにも、異様なほどのどよめきが起こった。

山下政雄飛行長の目の前を——自転車に跨《またが》った軍医が看護婦を後ろに乗せた二人乗りで滑走路に向かって疾走して行く。山下政雄は、たったいま目撃した二つの事実に言葉を失うほどの衝撃を受けていた。信じがたいものを見たおどろきである。

「見事な着陸だなぁ、飛行長！」

基地司令柴田の声など上《うわ》の空である。

まずその一つ目が——飛行中の飛行機からプロペラが脱落するという事故だ。

兵学校同期（六十期）の進藤三郎《しんどうさぶろう》少佐からその「話」を聞いた時、そんな事故があってたまるか——そう、言下《げんか》に否定している山下だった。

（航行中のフネがスクリューを落《お》っことすようなもんだ。あり得んことだな……）

とも、語気を荒《あら》げたほどだ。

進藤は、おれも最初はそう思ったが複数の目撃者がいると言い張った。

（だが貴様がその目で見たワケじゃないんだろ……？）

山下はめずらしく執拗《しつよう》だった。

二つ目の衝撃は、その信じ難い危機を神業《かみわざ》で回避したのがまだ飛行時間が三百時間に満たない搭乗員、基地に来てまだ三ヵ月の中尉という事実だった。

山下はたった今——自分の目でプロペラの脱落を目撃し、しかもその機体がまったく危なげなく着陸した奇跡を見届けている。

期友の進藤の話というのは、
昭和十五年九月十三日に起きた事故である——。

中国の重慶《じゅうけい》上空で零戦が華々しい初陣《ういじん》を飾った日の知られざる秘話だ。

その壮絶な空中戦は零戦一三機と中国軍機二七機の息詰まる死闘で——零戦隊の指揮官が進藤三郎大尉（当時）だった。約三〇分の乱戦が終わってみれば、中国軍機は一機残らず撃墜され零戦は四機が被弾しただけの完勝である。帰投は単機あるいは数機で漢口《かんこう》基地の中継基地宜《ぎ》昌《しょう》飛行場に戻るのだが、高塚寅一《たかつかとらいち》一空曹の搭乗機が引き込み脚の故障で着陸時に転覆して機体を大破、プロペラを脱落したという。むろんベテラン搭乗員の高塚は怪我ひとつ負わず生還している。山下はプロペラの脱落は機体の転覆が原因の二次的な事故ではないかとも推測したのだが……そうではないようだ。

この二人が何事によらず口論を交わすというのはめずらしい事だった。

海軍兵学校六〇期のなかでも、この二人は異色の存在であり無二《むに》の親友である。

海軍に憧れてというより飛行機が好きで海軍に入ったという二人、当時は飛行機乗りになれる最も手っ取り早い方法が、軍人になって戦闘機乗りになることだった。

その初志貫徹に海軍兵学校に入るという変わり種どうしが、運命的な出遭いをする。

――だからここで猛勉強をして成績優秀となり海軍の出世コースに乗せられ飛行機に乗れる機会を失うのは御免《ごめん》だ。そんな勝手な思惑も一致して二人は生涯の盟友《めいゆう》となった。

勉強なんてやりゃあできる、海軍で出世する気などさらさらないから勉強はやらぬ。

――そんな二人だから、卒業時の席次はビリから数えた方が早い。

ところが飛行学生を拝命するや戦闘機乗りとしての天性の素質が開花して、この両名は抜群の成績で卒業する。

実施部隊も二人そろって空母『加賀《かが》』への配属となる。「真珠湾攻撃」で名を挙《あ》げた雷撃機部隊の、あの精鋭を擁《よう》する航空母艦の搭乗員である。

その後、進藤三郎は中国大陸の湖北省《こほくしょう》・漢口《かんこう》基地にある第一二航空隊に分隊長として赴任し、山下政雄はソロモン群島のニューブリテン島、第二〇四航空隊（ラバウル航空隊）の分隊長となって内地をあとにする。

ラバウル航空隊が全盛期の昭和十七年三月から七月――後に神風特攻隊の「敷島隊」を直掩する西澤廣義《にしざわひろよし》や、坂井三郎《さかいさぶろう》・笹井醇一《ささいじゅんいち》らが勇名をとどろかせていた時代だ。

そんな零戦の黄金時代に、山下は錚々《そうそう》たる猛者の指揮官として南洋の空を制圧するのだが南方の風土に山下の身が順応できず、慢性の気管支炎に罹《かか》り無念の内地帰還となる。

それからの山下は内地の練習航空隊や飛行基地で飛行長の要職に就くのだが、その最後の任地で兵学校の後輩たち、林藤太ら七二期生を迎えることになる。

——さらに言えば、岩国基地司令の柴田武雄中佐が昭和十八年の九月から十九年三月のラバウル航空隊・二〇四空の解隊まで司令を務め、進藤三郎少佐（当時）も柴田とすれ違いにラバウルの五八二空・零戦隊の飛行隊長兼分隊長として奮戦している。

その進藤が日本を発つのが昭和十七年十一月、横須賀港から空母「大鷹《たいよう》」に乗艦、海軍の南方海域の拠点トラック島に向かう。そこからラバウルまでは零戦でひとっ飛びだ。

山下が宜昌飛行場のプロペラ事故の話を聴いたのは、おそらく進藤がラバウルに出立するその送別のときだろう。横須賀か横浜の何処かで酒を酌交《くみかわ》しながら懐旧の飛行談義に花を咲かせた、その折の話題だったと思われる——。

すでにガダルカナル島の攻防をめぐる空の戦いも厳しい局面に瀕《ひん》して、山下が先任搭乗員として信頼したラバウルの撃墜王・坂井三郎も重傷を負って内地で入院加療中だった。

山下も進藤もその時が今生《こんじょう》の別れになると、そういう思いもあったろう……。

当時のソロモン海域の空は搭乗員の墓場といわれた苛酷な戦場だったのである。

——岩国基地での「プロペラ脱落」に話を戻す。

——藤太が、ゾロゾロと仲間を引き連れるような感じでテント前にやって来た。

「もうしわけありません零戦を一機……ダメにしました」

直立不動の姿勢で藤太は、そう報告する。

「ただいまの着陸見事なり！」

柴田司令が椅子から立ちあがってそう言った。

丸顔のチョビ髭《ひげ》という温和な顔立ちが、相好をくずして上機嫌である。

「見事な着陸だった！」

続いて山下飛行長もそういう言葉で労《ねぎら》っている。

飛行服の上半身と顔面が焦げたオイルを浴びて真っ黒、まるでラバウルの現地人みたいな風貌になった藤太だが、山下は……後の言葉が続かなかった。

まだ脳裡《のうり》にあざやかな着陸の残像があって、呆気《あっけ》にとられていたのだ。

この男には戦闘機乗りとして生きながらえる天性の資質《モノ》がある。咄嗟の危機には考えるより先に手足が素早く反応しなければいけない。そういうものがこの男にはある。思いもよらぬ事故が藤太の隠れた能力を飛行長に披露することになった。

「燃料切れなどでエンジン停止の緊急時でも、早目に着陸パスに乗って高度と速度を細かく調整して、着地の安全を第一に考えるよう――」

山下飛行長が丁寧《ていねい》な講評をする。

それを聞いた藤太は、過日の試飛行違反がバレて飛行長の耳に入ってると感じた。あれだけの低空飛行をやっては地元から工場への通報があってもおかしくない。そこまで気を回した藤太である。今も無我夢中の着陸だったから着地のときの記憶がとんでいる。

ところが固唾《かたず》を呑んで着陸を見守っていた一人松本上飛曹《まつもとじょうひそう》が、基本どおり第四旋回までもっていってきちんと脚も出ていたと見届けていて、感服の口調で教えてくれた。

藤太はそれを聞きながら、あれだけオイルが噴出したのによくも空中火災が起きなかったものだと胸をなでおろした。そして同時に、機体もろとも黒焦《こ》げになって墜落するという自分の姿を想像してゾッとなり――背筋が寒くなった。

（4）

昭和十九年六月十五日。

「B29爆撃機」による日本本土初空襲。

中国・四川省成都から発進した爆撃隊が、八幡《やはた》製鉄所とその周辺を空襲。

同年の十一月二十四日。

今度はマリアナ諸島の基地からの二八機が、東京の中島飛行機武蔵製作所を空襲。

これらの空襲による日本の被害は軽微なものだったらしい。

米軍は空爆の前後に「F――13A」とよぶB29の改造型偵察機で上空から写真を撮り画像を比較し爆撃の効果を検証した結果、この二回とも作戦は失敗だったとしている。

――だが海軍にとってこれは大事《おおごと》だった。

「絶対国防圏《こくぼうけん》」の要《かなめ》としたサイパン島の陥落とB29の空襲を受けたことから、それまでは陸軍が主体だった本土防空体制の再編成を迫られる。この（章）のはじめに述べた航空隊の再編には、このような戦況がもたらす危機感があった。

呉航空隊の「岩国分遣隊」は本隊から独立してナンバー航空隊に昇格「呉鎮守府《くれちんじゅふ》」の防空航空隊となる。（鎮守府）というのは――明治時代以降、各海軍区の警備や防御《ぼうぎょ》、所管の出征準備に関する業務を担当する機関としてできたもので、所属部隊を指揮監督できる権威をもち

――横須賀・呉・佐世保・舞鶴の各軍港に置かれた。

B29が東京を初空襲する以前の十一月一日、秋晴れの東京上空に……偵察機F――13Aが白い飛行雲を曳《ひ》いてあらわれる。サイパン島のイスリィ基地から飛来したものだ。

海軍の高速新鋭偵察機「彩雲《さいうん》」がもたらした情報である。

海軍戦斗機パイロット得意の大型機攻撃法
「直上方(垂直)攻撃法」

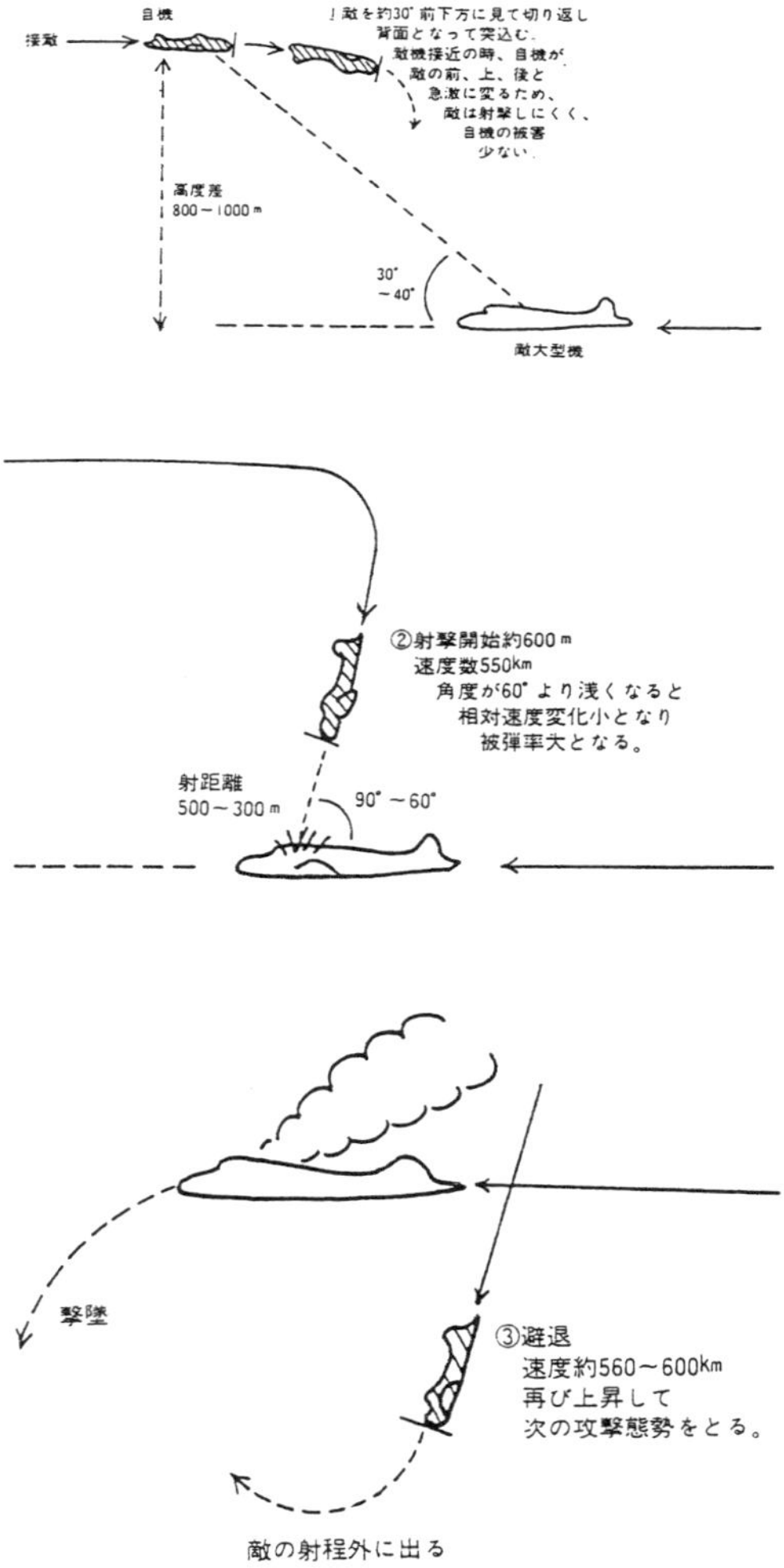

偶然にも、この機影を厚木基地の上空に目撃した小園安名《こぞのあんな》司令（大佐）は空襲警報のサイレンを聞いて敵機と気付いたのだが、その飛行高度と機体の大きさに愕《おどろ》く。

「ありゃあ高いぞ、一万（メートル）はあるな……」

小園司令は搭乗員たちのそんな声を耳にする。

空襲警報のサイレンで直ちに「雷電」の数機が迎撃に上がるが、高度九八〇〇《メートル》から空撮のできる偵察機だ。いくら雷電の上昇力が優れていてもムリだろう。

〈こりゃあダメだ――〉

銚子《ちょうし》沖まで追った雷電隊だが、一発の弾丸も撃たずに戻ってくる。

Ｂ29の機体から機銃などの重装備類を撤去してる身軽な偵察機だ。逃げ足は爆撃機よりも速いに違いない。

この情報を厚木基地から得た岩国の柴田司令は、山下飛行長と迎撃戦の見直しをする。

結論として、それまで併行していた高度五〇〇〇《メートル》前後での敵戦闘機との空戦訓練をやめてＢ29の迎撃に訓練の的《まと》を絞り、主戦法を「直上方攻撃」と決める。

十一月七日。

竹田《たけだ》進中尉（兵学校七一期）を指揮官とする三〇機の零戦が比島クラーク基地に向かい発進。比島航空戦の援軍としての出撃である。これだけの戦力供出は岩国航空隊にとって大きな痛手だったし、彼らの実戦訓練もまだ充分とはいえなかった……。

——果《は》たせるかな、
竹田中尉はじめ、彼らの殆《ほと》んどが、十日後の航空戦で敢《あ》えなく南冥の空に散る。

もちろん……一機の零戦も、岩国には戻らない。

その十日の間にも、藤太たちの同期生数名が岩国を中継地に立ち寄り、前線の南方基地へと飛び立っていった。その度に藤太は取り残されたような思いを味わっている。

彼らもまた、誰一人として南の空からもどって来ない。

戦闘機搭乗員は——その多くが、死は避けられない現実として向き合い恐《おそ》れ慄《おのの》く心情をこえた境地にあって、明日は我が身という想いが常に意識のなかにある。

戦時も平時も操縦桿をにぎるときは死と隣り合わせだから、今更じたばたしないという、そういう潔《いさぎよ》さが飛行気乗り気質《かたぎ》でもあろう。

還らぬ仲間への哀悼《あいとう》と死にそびれている辛《つら》さ——なんと過酷な日々であったろう。

藤太のなかで『同期の桜』のメロディーが、その記憶の断片に重なっている……。

元歌《もとうた》とされる西条八十《さいじょうやそ》作詞の「二輪の桜」ではなく、作者不詳で戦後歌謡史の大ヒットとなる謎めいた誕生の「名曲」のほうだ。これは昭和四十二年新橋演舞場での舞台劇の劇中歌として歌われ評判になり著作権をめぐる訴訟にまで発展、兵学校七一期・帖佐浩《ちょうさひろし》が作詞替えをした史実が発掘され一件落着。「週間読売」の（幻の作曲家に一千万円）の呼びかけがまぼろしの作詞家を世に知らしめて、東京地裁の裁判が結審する。

藤太は、この「四番」の歌詞で今でも往時の夕焼け空を思い出すという。

――貴様と俺とは同期の桜

同じ航空隊の庭に咲く

仰《あお》いだ夕焼け南の空に

未だ還らぬ一番機

ところが帖佐浩の作詞替え作品には「四番」が存在しない。

作詞不詳の幻《まぼろし》の四番は海軍航空隊の何処かで生まれ、歌い継《つ》がれてきたことになる。

藤太たちの京阪神防空の三三二戦闘機隊も、敗戦後の解隊のとき搭乗員全員が涙ながらにこの「四番」までである『同期の桜』を合唱して、各地に散っていく。

藤太の記憶のなかにもう一つの哀しい旋律がある。

前述の竹田中尉らの比島行きの前夜、岩国の料亭「半月」で送別の宴があった。

その時に竹田中尉が一行《いっこう》を代表して、壮途に就く決意を自慢の尺八《しゃくはち》の音色に託して聴《き》かせるのだ。尺八というのは長さが一尺八寸（約五〇チセン）の竹製の縦笛で雅楽を吹奏する管楽器の一種ともいえる。

その優雅な哀調と竹田中尉の凛《りん》とした笑顔が、今も脳裡の片隅に浮くという。

昭和十九年十二月一日。

岩国の冬の寒さはきびしい。

藤太の郷里も空《から》っ風《かぜ》で知られるが、岩国の寒風はそれ以上に厳しい。大陸からくる寒風が砂地の上に急造されたバラック建ての士官宿舎にまともに吹きつける。

この頃から局地戦闘機「雷電」が次々と基地に送られてくる。

ずんぐりした紡錘形《ぼうすいかた》（円柱形の両端の尖った形）の機体が異様だ。基地には零戦もあるからその異形がいっそうきわだって見える。零戦と比べて全長はあまり変わらないのに自重が七〇〇キロも重いから、流麗なボディーラインの零戦の前では見劣りする。

おまけに操縦が厄介で、故障が多いとあっては搭乗員に敬遠されてしまう。

「こんなクマンバチみたいな飛行機で空が飛べるのか……？」

そうまで言ったベテランの下士官搭乗員すらいる。

零戦に比べたらはるかに操縦が難しく座席からの視界も悪い。大馬力のエンジンを搭載してる事からプロペラ軸を延長した動力系統に難点があり、電気回路や油圧関係の不備から生ずる故障も多くて——零戦ほど簡単には乗りこなせない。

だが「B29爆撃機」という高々度でやってくる敵機の迎撃には、零戦の性能ではとてもムリがある。この迎撃戦で求められるのは、レーダーからの情報を受けすぐさま敵機の編隊高度まで飛び上がれる上昇力と追撃のできる速度、それに一撃必殺の火力である。

これらの要求に応えられる新型迎撃機が「雷電」だった。

その設計主任は「零戦」と同じ堀越二郎で、これは開戦前の昭和十四年の秋に設計が内示されている。その一号機の完成が昭和十七年三月、初飛行にも成功する。

しかし「火星13形」という爆撃機用の大型空冷エンジンを搭載する発想で速度と上昇力では設計上の目標に達するが、同時に構造上厄介な問題もかかえていた。

それはそれとして、上昇速度が六千メートルまで約六分、これは視覚的には直角に見えるくらいの急上昇である。上昇限度が一万一千メートル。最高速度は「二一型」で三二一ノット（時速約五八〇キロ）二〇ミリ機銃が四挺《よんちょう》。まさに申し分のない「B29」キラーだ。

——ところが重装備の機体は前述のように、零戦の一・三倍もある。

着陸時の速度をかなり落とさないと滑走路におさまらないし、零戦のつもりで速度を落として降りてくると完全に失速する。たちまち墜落して搭乗員は殉職だ。

「雷電の飛行訓練を終えて地面に降りると、ああ今日も生きていると、そう思ったね……」

そう回顧する搭乗員もいる。「雷電」の生産は昭和二十年四月に打ち切り。総生産機数は六二一機で零戦の六パーセントほどにすぎない。迎撃戦に登場したのはわずかに一年と短いが、ベテランの搭乗員らが練達《れんたつ》の神業《かみわざ》で――その強烈な存在感を残している。

――後に述べるが、

米軍の航空技術情報局が、終戦後に捕獲調査機に指定するくらいだ。

あの飛行機は海軍戦闘機の「鬼子《おにご》」だったと、そういう印象を語る者もいる。

鬼子とは、広辞苑によれば、親に似ない子、鬼のように荒々しい子、歯がはえて生まれた子――とある。

その（鬼子）が初めて岩国基地に姿を見せるのは、松本上飛曹らが厚木の三〇二空から空輸してきたものである。

その異形の戦闘機は運《はこ》んでき

太っちょのB29キラー「雷電21型」

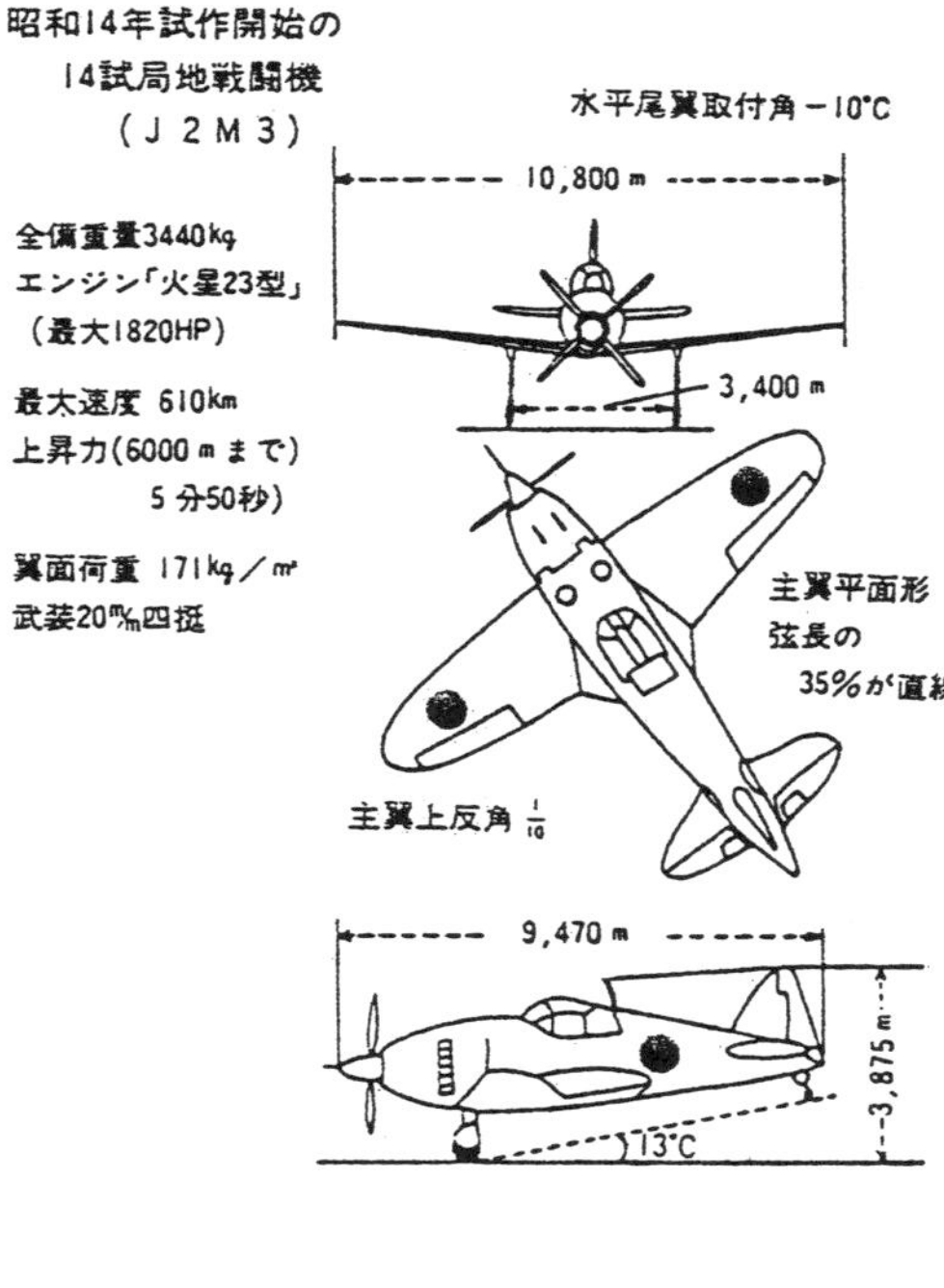

た松本上飛曹すらも、あまり良く言わない。

飛行隊長の倉兼《くらかね》少佐までもが乗りたがらない始末だ。

山下飛行長がそのことを詰問《きつもん》すると、倉兼少佐は操縦の難しさを指摘して、

「うちの中尉たちでさえ二〇〇時間くらいしか乗ってませんから、無理かと思います」

倉兼は、藤太ら新任の七二期生のことを例えに、そう言った。

「そんなことを言ってちゃ、いつまでたっても一人前になれんよ……」

若い搭乗員の育成も視野にある飛行長は、そう言って飛行隊長に意見する。

同じ少佐だが、山下のほうが兵学校の三期先輩である。少佐進級も一年早く航空隊での序列も上位だ。だが山下には自説をそういう権威で圧《お》す強引さはない。

日華事変からラバウル航空隊時代まで、長い空戦経験をもつ戦士としての矜持《きょうじ》がある。

飛行機が好きで「海軍」に入ったという一途《いちず》な初心も、まだ健在だった。

相澤中尉は基地の士官室《ガンルーム》で寛《くつろ》いでいるとき――この少佐二人が雷電の対応を論じながら入ってくるので興味津々《きょうみしんしん》、半身を横向きにして耳を欹《そばだ》てた。

「操縦が難しいとは言うが、雷電は海軍で制式採用にした飛行機だぞ――」

そう言って山下飛行長は倉兼飛行隊長と差し向かいで椅子に掛けると、手にしていた厚い冊子のページをめくり始める。それは「雷電・操縦教本」に違いなかった。

それから二人は基地にある「二一型・J2M3」の特徴について専門用語を交えた意見交換をする。相澤が感心したのは、飛行隊長の倉兼少佐が「雷電」を操縦できない身であるハンディを――山下少佐が言葉に出さない配慮だった。飛行長は自分も操縦士の現役を外された無念さが身に沁《し》みているのだと、相澤はそう思った。

倉兼は松葉杖を必要とはしないが片足が不自由だった。それは戦闘機乗り当時の着陸事故が原因の後遺症だった。飛行隊長は、本来なら、自ら操縦桿を握って若い搭乗員を訓育したり場合によっては迎撃の指揮官機となることも任務だ。そして飛行長は地上での総合的な指揮や基地司令の補佐が主務だから、空に上がることはない。

相澤は山下飛行長がまさか雷電の試乗をする気でいるとは夢にも思わない。

ところが山下飛行長は、その翌日には地上滑走を丹念に繰り返して確かな感触と自信を得たのだろう。翌々日には、飛行服姿で颯爽《さっそう》と雷電の操縦席に乗り込むのだ。

飛行長の「雷電」試飛行などは前代未聞《ぜんだいみもん》だろう。

雷電には零戦のような複座の練習機などない。その飛行特性はぶっつけ本番で身体で覚えるしかない。そのためには（雷電恐怖症）を少しでもやわらげる必要がある。

飛行長は佐官の爺《じい》サマさまが蛮勇《ばんゆう》をふるう意地を見せたのだ。たて続けに二度の試飛行を披露し一回目が七〇〇米《メートル》、二回目が六〇〇米《メートル》以内の滑走でピタリと止まり、見つめる搭乗員たちのどよめきが沸《わ》いた。機首を風上に向けブレーキを強く踏む定点着陸は見事な母艦着艦で、今は亡き空母『加賀』の飛行甲板でも、ワイヤーで止まれる合格点だろう。

「山下少佐は天才だッ！」

相澤はその見事な着陸を見てそう感嘆している。

飛行長への敬服と「雷電」愛着が、その胸にきざまれる。

相澤だけではない、藤太を含めた七二期の中尉たちも——また乙種《おつしゅ》予科練から特別速成課程を終えた「特乙一期生」、飛行時間がわずかに三〇時間未満の若年搭乗員たちも、爺サマ佐官に負けじと「雷電」での実戦訓練に励み、頼もしい新戦力になる。

だが不幸にして「雷電」の事故は……岩国基地でも度々《たびたび》起きている。

予科練出身の若い搭乗員が失速で墜落し殉職、別な一人は飛行中のエンジン火災で胴体着陸し九死に一生の生還という、いずれもエンジン故障が原因の不測の事故だった。

十二月十七日——ついに、待ちかねた進出命令がでる。

だが南方の最前線かと思えば、外地ではなく鳴尾《なるお》基地（兵庫県）への移動だという。

三三二空の戦士たちは、まだ敵機の見参《げんざん》なく温存されてきた思いがあるから外地でないことに不満を訴える者もいた。

だが藤太たちは同系列の厚木三〇二空、大村三五二空の同期生たちが胸のすくような迎撃戦を繰りひろげている情報を聞いているから、内地でも初陣の近い予感はあった。

「B29爆撃機」空爆の影響も、当初よりは被害が増えているらしい。

サイパン島に進出している米軍・第二一爆撃兵団司令官のハンセル将軍が更迭《こうてつ》されると後任の若いルメイ准将《じゅんしょう》は、ハンセル将軍の固執した高々度からのレーダーによる夜間爆撃の成果が思わしくないと——高度を下げた昼間の精密爆撃に作戦を転換する。この背景には戦争の終結を急ぐルーズベルト大統領の圧力があったとされている。

十二月十三日、名古屋の三菱・名古屋発動機製作所と中島飛行機・武蔵製作所が大規模な空襲を受けた。特に名古屋の三菱は七五機の「B29」からの爆撃で発動機の生産能力は25%も減少、五〇〇ポンド（約二二五キロ）爆弾と焼夷弾《しょういだん》で工場の17パーセント以上が破壊されて、従業員の死者も二四六人にのぼる被害を受ける。

この報告を受けて大本営海軍部は呉鎮守府長官に三三二空を兵庫県鳴尾《なるお》基地へ移動させるよう指示をだす。敵の空爆目標が航空機工場に絞られていると読んだからだ。

次に狙われそうな海軍機の生産工場は、鳴尾《なるお》と姫路《ひめじ》にある川西《かわにし》航空機と考えた。ここでは制式採用直前の「紫電改《しでんかい》」の量産態勢を整えているし、付近には陸軍機を製造の川崎航空機・明《あか》石《し》工場もあり、兵庫県の南岸地域が空襲される可能性が大という判断だ。

雷電と零戦の昼戦隊主力は鳴尾に移動させ、夜間戦闘機「月光《げっこう》」の夜戦隊は陸軍の伊丹飛行場への移動を決める。鳴尾基地の滑走路は競馬場を改装したものと川西航空機の飛行場を併用するもので「月光」の離着陸には狭すぎるからだ。

「今回の諸氏の任務は誠に重く、極めて困難をともなうものだ。三三二空の名を辱《はずかし》めざるよう活躍してこい。健闘を祈る！」

進出搭乗員への、航空隊司令柴田武雄中佐の力強い訓示。

十二月十七日。

第一次雷電隊発進。

一機また一機と砂埃《すなぼこり》をまき上げ、独特の金属音と爆音を残して、雷電が寒風の吹き荒《すさ》ぶなか東の空に消えていった。

その夕刻、第一次進出隊からの着電。

《雷電十機・鳴尾着。山本中尉機途中洋上不時着、目下捜索中。霧《ミスト》深し》

翌十八日の朝八時。第二次進出の零戦隊と雷電隊の残りが指揮所前に整列。鳴尾からの気象通報待ち。山本中尉の消息もわからず、ストーブを囲んで全員が沈黙、時間をつぶす。

「岩国はこんな上天気なのになぁ……」

そんな不平を言う者もいるが、天候ばかりは仕方がない。

――九時三〇分、司令の決断。

「よし、行こう。天候が悪かったら引き返してこい！」

待ってましたとばかり、次々と発進する第二次進出隊の爆音と舞いあがる砂煙――。

藤太は零戦八二号に搭乗――おれにはやっぱり雷電より零戦が性《しょう》にあう。

第二次進出隊の指揮官は、操縦席でニヤリとほくそ笑む。

風防のガラスに……日の丸の鉢巻きをした情けない自分の顔が映っている。鉢巻きが額《ひたい》を数針縫った裂傷の包帯代わりと知る者は少ないだろう……。

藤太は昨日、雷電の試飛行をやってエンジン不調の緊急着陸、そこへ尾輪の故障が重なり着陸と同時に機体は滑走路上でグルグル右回りを始める。座席の肩バンドがなく、顔面を風防の防弾ガラスに叩きつけ大出血、マフラーで鉢巻きをして止血、駆けつけた部下搭乗員の肩を借りて医務室に駆け込むという――そんな騒ぎをやっている。

やっぱり零戦はいい。飛んでいて機体と一体化している安心感がある。

――五カ月足らずだが、住みなれた岩国ともお別れだ、甲島《かぶとじま》、宮島、呉軍港。

上空から、眼下の景色に無言の別れを告げる。

――〈鳴尾こそがおれたちの墓場だ〉そういう決意で岩国を発ってきた。

同期の渡辺（清）と高見の二人は厚木の三〇二空に進出中、もう一人の渡辺（光）は雷電恐怖症のため山下飛行長の温情から岩国残留となり、五人が鳴尾行きとなった。

天候きわめて良好、大阪特有のミスト（霧）がウソのようだ。

高度二五〇〇米《メートル》、はるか前方に淡路島の島影が見えてくる。上空に綿のようなちぎれ雲が浮き……先をゆく雷電の編隊が、まるで糸で吊り下げられた玩具《おもちゃ》の飛行機のようだ。

やがて神戸の海岸線がぼんやりと視界にはいってくる。

その内陸の市街地に建造物のない広場のような十字路が見えてくる。競馬場を急遽つぶしたという滑走路らしい。川西航空機の飛行場とも隣接している鳴尾基地だろう。

――民家にかこまれた狭い基地である。

雷電隊に続いて零戦隊も上空待機の旋回から――次々と着陸する。

愛機に損傷がなければいいが、傷ついての不時着だと工場の煙突が林立して家屋が立て込んだ街並みは厄介だなあ……藤太は、そんな心配をした。

上空からは見えなかったが、滑走路に下りてみると――これもまた厄介の種《たね》だ。

狭く短くでこぼこで、少しでも車輪がはみ出すと脚をとられてしまいそうだ。地上滑走にも神経を使うだろう。路面の整備もする必要がある。

滑走路の周辺の整備も、ドラム缶やら工場の廃材が散らばって雑然としている。

滑走路の西のはずれに新しい感じのバラック建ての平屋が建っていた。

航空基地の司令部としてはお粗末な建物だが、国家存亡のときだ、文句は言えまい。

建物は貧弱でも、真新しく墨痕《ぼっこん》あざやかな「看板」は立派である。

――『第三三二海軍航空隊山下部隊戦闘指揮所』。

先遣隊《せんけんたい》の基地要員たちと第一陣の雷電隊の面々がバラックの本部前で勢ぞろいして迎えてくれる。

藤太たちがまず知らされたのは、山本中尉機の捜索打ち切りの悲報だった。

覚悟はしていたが、はじめて身近な同期の仲間を失った動揺は隠せない……。

〈これが戦争だ、このさき、日に何機もの未帰還機がでることもあろう〉

藤太らはその夜、山本中尉の追悼をしながら最前線に来た気構えを新たにする。

山下部隊は一個飛行隊（定数四八機）規模と少数ながら、ここに京阪神防空戦闘機隊が誕生するのである。

搭乗員の構成は、硫黄島やマリアナ航空戦を経験してる准士官のベテラン、特乙《とくおつ》一期生という予科練卒業後に実戦訓練をした若者（現在の高校生世代）たち、藤太ら兵学校七二期出身の士官搭乗員という陣容だ。山下飛行長の発案で、戦闘機の選択は雷電でも零戦でも本人の意志（好み）に任せることになっていた。

だが内心では火力《かりょく》（武装）と高速性に威力のある雷電の慣熟《かんじゅく》を望んでいる。

それで藤太は快晴の飛行日和を選び、携帯型の酸素ボンベを持ち整備員が完璧《かんぺき》と折り紙をつけた雷電を駆《か》って――京阪神の天空高く、単機で舞いあがるのだ。

「超空の要塞・B29」が侵入してくるという……その空域をめざして。

高々度への上昇力は、さすがに雷電である。

最も多く生産された二一型は高度六千米《メートル》まで五分五〇秒（三菱の測定値）。これは零戦五二型の七分一秒、新鋭戦闘機・紫電改《しでんかい》の七分二二秒に比べてもずば抜けている。

上昇力は一秒でも速く敵の飛行高度に到達するための迎撃戦闘機に求められる重要な性能だ。

藤太は零戦では感じなかった高速度に鳥肌《とりはだ》の立つ戦慄《せんりつ》をおぼえた。

「こりゃあ凄《すご》い！」

みるみるうちに、風防から見えていた景色が空の蒼《あお》一色になる。

訓練だからエンジン出力は（二速）の巡航に抑《おさ》えてるが一万米《メートル》まで約一七分。

これなら、小笠原・父島からの電探情報で舞い上がる上空待機も余裕だ。

――下界に目をやると、その景色が高度を実感させる眺めで思わず息を呑む！

雲の切れ間から……太平洋、瀬戸内海、日本海が同時に見える。

紀伊半島も四国の全部も、そして岩国の辺《あた》りまでもが見える――。

地図で見るとおりの海岸線が、遥か眼下に見渡せる。

その眺めは、藤太に別世界に踏み入ったような不思議な感慨をもたらした。

その未知の空域こそが、この先、命をかける戦場となるはずである……。

「しかし、この寒気もただ事じゃない……」

寒暖計はマイナス四〇度、外気温は零下五〇度にはなってるだろう。

零下五〇度という低温は人間が活動できる環境ではない。飛行機だってプロペラ軸には不凍油を入れてきたが、その他の部分にどんな凍結が発生するかわからない。

それに加えて「ジェット気流」という厄介なものがある。

この空域には一年中——秒速六〇メートルもの強烈な偏西風《へんせいふう》が吹いてるから、これに流されたら大阪上空の哨戒《しょうかい》が——あっという間に名古屋の上空という笑い話になりかねない。


十二月二十二日。

——鳴尾基地の三三二空が初めて「超空の要塞」と遭遇する。

サイパン島を発進した七八機の「B29」が、再び三菱・名古屋発動機製作所を空爆にくる。

この爆撃機隊は三個集団に分かれて、それぞれが名古屋北東部をめざす。

その一団が紀伊半島南端の潮岬《しおのみさき》から北上し、大阪上空から福井県の敦賀《つるが》を経由する途方もない迂回《うかい》コースをとる。日本列島を楽々縦断《じゅうだん》する驚異の航続距離だ。

これはジェット気流を横切って精密爆撃を敢行するための迂回だ。ジェット気流に乗ると「B29」は時速七〇〇キロを超える高速になるから爆撃の照準が定まらないのだろう。

この日、鳴尾基地からは午後零時四〇分以降、零戦と雷電の計一七機が電探《レーダー》情報で上空哨戒に上がるが——敵機と遭遇したのは越智《おち》明志上飛曹ただ一人だ。

この爆撃は米軍第七三爆撃航空団によるもので、工場に対する初めての焼夷弾《しょういだん》爆撃だったが、曇天《どんてん》でのレーダー照準が合わず不成功、被害は軽かった。

米軍側の記録では未帰還機が三機、いずれも迎撃戦闘機に撃墜《げきつい》されたとなっている。

——その日の夕刻、鳴尾基地の食堂では大騒ぎになっていた。

何しろ化物《ばけもの》と思われた超空の要塞を、初めての空戦であっさり撃墜したのである。

——そのヒーローは越智上飛曹である。

「では最初の快挙を讃《たた》えて越智明志搭乗員に……飛行長からの褒美《ほうび》である！」

全搭乗員から盛大な拍手が沸く。

山下飛行長が自ら手渡したのが、サントリーの角瓶である。

当時はなかなか手に入らない高級ウイスキーだ。

その賞品・サントリーも然《さ》る事ながら、越智上飛曹にとっては（B29何するものぞ）という自信も大きな収穫だろう。それはもちろん、他の搭乗員にとっても同様だ。

「雷電」が実戦に配備された昭和十九年はこうして暮れてゆく……。

それは悲運の局地戦闘機にとってほんの序盤戦であり、苛酷きわまる苦戦は昭和二十年が明けてからの迎撃戦である……。

——暮れもおしつまった、十二月二十八日。

林藤太の待ちに待った初陣がくる！

マリアナ基地を発進したＢ29の一〇〇機編隊が大阪方面に向かうとの電探情報が入る。

藤太は愛機の零戦82号に搭乗、一万メートルまで上昇する。

このような上空待機の迎撃戦では増槽《ぞうそう》（補助タンク）をつけず機体を軽くして空戦のできる体勢で待つ。雷電の燃料消費だと一時間半が限度だから、藤太は滞空時間に余裕のある零戦を選んだ。偏西風に流されぬよう機体の定位置を保つのに細心の注意を払う。零戦の自重を二トン（二〇〇〇キロ）としても、空気の奔流《ほんりゅう》に逆らってやっと浮いている感じだから、自然エネルギーの威力はもの凄い。

——待つこと三〇分余、遥か前方下方の冬空に敵機の編隊が豆粒大の姿をあらわす。

好天の陽光が銀色の機体に反射して、キラキラと光の滴《しずく》を散らしているようだ。

——一糸《いっし》乱れぬ大編隊が後からあとから続いてくる……。

藤太が初めて目撃する米国の驚異の生産力のデモンストレーションだ——。

操縦桿をにぎりしめ、二〇ミリ機銃の発射レバーに手をかけ深呼吸する。

護衛の戦闘機はいないようだ。

直上方攻撃をかける優位な高度まで降下して、先頭の悌団《ていだん》（大部隊のうちの一部隊）をやり過ごしてから——第二悌団の一番機に狙いをつける。

(Welcome to Japan !!)

とばかり、操縦桿をグイッと前倒し、決死の急降下《ダイビング》にはいる。

型通りの直上方攻撃で襲いかかる！

一千《メートル》の高度差を時速五〇〇《キロ》近い高速度で真っ逆さま——激突寸前の交錯、標的の巨体が照準器からはみ出し銀色の翼の星のマークをしっかり捉えてる！

同時に左手で握りしめた二〇《ミリ》機銃の発射レバーをにぎりしめる！

ババババ、バババババッと——二〇《ミリ》機銃の火を噴く連射が座席から見える。

Ｂ29の左翼に火花が散って星のマークごと翼端が吹き飛ぶ。零戦もＢ29頭部銃座の一二・七《ミリ》機銃弾が雨あられと浴びせられるが——秒速約一三〇《メートル》の垂直に近い急降下で襲いかかるから、機銃の射手が狙いを定めるのはムリだ。

——だが彼らの搭乗機には、互いに連携できる感度のいい無線電話がある。

零戦が下方へ突き抜けたときを狙い、複数のＢ29が胴体下の銃座から一斉射撃を加えることができるのだ。

このときの藤太の退避《たいひ》は機体を右に左にひねり、一時《いっとき》も直線飛行はせず曳光弾《えいこうだん》（曳痕《こん》弾ともいう）の火の玉が混《ま》ざる弾道をかわしている。それでも何発かの命中弾を受けドキリとなったが不思議と命の危険は感じなかった。操縦桿は両手で動かし、フットバーの両足は絶えず小刻みに踏みこんで——変幻自在の忍者のような素早い動きをイメージする。

こういう芸当《げいとう》のできるのが名機「零戦」である。

だが敵弾の雨から退避してみると、どうも愛機の飛行に妙なブレがある。

単機引き返して基地に戻る。機体を調べてみると、何と尾翼が穴だらけで方向舵の半分がちぎれて失《な》い。プロペラにも数カ所の弾痕、貫通孔《こう》もある。無我夢中で被弾に気付かないが危ないとこだった！　こっちの二〇ミリ機銃の発射もひと呼吸早く——あのダメージではカスリ傷だったろうと……藤太にとっては不本意な初陣だった。

「急」

昭和二十年——落日

（1）

昭和二十年元旦。六時起床。

元日とはいえパイロットの正装は飛行服。

八時に全員整列して軍艦《ぐんかん》旗掲揚《きけいよう》、遥拝《ようはい》式を行う。

総員五〇人余が……皇居にむかって遥拝、新年の誓いをする。

山下飛行長の力強い訓示のあと指揮所に入って藤太は「搭乗割《わり》」を黒板に書く。これは迎撃にでる搭乗員の先発メンバーであり雷電隊の小隊長になった藤太の初仕事だった。

年末から好天続き、元日も雲ひとつない青空である。滑走路の白さが眼にしみる。

すがすがしい気分で藤太は雷電の小隊長機「一六四号」の座席に入る。新年のご挨拶といったところだ。照準器の上のスペースにかわいいお供え餅《もち》が飾られていた。

藤太はささやかな正月気分を味わう。

〈死なば諸共《もろとも》、今年もよろしく頼むぞ！〉

思わず……愛機にむけてそういう言葉がでる。

敵さんも今や日付変更線を越えてるから時差がなくなり、New Year's dayだ。今日は連中も祝日だから来ないよ——と、飛行長の予言が当たる。

一月三日。

〈今日あたりは来るぞ——〉

そんな思いで屋外に張った寒風吹きさらす天幕のなかで搭乗員たちは待機していた。

その仮設「戦闘指揮所」に通信員がメモを片手に駆け付ける——午前九時だ。

「おいでなすったぞッ！」

藤太はこの日の搭乗割ではもう一度と零戦82号を選び、雷電は下士官に譲った。初陣の冴《さ》えない戦果を挽回せにゃならん、そんな思いが強い。

「通信情報をお伝えしまぁす！　マリアナ基地のB29が本朝〇六〇〇（午前六時）発進せり、大挙して本土来襲の公算大なり。各部隊厳戒を要す——」

——そして、その数分後に続報を読みあげる。

「敵大編隊・父島上空通過、高度一万・進行方向三〇度——〇九〇〇（午前九時）以上！」

〈間違いなくこっちへ来るぞ！〉誰もが、敵編隊の進路をそう読んだ。

——午前十時。

「電探はまだか……」

山下飛行長の緊張した呟《つぶや》きと同時だ、通信員が三度《みたび》バラックの本部から飛びだす。

「潮岬《しおのみさき》上空、恒速三〇〇《ト》ノッ、針路北——一〇一五（十時十五分）以上！」

紀伊半島の突端からここまでB29なら二〇分ほど、ぐずぐずはできない。

搭乗員が一斉に愛機に向かって走り出す。列線の戦闘機の下で腰を下ろしていた整備員たちもソレッとばかり立ち上がる。戦闘指揮所のマストに航空旗がスルスルッと揚がる。

【即時待機】・すぐにも発進できる状態で待て——の、合図だ。

「エナーシャ回せぇ！」

搭乗員が座席にとび込んで、整備員に大声で告げる。

「エナーシャ」とは緊急発進でもエンスト（エンジン停止）を起こさぬよう、プロペラを外部からの駆動力で回転させエンジン始動時の負荷を軽減させる機器だ。ウォンウォンと滑走路のあちこちでエナーシャが唸《うな》りをあげる。台車に載せ整備員が一人でも搬送できる大きさだ。

搭乗員がエンジンの出力を少しずつあげながら頃合いをみて、
コンタクト（接触）！と整備員に大声をかける。

エナーシャのクランク軸が機体から離れると同時に、エンジンの回転力がストレートにプロペラ軸《シャフト》と咬《か》みあい、さらに力強い爆音が響きわたる。絶妙な間合いだ。

息詰まるような緊迫の作業だが、熟練整備員たちの手際《てぎわ》は素早くて巧《たく》みだ、世界最強といわれた海軍航空隊の戦力は、空中戦に限った技量だけではない。

エンジンすこぶる快調──戦闘指揮所のマストに、Ｚ（ゼット）旗揚《あ》がる。

《第一小隊発進せよ！》

電話の声も軽やか、感度も極めて良好なり。

「了解　了解！」

零戦四機（この頃は一個小隊四機編成）のチョーク（車輪止め）が一斉に外される。

「林・一番──往《ゆ》きまぁすッ！」

零戦の林藤太小隊長機が先陣をきって発進する。

スロットルレバーを前倒しの全開──滑るような地上滑走で離陸地点に到達、機首を風上に向けるとエンジン出力を全開にして、操縦桿を手前にグイッと引く！

〈頼むぞッ！〉

思わず愛機に言葉をかける。

待ってましたとばかり奔馬《ほんば》の勢いで疾走する零戦は、ほんの数秒で地面から浮く。

──まるでギリシャ神話に出てくる有翼の天馬「ペガソス・Pegasus」だ。

見送る基地の総勢が一斉に「帽《ぼう》（子）振《ふ》れ」の歓呼！

雷電ほどではないが最大限の急角度で上昇──眼下の基地滑走路の十字の路面が見る見る遠ざかり小さくなる──三千、四千、五千《メートル》……高度計の針の上昇がもどかしい。

高度六千あたりから酸素の希薄《きはく》につれ内燃機関の燃焼が鈍《にぶ》り上昇力ががたんと落ちる。

《敵編隊は潮岬を通過して北上、大阪上空を警戒せよ。高度一万《メートル》……》

電話の声も聴きとり難《にく》くなってくる。

「了解――」

酸素マスクで口許を塞《ふさ》ぎサイダー瓶《びん》サイズの容器コックをひねる。新鮮な酸素が肺に流れこみ……無味無臭の酸素がほのかな甘みを感じさせる。肺呼吸で血液に酸素を取り込まないと思考力の減退が起こる。これがおそろしい。地上ではスラスラできた二桁の暗算ができなくなってしまう。気圧が下がると聴覚にも悪影響がある。時々唾《つば》を呑みこんで鼓膜を正常に調整する必要がある。Ｂ29は機内が気密室（一気圧）になってるから外気温の零下五〇度だって彼らにとっては別世界だろうが零戦や雷電の操縦席ではそうはいかない。

藤太は高高度滞空の限界を……せいぜい一時間とみていた。

それ以上いると手足の感覚が痺《しび》れて、運動能力も麻痺《まひ》するおそれがある。

上空一万《メートル》での待機・待ち伏せも楽じゃない。

眼下、紀伊半島や四国の島影が墨絵《すみえ》のようにかすんで見える。

その大空の一角を、四機の零戦が遊弋《ゆうよく》する――藤太には愛機の引きずる飛行雲が灰色に見え、まるで胴体が燃えて煙を吐いているようだ。だが左右に距離をとって飛ぶ列機の飛行雲は真っ白で糸を引いたよう。雲のない紺碧の空に……味方機の白い飛行雲ばかりが縦横に走っている。真っ青なキャンバスに白いチョークで筋をひいてるようだ。

《まもなく敵編隊が大阪上空に現れる、高度一万、戦闘態勢に入れ！》

地上からの指令に緊張の度が加わる。

――来た！

南東上空の遥か彼方《かなた》……十数条の白い飛行雲と、その飛行雲の先端でキラキラ光る光源がB29の機体だ。敵ながら見事な編隊飛行だ。

その点と線を見据えて、真正面に機首を向ける。

〈我敵発見〉〈左前方敵機！〉二小隊、三小隊も敵を発見、電話の声が交錯する。

藤太は胸の高鳴りを抑え機銃の安全装置を解く。

高度差が少ない――直上方攻撃を断念、前下方攻撃で突き上げだ。高度を九五〇〇米《メートル》にして大きくバンクする。列機も心得たとばかりスーッと編隊を解き単縦陣で突っ込む。

B29先頭悌団九機との真っ向勝負にでる。

敵機との距離……三千、二千、千。

敵編隊は小癪《こしゃく》なくらい悠々と直進、針路不動で向かってくる。

先に撃《う》ってきたのはB29一番機の前部機銃だ。一三・七粍《ミリ》の曳光弾の黄色い弾道がサーッと横を流れる。フットバーを踏んで零戦を左右に滑らせているから敵の照準が完全にブレて外れてる。こういう接近戦になると図体のでかいＢ29は不利だ。

まさに（肉を切らせて骨を断つ！）捨て身の攻撃である。

零戦の二〇《ミリ》機銃が吼《ほ》え、真っ赤な曳光弾の弾道が銀色の巨体に吸い込まれる。

二機が交錯する一瞬の、まさに、必殺のボディーブローが炸裂《さくれつ》する。

――だが命中弾を受けても敵の一番機はビクともしない。

そのまま悠然と編隊を率いて遠ざかってしまう。

〈こんちくしょう！〉

思わず歯ぎしりする藤太、今度は機を急上昇させ高度をとる。

待つ間もなく左下に次の悌団――一一機編隊を発見、その編隊の真っ只中に垂直に急降下する。高度差八〇〇《メートル》、敵機を前下方三〇度に捉えて急降下、背面飛行で二〇《ミリ》機銃の連射を背後から浴びせ、その標的とスレスレに交錯して下方に退避する。

機を反転させ上空を見ると一一機編隊のうちの一機が黒い煙を吐いて……それでも悠々と編隊から落伍《らくご》もせず飛行して、遠ざかって行く。

基地に帰投し整列して戦果および被害報告をする。

藤太の報告では戦果「ゼロ」、わが方――未帰還機が一機！

これが、同期の向井中尉の搭乗機、零戦八七号機だ。

——その夜、藤太らが沈痛な面持ちで夕食を済ませた頃、向井中尉がひょっこり戻ってくる。頭と顔中を真っ白な包帯で包み、所々に血がにじみ出ている痛ましい姿だ。

奈良上空の空戦で撃墜され、火だるまになって落下傘降下したという。

顔中火傷《やけど》を負ったが命に別状はないと——包帯の隙間からの両眼がニタリと笑った。

「おいおいその顔で笑うな。今夜夢で魘《うな》されちまう……」

同期の仲間が声をたてて笑ったが、誰もが向井寿三郎の生還にホッと安堵している。

日本人ばなれした彼の面相が凄《すご》みを増すだろうかと藤太はそんなことを思った。

米軍の第二十一爆撃兵団の出撃記録によれば、この日九七機がマリアナ基地を発進。名古屋の港湾地帯と住宅密集地域に実験的な焼夷弾M69を投下、推定一万三千平方メートル《メートル》の目標を破壊し、五機が未帰還となっている。

（2）

一月十六日。

今日も冬空は晴れわたり上天気だ。

藤太は雷電に搭乗、小隊長として迎撃にあがる。

午前十時過ぎに「搭乗員即時待機！」の命令がでた。

すぐに発進できる状態で待機せよの指示だ。戦闘指揮所から二〇〇《メートル》はなれた滑走路脇の列線までを全力疾走、右手をぐるぐる廻し（エナーシャ回せ）と整備員に大声をかける搭乗員たち。藤太は雷電一六三号の胴体「日の丸」にサッと挙手の敬礼をしてとび乗る。

落下傘バンド接続！

全てのスイッチ・オン、首からかけた電話コードをジャックにつなぐ！

「前離れッ！」

「コンタクト！」

空冷エンジンの全速回転がプロペラに伝わり独特の金属音が響く。

「チョークはずせぇ！」

風防の天蓋《キャノピー》を閉めながら整備員に告げる。

エンジンを全開にして地上滑走を加速させ操縦桿を思いっきり手前に引く！

爆音と機体の振動がすごい。雷電の重い機体がフワリと浮く。まるでエレベーターがあがるような急上昇の離陸で京都上空へ向かう。

この頃のB29爆撃隊は奈良か大阪上空を通過、京都から日本海に抜けて若狭湾《わかさわん》上空で反転

（Uターン）、名古屋に向かうというのが決まりのコースだった。

《敵編隊は奈良上空通過、北に向かう。京都上空で待機せよ！》

地上からの電話を受けたとき、エンジンの回転にただならぬ異音が発生した。

高度五千《メートル》、回転計と油圧計の針が妙な振れかたをしながら次第に下がり〇《ゼロ》付近まで落ちてくる。スロットルをふかしたり絞ったりしてみるが、効果はない。

鳴尾を離陸して間もなくというのが、せめてもの幸いだった。

——編隊を離れ反転急降下。

エンジンを絞っているのに油圧は下がり続け、ついに〇《ゼロ》となる。

高度五〇〇《メートル》で基地の上空に辿り着く。

エンジンが止まったりかかったり、喘《あえ》ぐような瀕死《ひんし》の息遣いである。

——誘導コース（パス）に乗ったとたん、排気管から火を噴き始めた。

雷電の致命的欠陥である油圧低下で、エンジンが焼き付いたのである。急降下の惰力があったので失速の危険は免《まぬが》れたらしい。

——落ち着け！

自分に言いきかせ、まずフラップ（主翼にある下げ翼）を下げてから、脚を出す。

ドスン！　という尻餅《しりもち》の胴体着陸だ。その衝撃で尾輪が損壊して吹き飛び、胴体の尾部が滑走路の土をガリガリこすりながら行脚《ゆきあし》を止める。ホッとする間もあらばこそ――右翼下から、猛烈な火焔《かえん》が吹き上げる。座席を蹴《け》って左翼上にとびだし、地上に飛び降り一目散《いちもくさん》で逃げる。

――その直後に紅蓮《ぐれん》の炎がグワッ！　と胴体をくるみ込む。地面をこする機体尾部の摩擦熱と火花で洩れたガソリンに引火したらしい。航空燃料だから炎上すると凄まじい火勢になる。もう手がつけられない。真紅の炎がたちまち胴体から翼にまわる。ずんぐりした胴体の前半分がくの字に折れ曲《ま》がり、プロペラがグッと上向きになる。

火あぶりにされた「雷電」がもがき苦しんでるようだ……。

〈すまぬ、許せ……〉

藤太はみじめな気分で燃えさかる炎を見つめていた……なす術《すべ》がない。

――どう弁解しようが貴様が殺したんだ！

自分のなかのもう一人の「自分」から容赦のない叱責を受ける。

――あそこまで漕《こ》ぎつけておきながら貴様の着陸ミスでこうなったんだッ！

炎が翼に燃えひろがると……翼内の機銃弾が熱で暴発する。二〇ミリ機銃弾の爆薬《ばくやく》だから弾《はじ》ける音も強烈だ――バーンバーンビューンと、花火のように弾頭が周辺に飛散る。整備員たちも危険で近寄れず、燃えるにまかせるままだ。

炎の塊《かたまり》が真っ黒な煙を吹きあげ、天を焦《こ》がす勢いで空高く舞い上がってゆく……。

〈すまない……〉

藤太は飛行帽を脱ぎ頭《こうべ》をたれる。

火照《ほて》った頬に冬の風がひときわ冷たい。

その翌日。

藤太は「雷電」の補充空輸を命じられ、部下三人と供に岩国本隊へ引き取りに行く。

四人の空路移動に機練《きれん》（布張りの旧式機・機*上作業練*習機）を使う。これが遅いのなんの……自動車よりはマシという速度で飛ぶ。おまけに岡山上空でエンジン不調。

——とてもじゃないが岩国まではもちませんなぁ。

操縦するベテラン下士官が隣席の副操縦士にのどかに語りかける。

——ほんま、天の助けどすなぁ。

何やら空輸責任者の藤太に聞こえよがしの口調である。その副操縦士は藤太よりも年上で飛行時間も倍以上ある頼もしい歴戦の戦闘機乗りだ。

〈とんだ貧乏クジだわい……〉

藤太は内心でそう思った。

出発前の航路《チャート》確認で——四人はこの近くに陸軍の飛行場があることを知っている。

陸軍と海軍は、何かにつけて相容れない対立があってその相克《そうこく》を（犬猿の仲）とする向きもあるようだ。藤太自身には陸軍への反感はなく、陸で戦う陸軍と海や空が主戦場の海軍とは戦術や組織や指揮系統に違いがでるのは当然だろうと思うが、しかしやはり陸軍の飛行場となるとためらいがある。敷居が高い――のである。

〈この際だ、陸さんの世話になるしかないな……〉

藤太はそう決心する。嫌味を言われるくらいはガマンだ。

――ところがである、藤太ら一行は陸軍航空隊から思いもよらぬ歓迎を受ける。

今にも降りだしそうな曇天《どんてん》のなか、おんぼろ旧型機で岩国まで飛ぶ要務飛行に同じ搭乗員として同情され、昼食のサービスと機体の応急修繕の手伝いまでもしてもらう。

――一四三〇（午後二時半）離陸。

依然エンジンは不調、雪雲の低く垂れこめた悪天候下、瀬戸内の海面スレスレの低空飛行で岩国をめざす。視界不良、肌を刺す寒風――頼りないエンジンに命を託して飛ぶ。

――まったく生きた心地《ここち》がしない。

今度は副操縦士だった斉藤上飛曹《さいとうじょうひそう》が操縦桿を握っている。

「心配せんといてください分隊士……」

斉藤上飛曹が前方を凝視したまま朗らかな大声で後部座席の藤太に語りかける。

「この寒空に海水浴なぞしとうなかです！」

「グラマン」や「シコルスキー」と比島の空で戦火を交えた男は肝《きも》っ玉《たま》がすわってる。

藤太は上飛曹の大胆な軽業《かるわざ》飛行から海軍の強さは下士官の強さだと実感した。

日没の直前に、冷や汗をかきながらも懐かしの岩国飛行場に滑り込む――。

――小雪のちらつく滑走路に飛行服姿の男が立っていた。

何と……厚木航空隊に進出していた同期の高見中尉である。

高見は藤太に歩みよってくると、腕時計をチラリとのぞいて、

「この悪天候のなかをオンボロ機で定刻に到着だ、よく来たなぁ……」

そう言ってから、まったくお偉いサンはナニ考えてんだ――とぼやき、

「だが帰路は鈴鹿からもってきたばかりの二一型の新品四機がそろえてあるぞ――」

と教えてくれた。

この機種は、おそらく三菱の鈴鹿工場で九九式二〇ミリ機銃四挺をベルト式給弾にした二一型の甲と呼ばれた新型雷電だろう。

「海軍中尉が心配することじゃないが……」

藤太は同期の気安さから、鳴尾で四機そっくり貰っていいのかと、そう訊ねた。

すると高見が――オレのカンだが、と声をひそめ「近く部隊の編成替えがあるな」と、そう

言った。

高見の予見があたり、一月末には三三二空柴田部隊（柴田武雄司令）は呉鎮守府の指揮下を離れて本隊は岩国から鳴尾に移転する。鳴尾基地は一気に大所帯《だいじょたい》となるが双発《そうはつ》（エンジンを二基搭載）の夜間戦闘機『月光《げっこう》』の発着にはムリがあり、この戦闘機隊だけが伊丹《いたみ》飛行場（現在の大阪空港）に移動することになった。

当時の伊丹飛行場は陸軍の管轄になっており、「月光部隊」は陸軍の第一一飛行師団麾下《きか》に入ることで、犬猿の陸軍とも折り合いがつく。

――それに先立ち一月二十二日、
高見中尉たち数名の搭乗員が補強派遣として、ひと足さきに岩国から転属になる。

高見中尉は厚木と岩国では飛行訓練と上空警戒ばかり、無念さを噛みしめる不遇《ふぐう》をかこっていたと息巻いて……その喜びようは尋常《じんじょう》ではなかった。

「おれはなぁ林、どんな飛行機だろうと乗りこなす自信があるんだ。少しぐらいの振動や不具合なんかへっちゃらだ。故障が多いとかで雷電を敬遠してる奴の気が知れん！」

身体は小柄だがファイト満々の図太い神経の持ち主である。

霞空での単独飛行訓練のときなど、彼の乗ったあとの練習機はガタガタになっていても「異常なし！」と申告するから次の順番の者が大迷惑したものだ。

太っ腹なのか無頓着なのか、さっぱりわからない。

――その翌日の二十三日、士官舎で早めの朝食をとりながら、夕方に同期の仲間で高見の歓迎会をやろうという相談がまとまった。まだ七人が健在なのである。

その朝の搭乗割も分隊士の藤太が黒板に書くことになっている。

「おれの名をいの一番に書いてくれ。雷電でも零戦でもＯＫだ――」

「夕べは良く眠れたか？」

藤太は、高見が慣れない寝床《ベッド》で熟睡できたかどうかを気遣ったが、

「そんな心配より出遅れたおれに初陣で初手柄のチャンスをくれ、恩にきるぞ――」

「体調は大丈夫なのか――？」

「体調もくそもあるか、体当たりしてでもＢ公を叩き落とすまで喰い下がってやる……」

そんな会話をしながら戦闘指揮所に向かう途中……、

「おい林、腕時計を交換しとこうや――」

高見が思い出したように言う。

〈腕時計――？〉

藤太は一瞬、訝《いぶか》ったが、すぐに高見の真意を理解した。

悪い話ではない、藤太にとっては――。

「おれのはセイコーの安物だぞ、いいのか？」

「かまわんよ！」

高見の左腕で少尉候補生以来……時を刻んできたスイス製のVelnaが、無造作に外されて藤太に手渡される。

高見も受け取ったセイコーを腕に嵌《は》めて、

「これで、どっちが死んでも形見になるからな」

そう言ってニタリと笑う高見だった。

戦闘指揮所には相澤がすでに待機していて、同期の松木と何やら話し込んでいる。

鳴尾基地では、士官搭乗員たちが待機中の気分転換によくトランプをした。一番人気のゲームがブリッジである。そもそもは「神ノ池」の練習航空隊の頃、手軽なヒマ潰しとして始めたものだが、これが中々面白く病《や》みつきになってもいた。術策をめぐらし敵の裏をかく頭脳戦と勝負どころの見極めに他愛なく胸をおどらせる若者たちである。

ところが高見ときたら、やたらとヘルコール（無益なコール）を連発してデリケートな頭脳ゲームをブチこわすのだ。相澤が用意していたトランプを早々と配りはじめる。

「銀座＊＊堂の御曹司《おんぞうし》に言うときますが、鳴尾ルールじゃヘルコールは罰金どすぇ」

相澤が上目づかいに高見を見上げて――妙な京都弁で、そう言う。

四人分のカードを相澤が裏返しに素早く机上にならべ、高見と藤太が椅子を引いて机に向かう。風のないのが幸《さいわ》い、真冬の戸外の天幕の下でトランプに耽《ふけ》り、ほんのひとときであれ、寒気と緊張感をやわらげようというのだ――。

「相澤はん、、……」

「なんだッ！」

と、相澤が自分で配ったカードを手許で扇形にひろげて、高見に応える。

高見が配られたカードを見てにんまりする。

「鳴尾いう処は祇園《ぎおん》の灯が近《ちこ》うて、ほんまによぉござんすなァ……」

高見も妙な京都弁になってほくそ笑み、声高に言う。

「ファイヴダイヤ！」

「なんだとォ！」

相澤の絶叫《ぜっきょう》と同時だった。

山下飛行長の声がスピーカーから響きわたる。

【搭乗員即時待機、即時待機！】

――鶴の一声である。

朝の静けさが一転、基地全体がたちまち喧騒《けんそう》の渦に巻き込まれる。

搭乗員たちがカードを叩きつけて列線に向かって走る。

高見が、松木が、藤太が——一目散だ。

相澤だフッと足を止めて——高見が裏返っていったカードをめくる。

「高見！」

相澤も一歩遅れて走り出すと高見の背中に大声を浴びせる。

「貴様ぁ、今日はツイとるぞォ……がんばれよォ」

高見が全力疾走のまま右腕を高く突き上げて応えると、身近な零戦にとび乗る。

列線に並んだ零戦と雷電のそばで、はやエナーシャが唸《うな》りをあげている。

Z旗がするすると揚がる。

一機また一機と、可動全機が砂煙をあげて離陸する。

《敵の第一悌団、間もなく潮岬付近に接近》

藤太はその電話を離陸してまもなく耳にするが……三〇分を経過しても敵機の姿が現れない。

雲が多く冬の陽射しでも目が疲れてチカチカする。

一時間以上が経過して、地上から——《山桜《やまざくら》》との無線連絡が入る。

——「帰投せよ」の暗号だ。

米軍側の記録では、この日マリアナ基地を発進したB29は七三機、三菱重工業・名古屋発動機製作所が爆撃目標で、ここに計二八発の爆弾を投下未帰還機二機とある。

三六〇度の広大な空域の彼方から来る敵機を、高性能とはいえぬ電探情報《レーダー》だけが頼りの索敵《さくてき》であり、零下の酷寒と燃料と酸素残量から、滞空時間が限られている。

だから全機が敵機と遭遇できるのは、むしろ稀《まれ》だろう。

――迎撃にあがってから四時間が過ぎても、高見中尉だけが還《かえ》らない。

他の飛行場への不時着機のなかにもいない。行方不明である。

――その夜遅く、京都北方に零戦の墜落機が発見され、中尉の肩章と機体番号から高見中尉と確認された。斜め上方から顔を撃《う》ちぬかれた即死だったらしい。

高見の歓迎会が通夜になろうとは、何と惨《むご》いことだろう。

藤太はそう思いながらも、高見の戦死が誤報であってくれと一縷《いちる》の望みにすがった。

〝ファイヴダイヤ!〟の声が耳に残っている、腕時計が早々に形見《かたみ》になってしまった現実がやりきれない思いだ。

藤太は、高見が「顔を撃ちぬかれた」という報告からこれまで感じたことのない無念さを覚えた。それは悲嘆《ひたん》にくれる気持ちを押しのけるほどに悲痛なものだった。

頑強なB29を見てるからなおさらだが、日本の戦闘機はどうしてもっと搭乗員の人命保護を考えてくれないのかという思いだ。雷電の防御装置だって皆無に近い。操縦席に敵の機銃弾を受けたらパイロットはいちころだ。燃料タンクに被弾すれば間違いなく空中火災である。操縦席正面の風防に、ほんの申し訳に……三〇チセン角で厚さが三チセンの防弾ガラスが貼り付けてあるが、これで敵機の機銃弾が防げるのか心もとないかぎりだ。

無いよりはマシだろうが、まるで現実に即応してない。

雷電が敵の艦載機（戦闘機）と向き合って迎撃戦をやるなど、あり得ないからだ。

雷電は大型機を迎撃する専用機で一撃離脱の「長槍戦法《ながやり》」を極意《ごくい》とする。艦載機との空戦となると、もう一度戦術を練らなければ、とても互角には戦えない。

高見中尉の通夜には、搭乗員の全員が飛行服の正装で顔をそろえた。

明日は我が身という思いで、誰もが沈痛な面持ちだった。士官舎のなかの談話室《ガンルーム》の片隅に設けられた粗末な祭壇には、高見の私物であるスペアの白いマフラーと今朝がた使ったトランプが手づくりの位牌《いはい》に添えられていた。

「なぁ林中尉、おれだって高見の戦死にゃ胸を悼《いた》めてる。明日の貴様たちの高見を偲《しの》ぶ会にはおれもいれてくれ……頼む！」

更衣室で軍装の制服に着替えながら尾中《おなか》大尉が、声をひそめて言ってきた。

尾中大尉は高見と一緒に岩国から派遣されてきた兵学校の先輩である。東京の府立中学出身で高見とは同じ中学校の先輩後輩の間柄だったらしい。

「高見を偲ぶ会……あぁ、朝日寮《あさひりょう》で一杯やるだけです……」

朝日寮とは士官宿舎の別名だ。基地から数分の処にある朝日新聞社の独身社員寮を海軍がそっくり借りたものだ。広くはないがベッド付きの個室で、食堂には従兵がきて食事の世話をしてくれるから、一寸した宴会なども手軽にできる。

藤太は尾中大尉には、階級差を意識しない親しみを感じていた。

「おいおい分隊士おれにまでトボけるなよ。相澤がおれには白状したぞ――」

「相澤が何を白状したのですか……?」

「朝日寮で呑《の》んでたって故人の功徳《くどく》にはならんそうだ」

「一体何処へ行くというんですか?」

「祇園《ぎおん》だそうだ――祇園の灯《ひ》がおいでおいで、おいで、おいでをしてるとさ」

(祇園)とは一流どころといわれる芸者をかかえ、格式ある置屋《おきや》が軒を連ねる界隈だ。

相澤の考えそうなことだと、藤太はむしろ感心した。朝日寮で呑んで湿っぽい通夜の延長をしても仕方がない。それで藤太は、ご一緒しましょうと、尾中大尉に応えた。

「よしじゃあ決まりだ。生きて明日の夜を迎えられたらの話だがな――」

尾中大尉がさばさばした口調で応える。

藤太は大尉と肩をならべて軍帽と腰に短剣を吊った正装になって基地を後にする。基地から朝日寮までの徒歩の数分……人通りの多い市電通りを歩く。その一挙手一動作にまで、海軍士官は気を抜けない。娑婆の市井《しせい》の人々の目を意識する。国防の第一線に就《つ》いてる海軍士官たるもの、例え訓練で疲れても疲弊《ひへい》した姿を娑婆の人間には見せられない。制服や短剣が泣く、というものだ。

――藤太は一度、女学生たちの一団とすれ違ったことがある。

おそらく彼女たちは、川西航空機に勤労動員されてきた女子挺身隊《ていしんたい》の乙女たちで、一日の作業を終えて寄宿舎に戻る途上だったろう。今や国家総動員体制にあり、満十二歳以上四十歳未満の未婚女性は否応《いやおう》なしに工場や農村に勤労奉仕にでる、御国《おくに》のためだ。

――その、すれ違いのときのことである。

一列縦隊の隊伍《たいご》を組んで前からきた乙女《おとめ》たちのリーダーだろう、先頭のお嬢さんが、《海軍中尉殿に、敬礼ッ！》と、溌剌《はつらつ》とした号令をかけたものだ。

海軍では階級の下に不要の（殿）はご愛嬌《あいきょう》でも、肩章《けんしょう》の桜花で中尉と識別、号令一下《いっか》の敬礼だ。工場ではどんな仕事をしてるのか、白い華奢《きゃしゃ》な指が、掌《てのひら》が、一斉にヒラリと舞《ま》って見事に揃った可憐な敬礼だった。一瞬のできごとだったが、藤太はその健気《けなげ》さに胸が熱くなってその場に佇《たたず》んだ。乙女集団の不慣れな敬礼には眩《まばゆ》いばかりの若さと健康な汗の匂いがあった。世《よ》が世《よ》ならおしゃれを覚えて、少しは遊びたい年頃だろう。

振り向きもせずに遠ざかる女学生たちの後ろ姿に、藤太は丁重な答礼をした。

〈――おれたちの力が及ばず、彼女たちまで巻き込んでいる〉

藤太のなかの潔癖《けっぺき》さがそんな痛恨をよび覚《さ》ます。

すでに夕闇が迫る市電通りを、藤太は大尉と無言で歩く。

腰に下げた短剣の鍔《つば》が剣帯の金具と擦《こす》れてチャリチャリと乾いた金属音をたてる。

〈こんな時にあの女学生たちと出くわしたらどんな顔をすりゃあいいんだ……〉

藤太のなかで祇園の灯がチカチカと瞬《また》き、不埒《ふらち》な妄想をかきたてる。

祇園にくりだすということは、Sプレイ（海軍の隠語で芸者あそび）を堪能《たんのう》する目的の外出なのだ。藤太にとって、相澤と先輩大尉にとってもだが、妙な展開で祇園詣《もう》での口実《こうじつ》ができたことになる。黄泉《よみ》の高見中尉が知ったら、

〝貴様たちおれをダシにしおって！〟……と、怨言《うらみごと》を言うだろう。

――いや俟《ま》てよ、

独断専行の相澤は、最初から祇園での高見歓迎会を考えていたかもしれん。藤太はそうも考えた。中尉の懐具合《ふところぐあい》は（やりくり中尉）でも、航空勤務で危険加俸がつき財布は潤《うるお》っている。祇園の一流どころだろうが、予算的には怖気《おじけ》付かない。

尾中大尉も同じだろう。これまでSプレイとは御縁がなければ好機到来というわけだ。

「なぁ林中尉、おれは聖人君子《せいじんくんし》とはいわんが、今日の通信長の名演説に触発されたわけじゃないぞ。そこまで飢《う》えちゃいないし、ああいうのはおれの趣味じゃないんだ——」

藤太は大尉の言ってることの真意を即座に理解した。

鳴尾基地が大所帯となるから、早くも近くに「Ｐ《ピー》ハウ」が設けられて、どういう経緯なのかその（利用心得）を通信長がユーモラスに若い下士官や兵に説明したらしい。

《サッと行って・パッとすませて・スッと戻ってこい！》

通信長というのは予備役《よびえき》で召集された五十がらみの、温厚な好人物である。

オトコばかりの閉鎖集団にあって、庶事万端《しょじばんたん》、何かと若者の面倒をみている。

（Ｐハウ）も海軍の隠語である。ハウはハウス（House）の略でＰはProstitute の頭文字だ。当時の風俗営業は公娼制度のもとProstitution が法に触れない。

——さてその翌日である。

Ｂ29は姿を見せず、上空警戒も異常なく日が暮れた。

午後五時……尾中大尉、小畠・森田両中尉、桑原少尉、石原飛曹長、そして藤太と相澤の一行七人が、悠然と朝日寮を出て市電の停留所に向かう。

濃紺の第一種軍装で腰には短剣、スキのないきちんとした正装である。

〝向こう通るは、ありゃ士官
腰の短剣粋《いき》なもの、あれでも芸者を口説《くど》くのか
人は見かけによらぬもの〟

――＊＊＊――

〝向こう通るは、ありゃ芸者
三枚重ねの五つ紋、あれでも金出しゃ転《ころ》ぶのか
人は見かけによらぬもの〟

――そんな世間の戯歌《ざれうた》を知ってか知らずか、一行が国鉄の大阪駅に出てから新京阪線に乗り換え、京都の四条大宮駅に着いたのは七時すぎである。

藤太にとっては中学生のころ以来の京都であるが、京の街は昔とはまるで違って、真っ暗闇である。灯火管制《とうかかんせい》でＢ29の夜間空襲に備えての対策だから仕方がない。

そういう実情を彼らが目にするのも初めてだった。祇園までは更に市電に乗るから一行はここでも暗闇の停留所でしばらく待たされる。

「京都じゃ市電までがのんびりしてやがる……」

相澤がそうボヤいた。

祇園に着いたのが八時すぎ、鳴尾基地を出てから三時間以上もたっている。

高見が「祇園の灯が近い…」と言ったが、とんでもない！

「これじゃあ一ヵ月に一度がせいぜいだなぁ――」

尾中大尉も、あまりの道程《みちのり》が意外だったらしい。

相澤はそ知らぬ顔である。目指す所の見当がついているようだ。

大通りに面した『一力』という名の知れた店の前で一行は四人と三人に別れる。

その別れしな、明朝○四○○《まるよんまるまる》（午前四時）ここに集合と相澤からのお達示《たっし》だ。

市電の一番に乗って帰隊する、山下飛行長が特別な計《はか》らいでストップ（外泊）を許可してくれたから、その信頼は裏切りたくないと言う。

――もとより、言われるまでもないことだった。

藤太たちは山下飛行長のためなら、例え火のなか水の中の決意を固めている。

それにしても……と、藤太は街並みの静けさに驚いた。これが名高い祇園なのかと思った。三味《しゃみ》やお琴《こと》の音色、女たちの嬌声《きょうせい》など……そういう華やかさ、藤太の想像した祇園のイメージがまるでない。それに夜の闇が足許すら見えないくらい濃い――。

その闇夜を――相澤が先頭になって足早にゆく。

相澤を一番機に、尾中、藤太とつらなる一個小隊は単従陣で路地に入る。『一力』の角を左に折れて暫《しばら》く行くと、濃い闇のなかに「石幸」という看板がひっそりと薄明かりに浮いていた。待合茶屋という処らしい。ノレンをくぐり店の玄関に入る。

小石を敷いた土間、上がり框《かまち》、板の間に置かれた屏風《びょうぶ》など——藤太の目には由緒あるお屋敷か隠れ料亭という趣《おもむ》きで、場違いのところに来たような気がした。

ところが相澤はご贔屓《ひいき》の常連みたいに落ち着きはらっている。江戸は深川《ふかがわ》の材木問屋の跡取り息子は場馴れしてるのだ。藤太は相澤の大人びた態度に妙な感心をした。

「まあまあおいでやす、昨日来やはる思うて（芸妓さんら）ずっと待ってましたんやけどな……」

人の良さそうな小母さんが奥から出てきて、満面の笑みで挨拶する。

「ああそうですか、ちょっと急用ができましてね」

相澤は実にアッサリしたものだ。

「じゃあ早速、お姐《ねえ》さま方を呼んでくださいな」

二階の八畳間に案内されると、相澤はすぐに小母さんにそう伝えた。

——相澤は、やはり祇園での高見歓迎会を予定していたのだ。

八畳間はきれいに片付いた和室で、火鉢には火が入り、洒落た卓子《テーブル》にお茶の用意がしてあり座布団がそろっていた。三人は卓子を囲んでしばしの雑談に耽るが……、

「おれはもう疲れちまった、風呂に入って一杯飲んで寝ようじゃないか……」

尾中大尉がゴロリと寝転び仰向けて呟《つぶや》く、もう九時半を過ぎていた――。

相澤も藤太も……実を言えば、そういう心境になりかけていたところだ。

折角ここまで来て……もう少し待ってみましょう。相澤が、そう言ってとりなす。

――わずか、その数分後である。

階段を静々と踏む足音がして、明らかに複数の秘《ひ》めやかな衣擦《きぬず》れの音と共に……廊下をすり足で小走りにやって来る足音が、八畳間の前でピタリと止まった！

「御免《ごめん》やす……」

華《はな》やいだ声音《こわね》とともに廊下側の障子戸がスッと開き――まるで、生きた雛人形《ひなにんぎょう》のような艶《あで》姿《すがた》の三人官女《かんじょ》の到来だ。その身のこなしまでもが艶やかで、揃って両手をつき額《ひたい》が畳に触れんばかりの平伏《へいふく》で丁寧な挨拶の口上を述べ「百照」「桃春」そして「小鶴」と、かわり番こに面《おもて》をあげるや、源氏名の（姓名申告）をする。

八畳間の天井から下がった電灯は、灯火管制でシェードに囲われ煌々《こうこう》とした明るさはなかったろうから、仄《ほの》明るい照度に瓜実顔《うりざねがお》の薄化粧が映《は》え、まるで竹久夢二《たけひさゆめじ》の美人画から抜け出てきたような淑《しと》やかさを印象付けたにちがいない――。

〈――さすがに祇園の一流どころは別嬪《べっぴん》ぞろいだなぁ！〉

彼女らの容貌に、藤太の胸が甘くときめいてしまう。

年の頃は揃って二十代半ばくらいか、あるいは、自分たちと同じくらいか……。スラリとした身を飾る着物姿も垢《あか》抜けて金糸銀糸を散らした模様も眩《まばゆ》い。髪型《かみがた》が鬘《かつら》をした花魁《おい　らん》ふうではなく、今風《いまふう》の流行《はやり》「つぶし島田」を結《ゆ》った自髪というのも……京の都の舞妓《まいこ》風情とはまるで違って、若い海軍士官らの好印象となったろう。

「S」という感じに見えないし、嫌味《いやみ》なところが少しもない。着飾ってはいても控えめな物腰に品があり、尻上がりの京言葉の感じもまろやかで悪くない。「興ざめしていた座に花が咲いたようだった」とは、藤太の正直な心証である。

それは彼女たちにとっても思いがけない出逢いだった。花街《はなまち》にくる男衆が遊興三昧《ざんまい》に耽《ふけ》る好き者ばかりとはかぎらないが、青年士官とは意外だったろう。

彼女らは、おそらく新設の鳴尾航空隊の開隊など知らないにちがいない。

その夜の彼女たちは、一見《いちげん》（初めての客）さんお断りの老舗《しにせ》の茶屋が禁忌《きんき》を犯して海軍さんの要求を容れるのも余程のこと――お歳《とし》の高官のお座敷かと思えば、女泣かせのなんとやら、若くて活《い》きの好い男前ですよと小母さんに耳打ちされ、ドタキャンから一夜明けての逢瀬《おうせ》だがすっかり機嫌《きげん》を直してしまう。

八畳の間に、賄《まかな》いの女中さんたちが手早く酒肴《しゅこう》を用意し……客と芸妓がなじみあう粗宴となるのだが、藤太は彼女たちが躾《しつけ》られた礼儀作法に伝統の格式を感じている。

会話は喋り過ぎず、下世話な話題には微笑みで返す。座布団には決して尻を置かず、酒はされれば申し訳に唇《くち》をつけるが、食べものは絶対に口にしない——。

十一時過ぎに小宴をお開き……青年士官たちは相方《あいかた》にみちびかれて別室に移動となる。

風呂に入ったりすれば、はや、日付の変わる時刻になろう。

明朝の四時に集合となると、今から床に就いてもたいして睡眠時間はとれない。

——だが少しでも睡眠をとらなければ、明日の隊務に支障をきたす。

彼ら青年士官は苛酷な〈選択〉を強《し》いられることになる。

——往路のアクセスの読みが甘く、その失態がここへきて災《わざわ》いする……。

藤太の案内された畳敷きの和室にはすでに夜具が延《の》べられていて、十畳ほどの広さがあるなかに洋服箪笥と鏡台や卓子などが置かれ、床の間の壁には墨絵の掛軸が垂れ水盤には花も生けてある。きれいに片付いた女性の居室のような感じだ。

「兄《あん》さんこういうとこ、初めてでっしゃろ……」

部屋に入るなり、桃春と名乗った女性が親しみのこもった声で訊ねてくる。三人のなかではいちばんの器量《きりょう》好し、淑やかななかにも凛《りん》とした風情の利口そうな女性だ。

「……惚《ほ》れた弱味どす、兄さん、どんなムリかて言わしゃんせ」

「今夜会ったばかりなのに、惚れた弱味はないだろう――」

藤太はそう言って腰の短剣を剣帯《ベルト》ごと外《はず》す。桃春がかいがいしくその短剣を受け取るや、

「一目惚《ひとめぼ》れやねん――」

そう呟《つぶや》いて、めずらしそうに手にした短剣を撫でまわしたり腰に当ててみたり、こんな物騒なものを腰に祇園の街を徒党を組んで歩けば、幕末の新撰組《しんせんぐみ》のようだと笑う。

藤太が「腰の短剣伊達《だて》づくり」と言って、リンゴの皮ぐらいは剥《む》けるが服装の一部としての飾り、人を殺傷する武器ではないと説明する。

「けどコレ、ありがたい魔除《まよ》けどすぇ……」

「魔除け――？」

「――はい！」

桃春が言うには、最近は風紀を取り締まる私服の刑事が「臨検《りんけん》」といって芸妓の泊まるところにドカドカと踏み込んできて部屋を調べるのだという。芸妓が客と泊まることは公然の現実であるのに――私服たちが犯罪の被疑者を捜査する名目の嫌がらせや点数稼ぎだと、桃春は眉《み》間《けん》にしわを寄せて不平を言うが、目に笑みがある。

「警察もいじわるどすなぁ……」

厳密に言えば、芸妓は「娼妓《しょうぎ》」と異なり客と同衾《どうきん》するのは違法《いほう》なのだそうだ。

藤太は、意外な場所で思わぬ社会科の勉強をした。

――それで、藤太は腹を決めた。

《至誠《しせい》に悖《もと》るなかりしか》

海軍兵学校以来、ずっと肝に銘じてきた言葉である。

源氏名・桃春の清楚な雰囲気にも、藤太にはSプレーのイメージが湧《わ》かない。

今のオレは、相澤や尾中大尉のような清濁《せいだく》いずれにもたじろがぬ精神の逞《たくま》しさが欠落してるが、これぱかりはオレの天性の性分《しょうぶん》だから仕方がない。

「それで、短剣をどうすれば魔除けになるのかな……」

藤太が訊ねると、入口の把手《とって》に短剣を吊しておくと、臨検も素通りすると言う。

なるほどと、藤太は感心した。

「有難い、あと四時間ほどは誰にも眠りを邪魔されないわけだ……」

そう言って藤太はさっさと床に就くべく――脱衣して、冬用のフランネルの長袖シャツと下着（ストッパーと呼ぶ褌《ふんどし》）になって浴衣をつける。

「兄さん……」

――桃春が、消え入るようなか細い声で囁《ささや》く。私が好みじゃないのなら二人のうちのどちらとでも今から交代する、このまま帰ったらおっかさんに叱られます――そう言った。

おっかさんとは、おそらく置屋の女将《おかみ》だろう。

「まさかこの寒空《さむぞら》の真夜中、姐《ねえ》さんを追い返したりするもんか」

桃春が藤太の顔色を読みながら、明らかに困惑《こんわく》している。

「祇園の売れっ妓《こ》姐さんだろうから言っとくが――」

――窮極の寝不足はオトコをダメにする。無条件降伏だ。それがオトコの生理というものだと白状した。九割が本音で一割が分隊士の責任が絡む偽善だった。

「――三人のなかでは、文句なしに姐さんがナンバーワンだ！」

藤太はそう言うや桃春にクルリと背を向け、布団にもぐり込む。満足な夕飯もとらず祇園に駆けつけ、その挙句に少しばかり胃袋に流しこんだ酒の酔いが回ってきて猛烈な眠気が襲ってきたのだ。これには「雷電」の勇猛な搭乗員も抗《あらが》いきれない――。

藤太はそのまま深い眠りにおちた。

目覚めたのは翌朝の四時少し前、肩を揺《ゆ》すられ耳もとの優しい声が、起床の時間だと告げてくれたのだ。藤太は一瞬、その声の主が桃春かと思ったが――違った。

昨夜の小母さんが割烹着姿で枕元に座っていて、藤太に目覚めの挨拶をする。

寝ぼけ眼《まなこ》で見ると、その小顔は若い頃はたいそうな美人だったようにも思える。それはおそらく……藤太のなかの昨夜の桃春の面影の所為《せい》かもしれない。小母さんは彼女のことは一言もいわずに、下にお茶漬けを用意してあると言い置いて出て行く。

藤太は素早く制服を身につけ――床の間に飾りのように置かれた短剣を手に持って階段を足早に下りる。昨夜は宿舎と違う快適な寝床で熟睡でき気分は爽快だった。

一階の茶の間のような和室に朝食が用意されていて、その卓子に小母さんと差し向かいになってお茶漬けをかっこむ。

その素早い早飯《はやめし》は兵学校時代に始まる習慣だから、いざというときの特技だ。

すでに相澤も尾中大尉の姿もない、ぐずぐずはできない。

藤太が食事を終えるのを待ち、小母さんが茶封筒を卓子の上にサッと出す。

この朝食はサービスだけれど、昨夜の酒宴の実費は貰いました――そう言いそえる。

茶封筒の中身は現金らしい。

「それは一体どういうことですか……」

藤太は立って腰に短剣を吊り剣帯ベルトの金具《バックル》をカチリと嵌《は》めて――腕時計を見る。

高見の形見《かたみ》――スイスの高級腕時計が、四時五分前を指している。

「あんさんからは花代は戴《いただ》けん、そう言いはるさかい」

「桃春姐さんが……？」

「ほかに誰がいますねん」

藤太の思ってもみないことだった。

昨日、鳴尾を発つ前に幹事役の相澤が全員から会費を徴収している。現地での金の遣《や》り取りはスマートじゃないと——山下飛行長の助言もあったようだ。

その会費分から小母さんが精算して、藤太にだけ払い戻すというのだ。

「どうして……？」

「どうして言うて、あんさんの胸に訊《き》いてみなはれ……」

「とにかく、いったん払ったものに未練はありません。頂けませんよ今さら——」

「……………」

「むこうも商売です、一昨日はキャンセル、昨夜だって世話になってるもの……」

「そやけど、わたしが困りますねん……」

「小母さんが困ることはないんです。コレは彼女に戻すべきです」

藤太に、散財も気風《きっぷ》の良さと思わせたい強引さも少しはあったろう。でも小母さん相手の面倒な押し問答など気がひけるし、何事であれ男の約束は時間厳守である。

——腕時計の長針がとうとう午前四時ジャストを指す。

「あんさん！」

小母さんの声に、若返った別人のような艶《つや》がこもる。

「桃春いう娘《こ》はしっかり者《もん》の気立ての良い女子《おなご》……理由《わけ》のない施《ほどこ》しなぞ祇園芸者の名がすたるいうもんどす。あの子のわがまま堪忍《かんにん》やで、これおさめてくださいまし――」

――藤太は、ハッと胸をうたれた。

昨夜の己《おのれ》の泥酔が、彼女にこんな不利益をもたらすとは思ってもみなかった。（むこうも商売）などと口走った軽率《けいそつ》を内心で羞《は》じた。

〈祇園芸者の名がすたる〉

そう言った小母さんの言葉は主語が曖昧《あいまい》である。桃春の健気《けなげ》なさを代弁しながらも自分自身の同意を込めてもいると、藤太には感じられた。

茶封筒を卓子から取りあげた小母さんが、それを藤太の胸に押し付け安堵《あんど》の表情をみせる。有無を言わせぬ淑《しと》やかな強引さを――藤太はさわやかに甘受する。

その時になって、藤太は小母さんのぽっちゃりした丸顔の薄化粧に気付く。三十路《みそじ》の後半だろうか、若いころの華《はな》やぎが藤太にも想像できる面影がある。

「御縁があったら、どうぞまたおこしやす……」

小母さんが丁寧な挨拶をする。

その朝の寒気といったら岩国の寒さどころではなかった。凍《い》てつく冷気が足もとから這い上がってくる。頬の感覚が寒さを超えてぴりぴり痛いくらいだ。

真冬の午前四時の暗がりは、まだ漆黒《しっこく》の闇夜だ。

その闇のなかの待ち合わせ場所に、全員が揃っている。六つの影法師の吐く息が湯気のように白い。

――この寒さにゃ凍《こご》え死にそうだ、天国から地獄だぜぇ。

――こりゃあ一寸遊びに来れんなぁ……。

――しかし、さすがだなぁ祇園のSは！

声をひそめているが、彼らのそんな会話が藤太の耳にとどく。

藤太は一足遅れた詫《わ》びを言って、針路＊＊鳴尾基地――宣候《ようそろ》！　と操舵の号令をかける。

ひっそり静まりかえった夜明け前の街を、一行は無言で四条大宮駅まで歩く。


――〇七〇〇（午前七時）鳴尾基地到着。

――一行七名、初めての朝帰り。

士官宿舎・朝日寮の奥まった応接室が、基地司令の居室である。

まだ柴田司令が岩国から着任してないから、山下飛行長が司令を兼任している。

その山下飛行長の前に、一同が整列して帰隊の報告をする。

分隊士・藤太の任務である。

「おはようございます――、上陸ありがとう御座いました！」

例え陸上の移動でも、海軍の慣用語としてはこういうとき（上陸）と言う。

「おぅ！　全員無事に帰還したな」

すでに山下飛行長は基地司令の大きな執務机に向かっていて、ひじ掛け椅子に深く腰を沈めた姿勢で上体を反《そ》らし一同に顔を向ける。表情がおだやかだ。

「昨夜は俺をほったらかしにしおって――」

山下少佐が口許に笑みを浮かせて、相澤に視線を向ける。

「相澤中尉――」

「ハイッ！」と相澤が姿勢をただすと、ありのままに白状せい！　と山下飛行長。

「はい、石幸の美人女将が山下少佐によろしくと……」

「余計なことは言わんでよい、戦果報告！」

「はぁ、戦果でありますか……」

さすがの相澤も、しどろもどろになる。

だが「百照」という相方にたいそう気に入られたなどと正直に白状し、その豪胆《ごうたん》さを一同に印象づけるのだ。その度胸の良さには藤太も感心する。

その時の祇園遠征メンバーはやがて一人二人と鳴尾から転出して、藤太と相澤の二人になってしまう。

昭和の海軍では、士官が素人《しろうと》女性（海軍の隠語《スラング》でホワイト）と親密な交際をするのを好ましからざる事とする風潮があったらしい。風紀紊乱《びんらん》の危惧《きぐ》だろうか……。

ホワイトを遠ざけられた海軍士官にとっては芸妓《げいぎ》（同・隠語でＳ《エス》）が格好の恋人になり得たらしい。だが映画館に連れてゆくにも遠出（旅行など）にも玉代《ぎょくだい》（同・隠語でボール代）を払うシステムだから、けっこう高くついた恋人だったろう。

――ところでこれら隠語の、語源である。

【ホワイト】↓　素人《しろうと》→素《しろ》→白《しろ》→Whit（ホワイト）。

【玉代】↓　玉→球→Ball（ボール）。

【Ｓ】↓　これにはSinger（歌手）とSister（姉妹・お嬢さん）と、少なくとも二説あるらしいが、教科書英語以外に英語としての隠語もあるようだ。

――終戦後、復員した直後から閑《ひま》に任せて書きつらねた戦時回顧録には、戦史と併行して、そういうエピソードが簡潔にはさんである。

当時の若い海軍士官たちは精悍でスマートで、花柳《かりゅう》の巷《ちまた》ではモテたらしい。紳士であるうえに金回《かねまわ》りも良ければ、彼女らにとっては上客だったろう。

——その後日、相澤がこんな話をした。

「戦闘機乗りは毎日が死ぬ危険と隣り合わせ、おまえさんを若後家にゃしたくないと散々きかせてやったんだ——」

俺は空往《ゆ》く旅烏《たびがらす》、鳴尾から明日にでも消えるかもしれんぞ——そう言ったら百照が涙をこぼして泣き出し、相澤さんが他所《よそ》へ行くときは何処でもいいから一緒に連れてってとせがまれたそうだが、彼女がどこまで本気なのか——藤太にはわからない。

藤太と桃春のあいだには、そういう展開はない。

海軍中尉には「S」なる女性がどういう事情でこの苦界にいるのか、凡《およ》その見当がつく。

一家の窮状があり……親に連れられ公証人役場に行き、そこで「置家《おきや》」と身売りする契約書を取り交わす。家族と別れ故郷とも訣別——京の都へやってきたのである。

藤太が心惹かれた桃春は、その器量《きりょうよ》好しが災《わざわ》いもしたろう、女と生まれて倖《しあわ》せを掴める資質に恵まれながら、まるで程遠いところに身をおく不遇《ふぐう》にある。

だからといって彼女を慰められるほどに……海軍中尉は場数《ばかず》を踏んじゃいない。人生の修羅場をくぐりぬけてきた強《したた》かさでは、彼女のほうが自分よりタフではないかと——海軍中尉はそうも思った。そういう薄幸の女性から自分のほうが癒《い》やされている。

だからせめて、その退際《ひけぎわ》をスマートにしようと、相澤の話が参考になる。

飛行機乗りは転属も訓練日程も要務飛行でさえ「軍事機密」である。本人が喋《しゃべ》らないかぎりその動向は外に洩れない。特攻出撃が流行《はやり》はじめている——久しく姿を見ないと思ったら、すでに靖国に祀《まつ》られている、ということすらある。相方《あいかた》からひとつきも沙汰がなければ聡明な桃春は海軍士官が戦死したものと……あきらめてくれるだろう。

戦死でなくとも、飛行機乗りには殉職がつきものだ。

〈伊丹の空が俺の命の捨てどころかもしれん〉

藤太には近く雷電の特別訓練で伊丹基地に出向する予定があった。

——高見が戦死する、その一週間前のことである。

藤太のもとに比島からの悲報が届く。福山正通《ふくやままさみち》の戦死だ。

兵学校時代には同じ教班《きょうはん》（座学や訓練のため編成された集団）で机をならべ、卒業後の飛行学生でも霞ヶ浦・神の池と一緒に過ごしている同期生だ。藤太にとっては気心の知れた親友といえた。

その福山が、昨年の十月に岩国基地にふらりと現れた——。

《南方上空…距離＊＊高度＊＊、零戦一機、着陸体勢に入りまァす——》

戦闘指揮所の搭乗員が双眼鏡を覗いて、声をあげる。

雷電の鉄紺色（濃い紺色）に比べると、深緑の塗装をした零戦は色鮮やかだ。夕陽を浴びると真紅の日の丸とのコントラストなどが、ひときわ美しい。

〈こんな新品はウチの零戦じゃないなぁ……〉

藤太がそう思ったところ、滑走路に滑りこんだ機体から降りてきたのが福山だった。

二人は戦闘指揮所のテントで抱き合わんばかりに、再会を歓びあった。

神の池で別れて以来である。

岩国のバラック小屋だが、急拵《きゅうごしら》えの士官宿舎で互いにあまり飲めない酒を酌交《くみかわ》しながら……とうとう語り明かしてしまう。

「実は林、俺の行先は比島なんだ――」

翌朝になってから、福山がそう告げた。

藤太はそれを聞いて、小さなため息をかみ殺した。

てっきり鹿屋基地あたりだと思っていたから、藤太は任地など尋ねもしなかったが、フイリピンとは意外だった。

福山の意気軒昂といった態度に、何だか嫌な予感がした――。

「比島の二〇一空だ」

「最前線じゃないか――」

「なにを言うか林、今や日本全土が最前線だぞ」

福山は、最後まで豪胆な態度をくずさなかった。学習院《がくしゅういん》の中等科からきた秀才肌の坊ちゃんが、別人のような精悍な戦闘機乗りになっていた。

夕陽を浴びてやってきた零戦が、翌朝には朝日を受けて煌《きら》めき、南の空に消えていった。

昭和二十年一月六日。

——福山正通。

神風特別攻撃隊・第十九金剛隊《こんごうたい》指揮官として比島リンガエン湾の敵艦に突入、散華。

〝散る桜、残る桜も、散る桜——靖国で会おう〟

藤太には、福山が鳴尾を離陸する時すでに特攻を志願していたような気もするが、本当のところはわからない。

「散る桜——」とは、福山が零戦に乗り込むときに笑顔で呟《つぶや》いていった言葉だが、藤太たちは江田島を巣立つときに、すでに「靖国で会おう」の決意で任地に赴いている。

藤太は、わずか半月のあいだに二人もの親友を喪《うしな》っている。

昭和二十年——。

日本が敗戦という激動に揺れる年……藤太にとっても、凄《すさ》まじい運命がまちうけることを予見させる年の——その幕開けだった。

（３）

昭和二十年二月十六日。

米軍機動部隊の大艦隊は――小笠原諸島に押し寄せ硫黄島《いおうとう》を包囲、三日間にわたる熾烈《しれつ》な艦砲射撃と空爆の集中攻撃を開始した。その攻撃はすさまじく島の南端にある摺鉢山《すりばちやま》の山頂などは原形を留めないほどに変わり果ててしまう。約一ヵ月の壮絶な攻防戦が展開された後の三月十七日――ついに日本の領土の一角が敵の手に陥《お》ちる。

東西約六㌔、南北に約三㌔という南海の孤島がにわかに激戦地となったのは、同島が東京とサイパン島のほぼ中間にあることから超空の要塞・Ｂ29爆撃機の絶好の中継地になるという、米軍の戦略上の観点からである。

――つまり日本軍としては死力を尽して同島を死守しなければならないのだ。

小笠原兵団と呼ばれた陸海軍合わせて約二万三〇〇〇人の硫黄島守備隊が栗林忠道《くりばやしただみち》陸軍中将を兵団長に、全島を洞窟《どうくつ》要塞化した堅固な陣地で徹底抗戦をする。

米軍はこの小さな島を攻略するのに五日から十日くらいで充分と考えていたが、この思惑は予想外の大損害を被《こうむ》っての手痛い誤算になった。

硫黄島の戦いにおける米軍の死傷者数は二万八六〇〇人余、これは日本軍守備隊の死傷者より八千人ほども多い。太平洋戦争の戦場で米軍の死傷者が日本軍を上回ったのは、この硫黄島の攻防戦だけである。

米軍は硫黄島を手中に収めたことで、B29の中継地を得たと同時にここから戦闘機を護衛につけてB29の日本々土爆撃を、より容易にする事が可能になった。

米陸軍の新鋭戦闘機「P51」（マスタング Mustang）に増槽《ぞうそう》（予備の燃料タンク）を付けると日本の関東地方上空までが楽に飛行圏内に入り、日本の防空戦闘機隊は更に苦戦を強いられることになった。

藤太が雷電に乗る練成搭乗要員十数人と伊丹へ出立のまえに、鳴尾基地の組織が大きく様変《さまが》わりする。岩国からきたばかりの柴田司令が「秋水《しゅうすい》」というロケット推進エンジンの戦闘機を擁《よう》する――といっても試作機すら完成してない「三一二空」へ転出、山下部隊が必然的に消滅して……まったくもって得体の知れぬ人物が比島の「二二一空」から基地司令として赴任してくるのだ。

髭面《ひげづら》の丸顔に黒眼鏡という、およそ海軍士官らしくもない異様な風貌の佐官が、鳴尾駅から自転車のペダルを踏んで着任するという、前代未聞の出現だ。

士官をまえにした着任の挨拶もふるっていた――、

「外地じゃさんざん苦労してきたからな、これからはウンと美味いものでも喰って楽をさせてもらう……」

などと、冗談とも本気ともつかぬ発言で士官たちをあぜんとさせた。

――「まえがき」のまえにふれた（Y）中佐の登場である。

藤太にとって、柴田司令と山下飛行長という鳴尾基地の首脳は、命を預《あず》けても惜しくないほどに心酔できる人物といえた。搭乗員の心理ということに、戦闘機乗りだった二人は共通して深い理解を示した。

特に藤太は、山下飛行長の軍人らしからぬ人間味にも惹《ひ》かれていた。雷電を乗りこなす時の荒々しい操縦からは想像できない穏やかな性格が地上にいる山下政雄の素顔だった。

山下飛行長は妻子を岩国に残しての単身赴任で、二人の子供は小学校低学年のお嬢さんたちであったという。藤太の「鳴尾日誌」にある（軍人らしからぬ人間味）のひとつは基地周辺の住民たちとの宥和《ゆうわ》を心がけていることである。

飛行場内へは民間人の立ち入りは禁止だが、士官宿舎や食堂やガンルーム（士官たちの公室で士官次室ともいう）に付近の住人を招いては飲食でもてなすことがあった。

基地の周辺には暮らし向きの良い人々が多く住んでいる地域であり、山下飛行長は藤太の知る限り、そういう人達からもたいそう好かれていたようだ。

人格者としても信頼があり――例えば士官宿舎の「朝日寮」だが、これがすんなり海軍に明け渡されたのは、ここにいた朝日新聞社の独身社員たちの移転先がすぐに見付かったからである。これは職業不詳の資産家――沖野逸次郎《おきのいつじろう》の尽力である。

飛行長を信用した沖野が知人である浪花の豪商の別邸を提供させたと、藤太は当の資産家の夫人から聞いた。この資産家夫人はまだ四十代くらいの気さくな女性であり、士官宿舎や基地のガンルームにもよく顔をみせていたようだ。

その自宅、沖野邸は基地の近く、いつも決まって基地と隣接した川西航空機の敷地の一角から忍者《にんじゃ》のようにスッと現れるから――「川西のおばちゃん」が愛称だった。


そんな長閑《のどか》な海軍基地の様相は、Y司令の赴任で一変してしまう。

Y中佐は独断専行型の一徹《いってつ》さで知られる人物――藤太は、そう聞いていた。下士官や兵には慈父のごとき優しさで接するが、士官にはたいそう厳《きび》しく気に入らないと容赦なく鉄拳をふるう二重人格者、という風聞《ふうぶん》も耳にした。

藤太には信じ難い話だったが、士官の身からすればイヤな性格である。気に入らないと、士官でも容赦なく殴りつけるという。

なり振りかまわぬ風貌で現れ、まぁ自転車はいいとしても、型破りな赴任の挨拶や毎晩欠かさない晩酌という深酒。鳴尾基地の実情を具《つぶ》さに知ろうともしない新司令に藤太は失望感を募《つの》らせてゆく。前任の柴田司令との比較がどうしても態度に表れてくる。

〈今度の司令は一体何を考えてるのかさっぱりわからんな〉

相澤が分隊士の藤太にそう洩らしている。

多分それが士官搭乗員たちに共通した思いだろう。

——そういう空気には敏感なY中佐だった。

着任の数日後、在隊士官の総員集合がかかりY中佐は不快感も露《あら》わに、士官たちに戦時下という認識が欠如してると、比島の凄惨《せいさん》な戦況をもちだし語気を荒げた。

藤太の印象では話の要点が散漫《さんまん》で納得できないうえ、かなり一方的であり、いきなり罰則とやらを通告してくるのだ。

——司令に無断の外出者は、当分の間外出禁止とする。

——士官全員の長髪禁止、長髪の者はただちに丸坊主にすること。

これには藤太もおどろかされた。

こんなことにまで干渉してくる上官など藤太はこれまで聞いたこともない。

兵学校入校以来ずっと坊主頭の藤太ら数人はかまわないが、きちんと整髪してる者はたまらない。否応《いやおう》なしのいがぐり頭にされる。戦時下という認識に欠ける——などと懲罰をふりかざす対象が曖昧《あいまい》でも、司令の命令だから文句はいえない。

それから程なくして鉄拳制裁の洗礼である。

——ガンルームでの飲酒が少しばかり（これは当事者の弁明だが）長引いたと、その翌日になって搭乗員全員に非常呼集がかかる。

晩酌を欠かさぬ司令がここで「鉄拳」を振うとは、誰もが予測しなかったろう。

Y司令が薄笑いすら浮かべて該当者は前に出ろ！　そう言ったときですら、潔《いさぎよ》く指令の前に進みでた予備学生出身の宋《そう》軍医少尉と吉田《よしだ》少尉、それに林常作《はやしじょうさく》上飛曹ら三人の表情に緊張の色は浮いてない。

「脚をひらけぇ、歯を喰いしばれッ……！」

搭乗員室の空気が司令のドスの利いた声で凍りつく。

鳴尾基地に三三二航空隊が開隊して以来、搭乗員たちの息抜きの居室に緊迫感が漲《みなぎ》る。

「貴様ぁ、軍医の分際《ぶんざい》でぇ！」

そう言うが早く右上に振り上げた司令の右拳《こぶし》が、宋軍医の左頬めがけて空を切る——固いものと軟らかいもの…骨と肉のぶつかるガツッ！という鈍い音がして、軍医少尉がよろめく。両足をそろえていたら——板張りの床に叩き伏せられていたろう。

そう思えるほど強烈な鉄拳だった。

たて続けに今度は、小柄な吉田少尉めがけ、顔面が歪むような鉄拳が襲う。それで少尉が倒れかかると「甲板士官がなんというざまだ！」と、罵声《ばせい》を浴びせる。林上飛曹には「当分搭乗禁止ッ！」と、頬に鉄拳をめり込ませると同時の怒声で飛行訓練の剥奪《はくだつ》を宣告。

その最後が鉄拳こそないが、藤太を名指してのとばっちりである。

「これは貴様の怠慢だッ――ガンルームの再教育をせいッ！」

藤太はケプガン（Captain of Gnnroom をこう呼んだ）というガンルームの責任者《キャプテン》という立場にあったからだ。搭乗員たちへの荒々しい着任の挨拶ともいえる。早朝の非情呼集だから山下飛行長も当然その場に居たろう。そして鳴尾基地の誰もがその一部始終を耳にしていたにちがいない。

俺がこの基地の最高司令官であるという権力の見せしめである
鉄拳は鳴尾基地の部下だけにとどまらない。

ある時、他の部隊の戦闘機「紫電」がエンジン故障でやむなく飛行場に不時着したことがある。試飛行中の事故で不時着ならば滑走路の何処に下りようが仕方がない。搭乗員は機体を無事に着地させることで頭がいっぱいだったろう。

その事故機の搭乗員が安堵して、笑顔で藤太のところに挨拶に来る。

「鷹《たか》の眼」といわれる眼鏡《ゴーグル》を外すと、なんと同期の川端《かわばた》中尉である。思いがけぬ再会を喜びあっているところへ、Y司令の従兵が駆けつけてきた。

——藤太は、嫌な予感にとらわれる。

その着陸した処が……離陸地点と決められている場所であり、運悪く雷電小隊が離陸を待ってエンジンを始動させているところだった。互いの距離は充分離れているが、こういう事にはひどく神経を尖《とが》らせる司令だとわかっていた。

案の定《じょう》、従兵が息を切らしながら言う。

「中尉、司令がお呼びです。直ちに司令室までおいで下さい——」

藤太は、その緊急事態を証言しようと、川端に同行して一緒に司令室に行く。

司令の逆鱗《げきりん》は、藤太に弁明の暇《いとま》すら与えない。

藤太の記憶にあるのは「戦闘四〇七部隊、川端中尉——」と、川端の官姓名申告も終わらぬうちに——唸《うな》りをこめた拳が振り下ろされるのである。

それは一発では済まなかった。

よろけながらも必死で体勢を戻す中尉に……容赦のない左右の握り拳が間断のない殴打《おうだ》を繰り返す。

藤太が目を背《そむ》けたくなる光景だった。

――貴様、よく立っていられたなぁ。

――ああ、あんな爺サマのパンチで倒れるもんか！

川端はそう言って強がったが、その頬は腫《は》れあがり唇の端が暗紫色に鬱血《うっけつ》していてかなり痛そうである。えらい災難だったなあ、藤太はそう言ったが川端は無言だった。

えらい司令が来たもんだ――藤太はそう思った。

ガンルームの再教育をせいなどと叱責しておきながら、その後すぐに雷電の錬成隊を組織すると、藤太を教官として伊丹行きの同行を命じている。

これからの迎撃の主力は何といっても「雷電」だ。

それがY中佐の揺《ゆ》るぎない持論だったから、雷電を乗りこなす搭乗員の養成は急務だった。

そういう根幹的なところで見解の一致があるから、山下飛行長はY司令の鳴尾基地での傍若《ぼうじゃく》無人《ぶじん》のふるまいなど敢えて傍観していた節《ふし》もある。

そもそもY中佐と山下少佐はそりが合わなかった――、とも言えるようだ。

山下飛行長は偶然にも、海兵同期の進藤三郎がラバウル航空隊の時代にYの部下であったことから相当扱《しご》かれたという話を聞いていた。下士官にとっては理想の上司だが、士官に対しては勤務態度や日常生活に至るまでの些事《さじ》を口煩《くちうるさ》く干渉する……などと、規律にやかましい性格を知らされているが、これほどとは思わなかったろう。

Y中佐の戦歴をみると、比島の苛酷な航空戦のまえに一年間ソロモン方面で苦戦を強いられる作戦に携《たずさ》わってから内地帰還となり、局地戦闘機「雷電」を主力とする乙戦隊《おつせんたい》の中枢での苦難を重ねるという……同情すべき背景もある。

昭和十八年十月一日に千葉県館山に開隊した第三八一航空隊が初の雷電航空隊で飛行隊長が戦後に群馬県・上野村の村長となる黒澤丈夫大尉（――前出）だ。

黒澤大尉の海軍士官としての戦歴に触れると、これがまた実に輝かしいものがある。黒澤村長としては戦時中のことにはあまり触れたがらないようだったが、日華事変から始まる空の戦いに零戦隊の分隊長としてずっと操縦桿を握る生粋の戦闘機乗りだ。

太平洋戦争の開戦は台湾で迎える。

開戦の前から台湾の高雄《たかお》に転属、ここでの機銃射撃の競技で驚異的なスコアの最高点を挙げての優勝で一躍有名になる。太平洋戦争の開戦劈頭《へきとう》、高雄から出撃して長躯《ちょうく》フィリピンの米軍基地を壊滅させる劇的な作戦では、零戦隊の銃撃隊長を務めていた。

零戦（零式戦闘機）の驚異的な航続距離が米軍を震撼《しんかん》させた攻撃隊の主役だ。

雷電との関わりもある。三八一空の開隊当日にすぐさま新鋭機の雷電に試乗して、その特性を事細かに分析したレポートを作成し、零戦との対比で長短をわかり易く描写した操縦教本なども手がける多才なところもみせている。

——まるで鉄砲玉に羽根をつけた飛行機。

——操縦席は零戦と比べ広々として、中でトランプができそうだ。

黒澤大尉も意外とユーモアのセンスがあったらしい。

昭和十八年十一月五日。

二番目に開隊する雷電の乙戦隊が、横須賀追浜《おっぱま》基地の第三〇一航空隊である。

この司令として上層部から絶対の信頼を得て推《お》されたのがY中佐だった。

飛行隊長には藤田怡与蔵《いよぞう》大尉（——前出）という強力なコンビだ。藤太たちが霞空《かすくう》時代に「猫《ねこ》」と聞いた、あの伝説の着陸名人である。

それまでのY中佐の人物評は決して悪いものではない。士官のなかにも、話のわかる頼もしい司令だったと——人柄については、そう語る者もいる。

ところが鳴尾基地への着任時の異様な風貌といい、司令が部下を殴るという……他の航空基地ではまずもってあり得ない蛮行《ばんこう》を繰り返す。かと思えば鳴尾基地の中庭で部下とキャッチボールに興じる素顔もみせる。明らかな情緒不安定だという見方をする者もいた。

それが比島での絶望的な航空戦を指揮した凄惨《せいさん》な体験がもたらす心身の失調なら——思い切った療養をすべきだったろうが、戦局にそんな余裕はなかったろう。

〈内地の奴らは戦闘もろくにやらずのうのうとしてやがる！〉

Ｙ中佐の目には空襲のない鳴尾基地の日常が大層もどかしくも映ったのだろう。

三三二空が圧倒的な物量作戦で反攻に転じた米軍に玉砕戦を挑《いど》み――どれほど無残な最期を遂げたのか……藤太たちにはとうてい理解の及ばぬことである。


昭和二十年四月二日。

雷電の訓練機四機と錬成員一六人が、藤太と一緒に伊丹から鳴尾基地に戻ってくる。

藤太と同期の松木亮司はすでに他の部隊に転出して姿なく、向井寿三郎にも転属の辞令がでる。そして遂には――藤太が戦闘機乗りの恩師と仰ぐ山下政雄にも転属の内示だ。

柴田大佐の出向いた先、ロケット戦闘機「秋水」を擁する三一二空が新たな任地だという。海軍は遂に零戦も雷電も見限って、ロケット戦闘機の秋水に起死回生《きしかいせい》の命運を託すのかと、そういう絶望感も重なって藤太は落ちこむ――。

唯一の救いが、新飛行隊長として浅川正明《あさかわまさあき》大尉が着任したことである。

浅川は戦闘機「紫電《しでん》」と関わってきた搭乗員で愛称がクロちゃん、兵学校は三期先輩の六九期である。浅黒い顔の精悍《せいかん》な快男児は人望があり、七二期の藤太たちとは親交も深い。それで浅川への雷電操縦の極意を、相澤が付きっきりで教えていた。

鳴尾基地に帰隊後すぐに、藤太は三菱の鈴鹿工場に雷電を引き取りに行く。

――できあがったばっかりの「新品」である。

同地の旅館に泊まり込み翌日の試飛行を済ませすぐさま帰隊――空路、鳴尾までの飛行は順調で、エンジンの排気音も正常で力強く、座席も改良され座り心地もわるくない。

無事に鳴尾基地の滑走路に滑りこんだまでは良いが――その晩からひどい腹痛が起こる。どうやら旅館の食事が原因の食中《しよくあた》りか、猛烈な下痢にも見舞われる。

海軍に入って初めてだが遂にダウン……病床に臥《ふ》すことになる。三九度の熱にも魘《うな》されて、妙な幻覚に浅い眠りを醒《さ》まされる――？

――俺の、いまいるところは何処だッ？

藤太の眠りを醒《さま》したのは、若い女たちのキャッキャという……嬌声《きようせい》である。壁を隔てた隣室から洩れてくる艶《なま》めいたその声が、幻覚の原因だった。

――そうか、このあいだの慰問団の人たちがまた来てくれたのか。

藤太の幻覚が少しばかり現実に近づく。ずっと前だが宝塚歌劇団の若い女性たちが基地の慰問に来てくれたことがあった。海軍の若いパイロットは彼女たちに人気があり、御国のために命を捧げてる若者たちの慰問に、自分たちから率先して来てくれたらしい。

それにしてもうるさいなぁ、隣にゃ病人が寝てるのに――、藤太がそう思う間もなく、ドアがノックされると同時だった。

「どうだ具合は？」

山下飛行長がズカズカと部屋に踏み込んでくる。

藤太が、ウォッとばかりに全身を硬直させる。体中の毛穴という毛穴からは冷や汗が吹きだして、心臓もドキドキと破裂しそうに激しく動悸する！　体温も四〇度くらいに跳ね上がってしまったようだ――。

――とんでもない同伴者を山下飛行長は連れ込んでくる。

「川西の別嬪《べっぴん》さんたちが見舞いにきてくれたぞ……」

山下飛行長が一緒に入ってきた数人の若い女性たちを、藤太のベッドの傍らに侍《はべ》らせてから、川西航空機に女子挺身隊として勤労動員されてる娘さんたち――と、紹介する。

【熱っぽい空気、男くさい部屋にいきなり闖入《ちんにゅう》され、ろくに返事もできず、まともに顔も見られない気弱な男の無様《ぶざま》さ。そのせいか更に四〇度まで熱が上がってしまった！　それでも一目見てみんな女優のような美人に見えたのは高熱のせいだったのか？　帰り際に一人の女性が枕もとまで戻ってきて《明日にでもお掃除やお洗濯に来ましょうか？》あすの命もわからぬ苦しい戦いの中ながら、多感な二十歳の青年にとっては、ほのかなあまずっぱい想い出である】

――――【　】内は原文のまま引用。

昭和二十年四月十六日。

新飛行隊長・浅川大尉の運命の日がやってくる。

藤太にとって――生涯、悔《く》やむことになる日にもなった。

――そのまえに、昭和二十年のこの日までの戦史を列記してみる。

三月十日　　B29による東京大空襲。
三月二十六日　硫黄島の日本軍守備隊玉砕。
四月一日　米軍、沖縄本島に上陸。
四月七日　鈴木貫太郎内閣発足。
沖縄水上特攻艦隊壊滅、戦艦「大和」沈没。

その運命の岐路というのは、雷電二機を伊丹まで空輸する搭乗員の割振りだ。

雷電の二機に補助燃料タンク（増槽）を取り付ける改修のため、伊丹基地まで空輸することになって藤太と桑原少尉が担当することに決まった。

しかしその出発直前になって、飛行隊長の浅川大尉が名乗り出る。

「林中尉、俺に行かせろ！」

浅川大尉が自信あり気に、藤太にそう言った。

厚木基地から譲り受けたこの二機は試飛行を済ませたばかりの新品で、エンジン周りの複雑な噴射装置にしても最も安全が保証されている状態にあった。

浅川飛行隊長としては、まだ病みあがりの藤太の身を案じての交代を申し出たのだ。

山下飛行長も浅川の指南役の相澤も、浅川本人の要望をすんなり受け容れた。

――鳴尾〜伊丹の往復、雷電に馴染む頃合いの飛行訓練だ……そう思ったろう。

春の陽光もうららかな快晴、絶好の飛行日和《びより》でもある。

浅川が颯爽と雷電に乗り込む。桑原少尉が後に続く。

――エナーシャ回せ！

――エンジン全開。

――チョーク外せ。

テントの指揮所から数十メートル前方の、マニュアル通りの離陸光景が藤太の目に入る。

空冷エンジン冷却ファン独特の回転音、グワーンと疾走する機体。

雷電の離陸は――いつ見ても胸がスーとする。すでにベテランの藤太の感慨だ。

浅川機に異変が起きたのは、まさに離陸直後である。

高度がまだ一〇〇メートルくらいだった。

「バッバッバッバッ——」という爆音不調とともに、団子状につらなる黒煙を吐きはじめるとガクンと機首を下げる。見る見るうちに高度が下がる。

テントの中が全員総立ちになる。

「AC（気化器）だ！」

藤太はその状態を一目見て、思わずそう絶叫《ぜっきょう》している。

だが地上との無線電話をまだ設置してない哀しさ——、

「戻せッ！　ACのスイッチを戻すんだっ！」

藤太の声が届くはずもない。

浅川機は高度を下げながら急な左旋回で大阪湾の方向に機首を向ける。

機影がたちまち川西の工場が陰になって見えなくなる。

「それっ！」とばかり、テントの全員が川西の飛行場に向かって駆けつける。

川西航空機の指揮所でも急降下する雷電に気付いていて「救助艇願いますッ！」と緊急事態への対応が素早い。山下飛行長はそれを見届けると従兵に自動車を運転させて滑走路の端に駐機している中錬《ちゅうれん》（練習機）に乗り込み、自ら操縦桿を握って大阪湾に向け離陸する。伊丹基地の陸軍機にも海面の捜索と救助を要請し、川西航空機でも付近で操業する漁師たちに捜索に協力するよう願いでている。

藤太は数名の士官と一緒に川西の用意した内火艇に乗り込んで、双眼鏡による海面の捜索に就いていた。

「飛行隊長は無事でしょうか……？」

同乗の佐藤少尉が、藤太に訊ねてきた。

藤太は──あの高度だからうまく海面に不時着してれば可能性はある。そういう自分の願望を伝えたが……本心では、絶望感にとらわれていた。

「エンジンが焼き付いたんでしょうか……」

佐藤少尉が、今度はそう問いかけてくる。

「いや、離陸直後だからACの設定が戻った異常燃焼《デトネーション》だな、おれのカンだが……」

藤太は大学の工学部からきたという予備学生士官に、そう応えた。

「ACの設定が戻るなんて──そんなことってあるんでしょうか？」

「あるんだなぁ稀《まれ》にだが……」

「ACスイッチが戻った事に本人が気付かない──？」

「そういうことだ、他の操作に気を取られていてうっかりしていた……」

藤太は〈林中尉、俺に行かせろ〉と言った浅川大尉の顔を思い浮かべる。

──俺が行くべきだった！

雷電にもう少し慣れていれば、こういうエンジン不調にはすぐ反応できたろう。そんな後悔が藤太の胸に沈痛な凝《しこり》を残した。

この頃の雷電には改良型の「火星」エンジンが搭載されていて、懸案の出力向上が実現した反面、燃料噴射装置が複雑になり、水とメタノール（メチル・アルコール）の混合気体を過《か》給《きゅう》機《き》まわりに噴射する冷却装置を取り付けてるから——燃焼効果を安定させる工夫が随所《ずいしょ》にあった。通称「ＡＣ」という気化器もそのひとつで紫電には付いてないはずだ。

スイッチが「濃《のう》」「淡《たん》」と切り換え式になっていて——エンジンに噴射する燃料の割合を濃と淡で元栓から調整する。車輪が滑走路から浮くまでの地上滑走は濃で出力を上げ、すぐに淡に戻して確認——これが不充分だとエンジン全体が忽《たちま》ち過熱する。雷電の操縦に慣熟すると、この濃淡の違いはエンジンの排気音ですぐわかるようになるらしい。

だがこのような操作は、いかにも「実験装置」そのものという気がする。実戦用の戦闘機に取り付けるなら、操作ミスが命取りになるような危険性は排除すべきで——そういうところに知恵を絞った揚げ句の制式採用が望ましいところだろう。

——その夜の八時過ぎ、浅川大尉の搭乗機が遺体と共に引き揚げられた。

墜落の原因は藤太の予想通りだった。ＡＣスイッチが「濃」になっている。両脚も出たままだった。レバーは「脚上げ」でも脚スイッチが「断」では脚を納める機能が作動してくれない。

不時着した瞬間に機体は海面をすべる胴体着陸ではなく、前輪を海面に突き刺してのもんどり打った半回転——機体は逆さまになって背面から海に沈んでいったらしい。

遺体の所見には、座席の肩バンドをしてなかったミスで、着水時に前面の防弾ガラスに頭部を激しく叩きつけて脳震盪《のうしんとう》を起こし——溺死、とあったそうだ。

——果たしてその文言は正確だろうか？　藤太はその死亡検案書に疑問を感じた。

損傷の酷《ひど》い機体、機内の溺死体に脳震盪の形跡が診《み》られるなら死因が溺死であるのは間違いないとしても、搭乗員が肩バンドを（してなかった）とは乱暴だ。

浅川大尉の名誉のためにも異《い》を唱《とな》えたい。エンジンの異常に気付いたであろう大尉はすぐに急な左旋回をして針路を洋上に向けている。これは明らかに墜落を予測したから、市街地を避けて大阪湾へ不時着する覚悟をしたに違いない。そこまで冷静なのに車輪が出ているとは気付かなかったとしても、着水と同時に風防を開けて機外に脱出する用意はあったはずだ。肩バンドなどをしているミスなどを犯すわけがない。

——こんなことで死んでたまるかッ！

とばかり、脳震盪のダメージはわからないが、浅川大尉はビクとも動かない風防を逆さまの体勢で抉《こ》じ開けようと遠のく意識と格闘しながら息絶えた……そう信じたい。

飛行隊長としてわずかに二週間の命だった、無念だったろう。

四月十八日――鳴尾基地の三三二空宛て、緊急出撃命令が暗号電報で届く。

その電報は沖縄の近海と沖縄本島で展開される戦いに、航空兵力を投入して迎撃を支援するという大本営からの通達であった。沖縄までが、いよいよもって地上戦の戦場となる。

その日の夜、藤太は夕食の最中に飛行長によばれ、食事を中断して司令の居室に駆けつけている。部屋にはY司令と山下飛行長を囲むように、基地の幹部全員が顔を揃えていた。

藤太にとっては――転属命令を受けながらいまだに残務整理で在隊してる飛行長の顔を見てホッとする毎日だが、その時の飛行長は、かなり深刻な顔をしていた。

「これじゃあ、何時になったらここから出してもらえるやら……」

山下飛行長が他人事みたいに言って、入ってきた藤太に電報を見せる。

電報の暗号文は赤鉛筆での平文《ひらぶん》のなぐり書きになっていて、

《三〇二・三三二・三五二各航空隊は雷電可動全機を鹿屋基地に進出せしむべし》

と、あった。

「現在、雷電は何機動かせるか？」

と、Y司令が藤太に訊ねる。

「今のところ一三機です」

藤太が即答する。

「三個小隊か……何とか一六機四個小隊を都合できんかな、明日の朝までに……」

Y司令がきつい注文をだす。

言葉は穏やかだが、ぎょろりと眼を剥《む》いた命令口調だ。

この頃の飛行編隊は従来の三機で一個小隊から、二機のペアを組ませた一個小隊四機の編成になっていた。

「どうだ、何とかなるか——?」

飛行長が心配そうに藤太の表情を見上げる。

Y中佐は、あまり基地の実態を把握《はあく》していない。中央との折衝やら基地視察に来る高官との宴席など、もっぱら対外的な方面に精を出して現場は山下少佐まかせだ。

「はい、これから徹夜で緊急整備をすれば何とかなります——」

藤太はそう応えた。故障機のなかでも程度のいいのを三機だけ選び整備員に頑張ってもらうしかない。九州の鹿屋まで飛べれば、あとは向こうで何とかしてくれるだろうと、そんな目論《もくろ》みである。基地の規模だって鹿屋の方がずっと大きく整備員も大勢いる。

Y中佐も、同じようなことを考えていた。

員数《いんずう》さえ揃えりゃ文句はねぇだろう……と、Y中佐が飛行長に同意を求める。

「まぁ、そうですがね……」

山下飛行長が軽く受け流して、藤太を見やる。

「すると後は搭乗割《とうじょうわり》だな。これも任せるぞ貴様に……」

飛行長がそう言う。

「はい！」

藤太は応えながら、今日の飛行長は妙なことを言う――と、思った。

分隊士が、搭乗割と呼んでいる出撃搭乗員を選ぶのは任務である。これまでに何度も藤太が任されてきた。何を今さらと思う。

現在は四〇人以上の搭乗員がひしめき、誰もが出撃の機会を待ちあぐねている状態だったから、藤太としては一六人枠《わく》が狭すぎるという悩みがあるくらいだ。

山下飛行長には、沖縄戦を支援する菊水作戦の思わしくない情報を知り得る上層部の人物との接触があったと思える。すでに特攻作戦が当たり前になってきている実情も知っていたろう。

「中央からどう言ってこようが、うちの隊からは絶対に特攻は出さん！」

藤太らの前で、かねがね飛行長はそう言明してきた。

最近でこそ言質《げんち》を緩《ゆる》めて――今はまだその時ではないとなったが、練磨育成した搭乗員が爆弾を抱えての体当たりなど（とんでもない！）と、その自説は固持《こじ》している。

「では自室に戻って、搭乗割を急いで作ってくれ」

飛行長が言うと、Y司令が追い討ちをかけるように、

「今夜中に届けてくれ、大丈夫だな……」

と、念をおす。

——はぃ！　藤太はそう返事をしながらも、何だか腹が立ってきた。

藤太は部屋の隅のテーブルに一升瓶の清酒やら、贅沢《ぜいたく》な酒肴が用意されているのを目ざとく見付けていた。緊急電報に対応できる目途《めど》がたってこれから酒盛《さかも》りか……。

まだ山下飛行長の正式な離隊を知らないから、藤太の憶測にそんな思いが絡むのは仕方がない。食事の途中で呼びつけられたから腹のムシもグウグウ鳴いて——あとはどうしたと催促《さいそく》してきている。ハラがへると、人間、癇癪《かんしゃく》を起こしやすくなるものだ。

藤太は自室にひきあげると、すぐさま搭乗割を作った。

一期先輩の中島大尉を指揮官として、同期の名を飛行時間順に——林中尉、相澤中尉、そして渡辺中尉と連ねて、鳴尾基地生抜《はえぬ》きの桑原と石原少尉、下士官からは林（常作《つねさく》）、越智上飛曹ら七人の雷電隊の精鋭を選んだ。総員一六人である。

——その翌日の、四月十九日。

朝食の前に藤太は飛行長の居室に呼ばれた。

藤太はすぐに気付いたが、何だか部屋の様子がおかしい。妙にすっきり片付いている感じが

する……。飛行長のほうも、藤太の反応にすぐ気付く。

「貴様には色々とムリも言って、ずいぶん世話になったなぁ……」

「とんでもありません、わたくしのほうこそ――」

藤太はそこまで言ってあとの言葉に詰まった。とうとうその日がきたのだ。

わかっていたことなのに、いざとなると、藤太は胸を締めつけられるショックを受けた。

おれの本心を言えば、鳴尾に留まって貴様たちと運命を共にしたかった。

飛行長はそう言ってから――この期《ご》に及んで新兵器の開発に関わるよりも雷電で討ち死にするほうがおれの性《しょう》に合ってるんだが、そう言った。

――その新兵器「秋水」（Ｊ８Ｍ１）について簡単に触れる。

この原型は前年に完成したドイツのメッサーシュミットＭｅ１６３Ｂである。

日本航空史上唯一のロケット推進戦闘機だ。ロケット推進だからどんな高空でも性能が低下しない。一万メートルまでの上昇に３分30秒で雷電の約半分、最大速度は時速九〇〇キロメートルとこれも驚異的な性能だ。日本はこれに注目し陸海軍共同仕様で国産化することにした。

ところがＭｅ１６３Ｂの実機や資料を積んでドイツから日本へ向かった潜水艦イ29号が途中のシンガポールの沖合で雷撃により撃沈され、機体と資料の大半が失われてしまう。辛《かろ》うじて海軍用一号機の試験飛行が終戦の直前、七月七日に行われるが急上昇中にエンジンが故障して墜落、操縦士《テストパイロット》が殉職――「秋水」の誕生は幻《まぼろし》に終わる。

「ところで本日の搭乗割だが、司令には俺から言って納得してもらった……」

飛行長がそう前置くと、

「貴様はここに残れ、最後まで本隊の鳴尾を離れないでくれ――」

「…………」

「それから桑原少尉は病《や》みあがりだし、林常作は下士官の先任だ、残そう……」

藤太はこの大作戦を前にして率先垂範《そっせんすいはん》の意気込みを削《そ》がれたような、そんな気分になった。

桑原と林常作については、飛行長の配慮に改めて感心させられて、まったく異論はなく自身の即断を恥じたくらいだが……。

「ですが飛行長――」

藤太は少し語調を強めて、反抗的になる。

「私としては、鹿屋行きを外されて分隊士の面目《めんぼく》が立ちません！」

「まぁそう言うな。俺としても辛《つら》いところだ。鳴尾での迎撃戦もこれからが天王山《てんのうざん》だろうからな。分隊士の身に万一のことがあっちゃ困るんだ……」

飛行長はそう言ってから、先月の三月十日の東京大空襲の話を持ちだした。

米軍の焼夷弾《しょういだん》による無差別爆撃の最初が、帝都・東京への空襲だった。

三月十日の午前零時過ぎ、延べ三三四機のＢ29が墨田区、江東区を中心に東京上空に超低空で侵入、二時間半にわたる絨毯爆撃《じゅうたんばくげき》で合計約二千トンの焼夷弾が投下された。

その凄惨きわまりない、被害だ。

——東京・警視庁調べ（昭和二十年三月十六日）

死者　七万二千四三九人
負傷者　二万　六七九人
計　九万三千一一八人
家屋全焼　二五万六千一〇戸

飛行長は、いずれ米軍の無差別爆撃が京阪神に及び、そのときこそが三三二空の総力を結集する決戦だと、藤太にそう告げている。

——死に急ぐことはない。それが飛行長からのメッセージだった。

そして、その日、三機少ない一三機が第一次の雷電隊として鹿屋に向けて発進する。

——翌日、四月二十日。残りの三機が鹿屋に向かう。合計一六機だ。

——四月二十五日、藤太の二十一歳の誕生日であり、山下飛行長が離隊する。

海軍の軍籍にある二人が会話をするのはそれが最後になる。

ここで南九州・鹿屋における三三二空搭乗員の奮戦にも触れておこう。

三個防空戦闘機隊から抽出された雷電は総数四〇機である。五航艦麾下《きか》の第一基地機動航空部隊に編入され、山田九七郎少佐が総指揮をとった。三個隊の雷電隊は「竜巻《たつまき》部隊」と自称し、B29が二〇機前後の編隊で連日のように空爆にやってくるのを迎撃するのが任務だった。

その初陣が四月二十七日、計一九機の雷電が舞い上がっての迎撃戦だった。三三二空からは五機が出撃——このうちの三機が、当日ではもっとも果敢な空戦をやっている。

まずは指揮官の中島大尉が、鹿屋上空で十数機の敵編隊に直上方攻撃で突入——見事な命中弾を第一梯団の一機に浴びせ竜巻部隊の撃墜第一号を記録する。越智明志・斉藤栄五郎《さいとうえいごろう》の両上飛曹は笠ノ原上空でB29二機を協同攻撃して、その二機ともが胴体の後部から白い煙を吐きながら……編隊から離脱していくのを見届けている——。

翌日の二十八日——、
雷電隊二六機が迎撃にあがり、三三二空の九機がこの日も健闘する。

石原進《いしはらすすむ》飛曹長が二機を撃破、相澤善三郎中尉も撃破一機——松本佐市《まつもとさいち》上飛曹と大中正行《おおなかまさゆき》二飛曹も、それぞれ撃破一機を記録した。

——迎撃戦は休みなく毎日続く。

だが圧倒的な大軍、数百機のＢ29を迎撃する雷電隊は、たったの四〇機だ。

それでも緒戦《しょせん》からの勢いは数の劣勢が問題にならない戦果をあげる。選抜された練成搭乗員たちは三三二空をはじめ精鋭ぞろいだった。

ところが、その勢いは長くは続かない。雷電の故障と事故が頻発《ひんぱつ》し可動機数が激減してくる。

雷電搭乗員ばかり、地上待機の人数が増えてくる。飛行場が広いとはいえ、乙《おつ》戦隊の雷電の故障手直しが目立つのは肩身が狭《せま》い。甲《こう》戦隊の零戦や特攻機も次々と来てさしもの鹿屋基地も窮《きゅう》屈《くつ》になる。Ｂ29の空爆で穴だらけになった滑走路補修の土木作業も遅れがちで、基地の内実はてんやわんやだ。そういう窮状《きゅうじょう》が雷電の保有機数の比較的多い鳴尾基地に実情を反映しない正確さを欠いた情報で、伝えられる。

竜巻部隊に必要な補給は新たな雷電の実機ではなく、昼夜二交代の激務をこなせるベテラン整備員の増員こそが目下の急務　これ以上雷電の保有機数が増えては戦力増強どころか、基地の機能に支障がでる。

——そこへ新たに雷電隊を派遣する鳴尾基地からの連絡だ。

「この現状も見ずに何を言うか！」

竜巻部隊の総指揮官三〇二空の山田飛行長は激怒して「その必要なし」と鳴尾に返信する。

これは順当な判断だろう。互いに冷静な平時ならこれで済む話である。鳴尾基地の司令・Y中佐も戦闘機乗りだったから理解できる話のはずだ。

——俺のところの大事な「虎の子」をまわしてやろうってのに何て言種《いいぐさ》だッ！

Y中佐は階級下の飛行長から一喝《いっかつ》されたという、そのことに腹を立てたのだろう。

「相澤中尉、この役目は貴様に頼もう——」

山田飛行長はその日の搭乗割から相澤を外し鳴尾行きを命じている。

何かとウワサになるY中佐を説得する、その懐柔《かいじゅう》役を相澤に委ねたのだ。

——（中佐にもなって大人気《おとなげ》ない）山田飛行長はそう思ったろうし、相澤も同意したからこそ、すんなりと絶好調のB29狩りを中断しての鳴尾帰りだったに違いない。


五月十日——。

鹿屋から単機飛来した雷電から——まさか、相澤が降りてくるとは思わなかった藤太だ。

その日の藤太は、岩国への要務飛行を終えて帰ったばかりで、午後の予定は特になかった。

藤太は久々に相澤を士官室に引き留《と》めて鹿屋の実情を聞こうと、滑走路のはずれまで走行して停まった雷電に駆けつけた。

「鹿屋にトンボ帰りだ、燃料の給油だけでいい——」

相澤がヒラリと軽快に、雷電から地面に降り立って、整備員に怒鳴るように告げた。

「えらい剣幕だな——」

藤太はその声に相澤らしくもない憤《いきどお》りを感じて、そう言った。

「ああ、おまえんとこのわからず屋の司令と談判《だんぱん》にきた——」

その顔付きからして、戦闘員らしい精悍さが漲《みなぎ》っていた。鹿屋での三三二空の奮戦は伝え聞いていて、すでに相澤は竜巻部隊でのトップクラス——B29を四機撃破という記録《レコード》をあげていた。その間、鳴尾の藤太たちは空戦らしい空戦から遠ざかっている。

もっぱら要務飛行やらなけなしの燃料を節約しながらの訓練——模擬《もぎ》空戦に明け暮れる毎日で、相澤たちの活躍を切歯扼腕《せっしやくわん》の思いで伝え聞いていた。

このときの鳴尾基地の首脳陣は——、
司令、Y中佐。

飛行長、倉兼少佐。

そして飛行隊長の梅村少佐ともども、揃いも揃って搭乗員には不人気だった。

飛行長も飛行隊長もY司令の言いなりで、ひたすらY中佐のご機嫌とりに専念するという……これは搭乗員たちから見た印象の、体《てい》たらくだ。

そのくせ口煩《くちうるさ》く、搭乗員への規律の圧迫は日ごとに厳しくなる。

藤太ら兵学校出の七二期は主戦格だから別として、七三期と一三期の予備士官や下士官と兵への締め付けは酷《ひど》く、間《あいだ》に立つ二十一歳という若き分隊士の藤太を悩ませる。

休憩室での寛《くつろ》ぎなどを厳禁、飛行長・飛行隊長とも搭乗員たちとの接触は一切なく食後の談話なども全くせずに、早々と宿舎に引き揚げ自室にこもってしまう。

これでは良好な人間関係など生まれるわけもなく、隊の士気だって上がらない。

柴田司令、山下飛行長時代が余計《よけい》に懐かしまれる毎日だった。

——隊内では不要な談話の禁止。

——トランプの禁止。

——規律ある日常。

これではまるで海兵団の新兵教育ではないか——。

藤太はそう思う半面で、基地主脳陣の不人気トリオの煩悶《はんもん》がわからぬでもない。

戦局の劣勢を咎《とが》められ、最後にその責任を負うのが基地の主脳陣である。分隊士よりもはるかに苛酷なプレッシャーが彼らの双肩《そうけん》にかかっていよう……と。

鹿屋行きが決まったとき、藤太は、与えられる任務を考えてみた。

まず思い浮かんだのが「神風特別攻撃隊」としての出撃である。

先月の初めに、帝国海軍の象徴ですらあった『戦艦大和』までが、航空機の援護もなしに沖縄特攻に出て――その壮途なかばで撃沈されている。

その弔《とむら》い合戦に今度は航空兵力を特攻にまわすという一部での怪情報の流布《るふ》があった。

その情報がデマとしても次に考えられたのが特攻機の直掩《ちょくえん》か基地の上空警戒だ。

これらのいずれでも敵機は――艦載機のグラマンF6Fか陸軍のP51だろう。雷電にとっては……手強《てごわ》い相手である。とても勝目《かちめ》がなさそうだ。

だが幸いにしてやって来たのが、手の内を読める（B公《ビーこう》）である。

＊　　＊　　＊

今までと違っていたのが、彼らも絨毯爆撃ではなく――「鹿屋飛行場」という目標への爆撃だから、爆撃精度を上げるため高度五千米《メートル》の低空でやってくる。

その高度だと雷電としては直上方攻撃がかけやすく理想の体勢で突っ込める。

一方のB29・地獄の巨鳥とやらも、その頭上で群れて舞《ま》う熊蜂《クマンバチ》の化け物みたいな戦闘機には恐れをなして――浅い降下角で侵入するや爆弾をばら撒くと高度を上げて一目散で逃げて行く。

爆撃精度もなにもあったもんじゃない。だが急降下して一撃を放った雷電が高度を回復するまでには危険空域から離脱できる逃げ足がある。このために「熊蜂」としては最初の一撃で仕留めないと「巨鳥」に逃げられてしまう。

竜巻部隊の戦果として撃墜四機、おおむね撃墜確実(──妙な言葉だが)四機。その合計八機に対し撃破の四六機の数字は第二撃のとどめを刺せぬ空戦の実相をあらわしている。

「相澤、談判とは一体何事だ?」

「一緒に来ればわかる──貴様も俺について来い!」

藤太は無言で応じた。

司令の部屋には都合よく──と言うか、雷電の突然の闖入《ちんにゅう》を知ってか、基地首脳の三人の佐官が顔を揃えていた。

その三人が、見るからに不機嫌な表情である。

特に司令は、黒メガネを外さず唇をへの字に歪《ゆが》めてるから凄《すご》みがある。

──藤太は嫌な予感がした。

相澤が「談判」といった意見具申《ぐしん》を始めると、佐官たちが不快感を露《あら》わにする。

「中尉の分際《ぶんざい》で何を言うかッ!」

相澤が鹿屋の惨状を訴え雷電の受け容れ態勢が不充分だと告げると、とたんに飛行隊長が怒声を張りあげた。

相澤とは面識のない新飛行隊長である。

「不肖《ふしょう》海軍中尉・相澤善三郎、竜巻部隊の飛行長の伝令使《でんれいし》として参りました！」

「飛行長がどう言おうが、この話は上の部署で決められたことだ――なぁ相澤中尉、今さら妙なことを言って鳴尾の司令の面目を潰《つぶ》してくれるな……」

今度は倉兼飛行長が穏やかに翻意《ほんい》を促してくる。

「そういう話ではなく鹿屋基地が抱える深刻な危機回避への――提言なのであります」

飛行長が、鼻先でせせら笑う表情をして、

「それは、鹿屋基地の司令の言葉と理解していいのか――？」

「はい、いいぇ……そうではありませんが、基地の実情としては間違っておりません」

相澤がきっぱりと言う。

「相澤中尉――、」

Y司令が野太い声を張りあげる。

「貴様は寄せ集め部隊の指揮官ごときに肩入れして、直属の上官の俺に意見するのか！」

「いいえ、そんなつもりで来たのではありません！」

このままでは、鹿屋の基地としての機能が麻痺《まひ》しかねないと――、
相澤がそこまで言ったとき、Y司令の次の怒号が弾《はじ》けた。

「貴様の言ってることは重大な軍紀違反だという認識があるのかッ！」

「今や軍紀よりも戦果の優先でありましょう！　私は肚《はら》を括《くく》ってやって参りました――」

相澤は怯《ひる》まなかった。

その毅然とした態度は、以前の相澤とは別人の感がある。

「おのれぇ、貴様ァ……！」

Y司令が怒肩《いかりかた》を揺すって、執務机の椅子から立ち上がる。

司令室の空気が、一瞬、凍りついた！

(まずいなぁこれは……)

藤太は思わず唇を噛みしめる。

――こうなると激情型で知られるY中佐は、手に負えない。

「たったいま貴様の任を解《と》く。鹿屋へなんぞ戻らんでもよろしい――」

あぁ、何ということだ！

藤太は目の前が真っ暗になり、あまりのことに――目眩《めまい》を感じたぐらいだ。

Y司令が、相澤に代えて藤太に鹿屋行きを突発的に通告してくる。

激情型の司令がキレた！

――すぐさま荷物をまとめて、鹿屋行きの用意をせいとまで藤太に命じる始末だ。上官侮《ぶ》辱《じょく》と造反《ぞうはん》――下《した》っ端《ぱ》の中尉からそんな侮辱を受けたと怒り心頭《しんとう》なのだろう。

「お言葉ですが……」

藤太が、務めて冷静な声でY司令に進言する。

「私には午後の予定が詰まっておりまして」

こんな暴挙は捨てておけない。相澤のためにも——Y司令の品位のためにも。

司令の振り上げた拳《こぶし》を引っ込ませるウソは、幾らでも思いつく。

地上射撃訓練の指導、二〇ミリ機銃の分解掃除、その他——。分隊士でなければ知り得ない雷電の手入れなど、もっともらしい必須作業の細目はいくらでもある。

結局、相澤は重い足どりで鹿屋に帰って行く。

滑走路に停めた雷電に向かう足どりも悄然《しょうぜん》として侘《わび》しげ。

藤太の目に哀れみを残す後ろ姿だった。

——皮肉にもその日、鹿屋の上空では竜巻部隊の最後の迎撃戦が展開されていた。
(期日五月十日については、資料により一日のズレがある。ここでは
林藤太・戦中日記の期日をとる)
竜巻部隊二週間の熾烈《しれつ》な戦いが終わった。
三三二空は幸いにして一人の戦死者も負傷者もなく全員が無事に帰還する。

四月二十七日には四〇機あった雷電が、終わってみれば二五機（可動八機）という消耗戦であった。三三二空の一六人は、機材も雷電もそっくり鹿屋残留の三五二空に残して、身一つで鳴尾基地に戻ってくる。

——五月十五日のことである。

（4）

五月八日。ドイツ連合軍に無条件降伏。

竜巻部隊の解隊したころ、沖縄戦の帰趨《きすう》も明らかとみた米軍は、日本本土大都市への昼間及び夜間の焼夷弾空襲を再開する。

米軍の第二一爆撃兵団は、五月二十三日〜二十六日、延べ一千機を超えるB29の大群で四夜連続、東京を無差別爆撃し再び広大な地域を焦土《しょうど》にしている。

ついで二十九日、今度は横浜市街を狙った五一〇機余のB29が明方《あけがた》の四時から五〇〇発を超える焼夷弾の雨を降らせて、おびただしい被害をもたらしている。

横浜の次が大阪の市街地だった。

大阪にも横浜と同数くらいのB29の大群が押し寄せてくる。

昭和二十年六月一日――のことだ。

藤太にとっての「運命の日」が近づいてくる。

この日に、藤太たち海軍兵学校七二期生は揃って「大尉」に進級する。

朝の八時に、藤太ら四人が飛行服姿で司令の部屋に顔を揃えて司令はじめ佐官二人と主だった三三二空の幹部たちが一堂に会しての、晴れがましい儀式である。

基地首脳三人の佐官たちも、表情をひきしめての正装だ。つい半月ほど前、藤太や相澤と対峙した不愉快そうな雰囲気とは似ても似つかぬ顔付きである。

「林大尉ほか四名――進級ありがとうございました！」

代表・藤太の口上で頭《こうべ》をたれる最敬礼の新大尉、ここまで武運潰《つい》えぬ四戦士――。

林　藤太

相澤善三郎

渡辺光允

渡辺清実

「おめでとう！」

Y司令はトレードマークの黒眼鏡のまま、口許《くちもと》に薄い笑みをする。

大尉は襟章に豆粒大の銀色の桜花《おうか》が一つ増え三つになり、飛行服の左の二の腕に付く階級章も黄色の太線が二本になる。これだけでも何だか誇らしい気分になれる。

その左腕の新しい階級章を見つめながら、渡辺（清）が言った。

「今日戦死すりゃあ、一躍少佐ってわけだな――」

戦死すると一階級上げるという慣《なら》わしがあったのだろう。出撃まえに大尉、その一階級上が少佐である。朝に昼に進級、軍神《ぐんしん》と同じ扱いの二階級特進というわけだ。

だがこの日には、三三二空の迎撃は空振りに終わり空戦らしい空戦はない。マリアナ基地からは延べ五〇九機が発進してるが三三二空雷電隊との遭遇はなかったようだ。

六月五日。
午前七時、藤太はすでに身繕《みづくろ》いを済ませ、居室の机に向かい手帳を開く。
「6月5日」まっ白なページ――この手帳が両親への遺品、そしてこの頁《ぺーじ》が遺書になるかもしれぬ。そんな思いに駆られて万年筆のペン先を走らせる。
本日われ21歳と41日なり。
身長五尺三寸《ごしゃくさんずん》　メートル法―（160・5㎝）
体重十三貫五百《じゅうさんかんごひゃく》　同・メートル法――（50・5㎏）
藤太は手帳を戸棚《チェスト》にしまい、真新しい大尉階級章の付いた飛行服を取り出す。

その時、何時《いつ》貰ったかも忘れた妙なものが目に触れる。こんなモノまで海軍は支給してくれたんだと、まだ栓《せん》も開けてない、眼薬のような小瓶《こびん》を手にとる。

それが郷里の先輩の直《なお》さん「岩佐直治大尉（当時）」を、突如《とつじょ》、思い出させてくれた。直さんもコレを着替えた下着にふって出撃して行ったと、藤太は真珠湾攻撃から帰還した潜水母艦の乗組員に聞いて妙に感心した覚えがある。武人の身だしなみらしい。

その小瓶は出陣用の香水だが――あの歴史的な壮挙《そうきょ》からすでに三年と六ヵ月が経っていた。戦局は日々悪化して、その重苦しさを少しでも払拭《ふっしょく》することが、自分たちの命と引き換えであり、直さんたちの後に続くことだという想いが藤太にはある。

それ故《ゆえ》に藤太は……現在の自分に少しも悲劇性を感じないし大儀《たいぎ》とか使命感などもあまり意識しない。ましてや、死ぬことに恐れ慄《おのの》いたりもしていない。

かといって自分に歴戦の勇者という自覚があるかというと、決してそうではない。これまで自慢できるほどの戦果は挙げてないし、自分を勇猛果敢な士官とも思ってない。

――藤太は香水の小瓶に鼻を寄せて、その蓋《ふた》を指先でねじり緩《ゆる》めてみた。

――それだけで、プ～ンと澄《す》んだ芳香が鼻腔《びこう》の奥にまでしのびこんでくる。

（なんていい匂いなんだ……）

その匂いは藤太の忘れかけていた出来事……祇園の夜の行状《ぎょうじょう》を思い出させてくれた。これまでの人生で唯一《ゆいいつ》の体験、藤太が女性を身近にした未知の歓《よろこ》びの、その寸前までのときめきを味わっている。嗅覚のもたらす連想というのも不思議だった。記憶のどこに潜《ひそ》んでいたのか、その芳香は、藤太が触れもしなかった桃春の汗ばんでいるのに清潔感がある素肌の匂いと似て……まるで花蜜を嗅《か》ぐような清々しさがあった。

この時刻の今、桃春はどこで何をしてるのだろうと藤太は想いを巡《めぐ》らせた――。

伊丹へ出向した藤太を追って桃春は二度も妹を騙《かた》り面会に来てくれた。生憎《あいにく》二度とも藤太は教官として空にあがっていたから、彼女とは会えず仕舞《じま》いになる。

藤太は飛行服に着替える前に、下着――FU《エフユー》とも呼ぶ越中褌《えっちゅうふんどし》を新しいものに穿《は》き替えると、直さんに倣《なら》い、そこに出陣用の香水をふった。

――再び、桃春の甘く艶《あで》やかな面影が……ふんわりと蘇《よみがえ》ってくる。

藤太は身繕《みづくろ》いを整えると、今日これから遭遇するだろう外敵に思いを馳《は》せた。今までにはなかったことだ。それだけ藤太には出撃まえの気構えに余裕があった。

――マリアナ基地の奴等は、もうそろそろ出立の時刻だろうな……。

――今日の戦いは大阪上空かそれとも神戸になるか、大尉の面目がかかる一戦だ。

米国が第一次世界大戦の終了から開発に着手する「B29」は第二次世界大戦においてもっとも強力、かつ破壊的な「兵器」といえる。

この「超空の要塞」といわれる戦略爆撃機の乗組員《クルー》は総勢一一人、操縦士、副操縦士、航法士、機関士、爆撃手、無線手、レーダー手が各一人。それに機銃手四人の陣容だ。

総勢一一人となると、機内での不安や孤独感とは無縁だろうし、日本の本土上空までは迎撃機など現れないから乗組員たちは気楽なもんだろう。機内はこの時代では革新的と言われる与圧装置で機密状態が保たれ、軍用機にはぜいたくな居住空間である。単座戦闘機「雷電」の（真冬の北海道）なみの、零下の寒気とは大違いだ。

鳴尾基地に第一報が入ったのは、午前九時過ぎである。

小笠原の父島からのＢ29電探《レーダー》情報だ。

第一悌団《ていだん》・一一機、すぐ後に第二悌団二〇機が接近——。

さらに次々と、後続機の速報が入る。

父島から阪神上空までおよそ一千キロメートル、敵機の出現まで二時間弱と読む。

まだ慌《あわ》てることはないが、敵ＫＤＢ《ケーディビー》（機動部隊）艦載機の奇襲に備えて、即時離陸できる態勢にはなっている。迎撃に発進するのは——紀伊半島・潮岬からの電探情報を受けてからである。潮岬からの直線距離が約一五〇キロメートル、Ｂ29が時速三〇〇キロメートルの恒速なら阪神上空に到達するまで約三〇分。気難《きむずか》しい雷電だがエンジンをかけてから三〇分、メカの最高のコンディションで敵を迎え撃つことができる。

その日は朝からむし暑く、晴れあがった紺碧の空には真夏のような入道雲がモクモクと湧《わ》きあがっていた。

この雲がジャマをしてきっと敵は高度を下げてくるな。

まさに天佑《てんゆう》だ——。

藤太は戦闘指揮所のテントに控えて、そんなことを思っていた。

毎回のことだが、待つ身のもどかしさ……。

搭乗割では、藤太と相澤が雷電、渡辺の二人が零戦だ。

今日は新大尉らの実質の初陣《ういじん》で、搭乗機を選択する優先権を貰い各々は好みの愛機を選んである。——一〇一〇（午前一〇時一〇分）、遂に潮岬の電探が敵の第一悌団の機影を捉えた。

「即時待機別法」の命がくだる。

毎回の、慌しくも機敏な動きが基地全体に漲《みなぎ》って、搭乗員が一斉に愛機に向かって疾走する。

整備員が同様に、各々が分担してる飛行機に向かって走る——。

「即時待機」の発令。

戦闘指揮所のマストに半掲されていた航空旗が、するすると上まで揚がる。

——半掲だった「Z旗」も、それに続き高々と掲揚される。

軍艦旗が、そして航空旗とZ旗が、潮風を受けて翩翻《へんぽん》とひるがえる。

――「敵機の高度五千米《メートル》、潮岬一八〇度、針路北北西、」

藤太は、その電探の情報を胸に刻んで反芻《はんすう》する「一八〇、針路北北西！」――。

雷電の胴体に描かれた真紅の「日の丸」に敬礼し、ヒラリと翼に跳びあがる藤太。

体重が一三貫五〇〇（50キロ余）と身軽だから、軽快な挙動で操縦席に素早く就ける。

飛行服の金具のフックを座席の落下傘バンドにカチリと装着、操縦桿・スロットルレバーの動き、握り具合、そして計器類の指針を瞬時にチェックする。

全てに異常なし！

携帯型の酸素ボンベと細い管で繋《つな》がる酸素マスクも、ボンベのコックを開閉して酸素の供給を確かめる。地上との無線電話も、今日は感度良好だ。

――この時刻だと、敵の第一梯団には太陽を背にした理想的な直上方攻撃ができる。

藤太は、離陸後に高度六千米《メートル》まで急上昇して左旋回で索敵《さくてき》にかかろうと決めた。

――この読みが、ピタリとあたる。

藤太の予想通りに敵の第一梯団が前方の彼方に現れる。

来たぞッ！

藤太の胸が高鳴り血潮《ちしお》が熱くたぎる、武者ぶるいだ！

――しかしまだ、敵の機影は肉眼では見えにくい推定一万米《メートル》前方である。

高度は低く、これも五千米《メートル》ほど、米粒よりも小さな斑点《はんてん》が陽光を受けて煌《きら》めいてる。広大な青い砂地に散りばめられた砂金の粒を見るようだ。その一粒一粒は流星が接近するような猛スピードで……確実に、こっちにむかっているのだ。その反射光がなければまだ敵機とまでは確認できない距離である。

機首を向け合っての迎撃戦は——彼我《ひが》（相手と自分）の距離が、あっという間に縮まる。一万米《メートル》離れていても秒速一〇〇米《メートル》を超える飛行機どうしが互いに擦違《すれちが》うまで約四〇秒くらいの計算だ。その擦れ違いざまに勝負がつく。戦闘機どうしの空中戦（ドッグファイト）とはここが違う。

これまで藤太が生き延びてこられた秘術は、敵機を連射する攻撃体勢でも決して直線飛行はせず——銃撃後の退避・離脱でも機体を捻《ひね》ったり錐揉《きりも》み状態にしたり横滑《よこすべ》りをしたりと、相手の機銃手に照準の的《まと》を絞らせない動きをするからだ。これはボクシングという格闘技で相手の攻勢から身をかわす防御の基本と同じ理屈だ。まっすぐの後退《あとずさ》りでは相手の繰り出すパンチをまともに喰ってしまう。未来位置を相手に読まれるからだ。

相手に動きを読ませない意表を突《つ》く動き、それが極意《ごくい》である。

——その時の、その瞬間の優位戦は、雷電有利の好条件だった。

——被我の距離が五〇〇〇米《メートル》を切る、高度差は一〇〇〇米《メートル》を維持。

——針路をピタリと第一悌団の先頭の一番機に合わせる！

——照準器のスイッチ・オン！

これは一番機に狙いをつける目的ではなく、撃墜直前の瞬間を見届けるためだ。

第一悌団の十一機は——実に見事な編隊飛行で真正面からくる。

前後左右に等間隔の距離をとった立体的な幾何学《きかがく》模様の敵編隊は前方上空に敵戦闘機を発見したろうに、がっちり組んだ編隊《スクラム》はまるで揺《ゆ》るぎをみせず、堂々たる進軍のペースで針路も速度にも少しの変化も見せない。一一機編隊が同高度で一番機を頂点にした正三角形に近い隊形で怒涛《どとう》のように押し寄せてくる。

その大きさも重量差も、雷電の十倍を超える巨体どうしが——まるで、みえない長い鎖《くさり》で繋《つな》がれているような等間隔で飛んでいる。

幸いになことに護衛戦闘機P・51の姿はない。

友軍の零戦も雷電も、近くには見えない。

迎撃に舞い上がった三〇機の味方は広大な空域に散って網を張っている。この頃の迎撃は編隊を組んで策敵するという作戦は、あまり執《と》られなくなった。

藤太は無線電話のスイッチを入れて、現在位置と敵機の数を地上に連絡する。

〈これから攻撃体勢に入るッ！〉

胸のなかで藤太は——そう叫《さけ》ぶ。

敵一番機との距離が一千《メートル》を切って八〇〇《メートル》、前下方三〇度の位置だッ！

操縦桿を前に倒すと同時に、藤太は機体をクルリと回し背面飛行で真っ逆さまになって突っ込む——。敵の前頭部の銃座、一二・七《ミリ》の二連装機銃が、猛然と火を噴《ふ》く。

だが銃弾はみな後追《あとお》い、曳光弾のオレンジ色の弾道が逸《そ》れてゆく。派手に撃ち上げるが照準がなってない。背面飛行で矢のような垂直降下で突っ込んでくる雷電が両翼四挺の二〇《ミリ》機銃を連射してるのだ、Ｂ29の射手だって怖くて目を瞑《つむ》るだろう。

ところが雷電の藤太はＢ29の真上・五〇〇《メートル》↓三〇〇《メートル》の下降でも機銃の発射ボタンから手を離さぬ連射でカッと目をあけている！　初速度の遅い二〇《ミリ》弾は威力があっても命中率に難があるが、真下の標的への銃撃となると重力がプラスに作用しこの欠点をカバーするし、降下速度も弾丸に破壊力を増幅するエネルギーとして伝わる。

藤太は照準器いっぱいにＢ29左主翼の内側のエンジンを捉えての急降下、距離・二〇〇《メートル》を切り、あわや体当たりという急接近！

照準器のなかに雷電が連射する弾道——曳光弾の光の筋が狙った内側エンジンから左主翼の端の「星マーク」側にズレ、二基のエンジンに突き刺さってゆくのが見える。

大胆な背面飛行の銃撃でＢ29と交錯するようにすれ違い、その下方一〇〇〇《メートル》から機首を起こすタイミングも絶妙だった。操縦桿を両手で力一杯引き起こし機首を上向かせる時には体重の数倍のG《ジー》（重力）が全身にかかり、一瞬目の前が真っ暗になり、眼球が跳びだすかというほどの重圧を受ける――。機首を上向かせ機体をねじりながら急上昇、視力が戻った瞬間まず視界に入ったのが、右前方上空に黒い煙を吐きながら左翼を捥《も》がれてのたうつような飛行をするB29と、後続機の一〇機以上からなる新たな編隊だった。

片翼のB29はみるみる高度を下げ速力も落ち編隊から脱落――撃墜確実だ。

山間部に不時着して生存、捕虜になるか、太平洋まで機体を戻して洋上に不時着して機動部隊の友軍に救助されるチャンスに賭けるか……機長は難しい選択を迫られよう。

――一方の藤太だが、

その成果に満足感を募《つの》らせる余裕はない。後続のB29編隊の高度は第一悌団よりもずっと高く、胴体下部の銃座から藤太の雷電を狙う一斉射撃を浴《あ》びせられる。

だがこの弾道は一二・七ミリ機銃の有効射程距離外なのだろう、背筋の寒くなるような至近弾はない。敵は迎撃機を寄せつけない弾幕を張ってるにすぎないようだ。

藤太は途端《とたん》に安心すると、最初の直上方攻撃が成功した自信から――すぐさま全速《フルスロットル》で編隊の中央を突破して上に抜け、編隊の最後尾の一機に狙いを絞った攻撃体勢をとる。

――弾丸の残りはまだ大丈夫だろう！

藤太はそんな余裕をもって、機体を真横に傾けると右主翼の先端を刃《は》にし、B29の胴体を輪切りにするような体勢に傾けて突っ込む。前上方から急降下しての攻撃はこの体勢が敵弾を浴《あ》びる面積を最少にするし、相手も照準しずらいはずである。

新型の搭乗機、雷電「J2M3」が弾帯《ベルト》給弾式で両翼四挺の機銃には、一号銃と二号銃の合計で八〇〇発と増量された弾丸を搭載しているが……、

――いや、待てよ！

藤太は、残りの弾丸《たま》数が、急に不安になった。

「八〇〇発」といっても破壊力に優れた改良型の二号機銃二挺には、各二一〇発の弾丸しか装填《そうてん》してない。これが毎秒八発射出されるから二号機銃は、二六秒で弾丸が尽きる計算である。

弾丸の残量を示す計器などはなく、搭乗員各自の記憶が頼《たよ》りだ。

B29の一二・七ミ《ミ》リ《リ》機銃が一挺で九五〇発ほど搭載してる武装とは大違いである。

――二号機銃はもう弾丸尽きたか……。

――まぁいいや、こいつにありったけの弾丸をぶちこんでやる！

今度は八〇〇メー《メー》トル《トル》の高度差から急降下すると同時に、藤太は二〇ミ《ミ》リ《リ》機銃の照準に編隊最後尾の敵機を捉え右主翼の根元に狙いをつけて連射――ダッダッダッダッ！　と重厚な反動が左肘にまで伝わってくる。だが今度はこれが見事に外れる。

曳光弾の軌跡が全部後方に流れてしまい、藤太は無念の舌打ちをする。

——外れるわけだ。

二号機銃の初速度（秒速）七五〇㍍の弾丸は、高度差が七五〇㍍の上空から発射したとして的に到達するまで一秒かかる。巡航速度が時速四八〇㌔（秒速・約一三三㍍）の標的B29は全長が四三㍍ほどである。これでは、相対的には、直線弾道も後方に流れる曲線《カーブ》となって機体には掠《かす》りもしない。

——空しい銃撃で藤太は機銃弾を撃ち尽くしてしまう。

——無線電話からは、次々と新手の敵機が続くという情報が入ってくる。

藤太は緊急着陸を決意して急降下、針路を鳴尾基地に向ける。

燃料と弾丸を補給して再び飛び上がっても、まだまだ迎撃戦は可能だろう。

こんな慌しい戦闘はこれまでに一度もない。

戦闘機が相手の迎撃戦なら高度を下げての緊急着陸など命がけの覚悟だ。すかさず敵の戦闘機が急降下してきて餌食《えじき》にされる。速度も高度も落としての着陸体勢に背後から銃撃を浴びてはたまらない。着陸する前に火だるまにされお陀仏《だぶつ》だろう。

藤太が基地上空に戻り着陸体勢に入ると整備員らが総出で滑走路に走り出してくる。雷電が煙も吐かずに無傷《むきず》の帰還をしてることから、搭乗員の要求をきちんと察しているのだ。

搭乗員と整備員との阿吽《あうん》の呼吸である。

ところが整備員たちは、藤太の期待以上に用意周到だった。藤太が雷電を地上滑走で定位置まで滑らせ、エンジンのスイッチを切ると同時に、整備員たちが走り寄ってくる。その中心に居るのが、予備役の好人物、通信長だった。どこへでも顔をだす器用な人物は、誰からも重宝がられる存在だ。

風防を開けて座席の肩バンドを外し、藤太は操縦席から声をかける。

「大急ぎで願います——」

それだけで燃料を入れて弾丸を装填する要求が伝わる。

「用意ができてまぁすッ！　急いでください——あっちです！」

通信長が滑走路反対側の、離陸地点を指さす。

「雷電の予備機一五二号——燃料も弾もＯＫ、急いで乗り換えてください！」

今度は整備員の円陣に入っている主計長までが、大声で言う。

——俺たちのために鳴尾基地じゃ地上員が総動員だ。藤太のなかの迎撃〈前半戦〉の緊張が尾を引いての疲労感など吹きとんだことだろう。

藤太は操縦席からとび出す。

新鮮な外気と、踏みしめる地面の感触が爽快だ。

「エナーシャ回せぇッ！」

通信長が藤太に代わって、雷電一五二号を取り巻く整備員に大声をかける。

藤太は走りだす。

整備員たちも通信長も、一緒になって藤太を取り巻き、走りだす。

——一五二号雷電のプロペラが唸りをあげて回転してる。

「大尉になるとえらく扱《こ》き使われるなぁ——」

藤太は肩を並べて走る通信長に、そんな軽口を叩く。

「ムリせず必ず戻ってきてくださいよ！」

通信長が雷電に乗り込む藤太の背に大声で言う。エンジンの排気音で声が大きくなる。

「戻ってくるとも通信長——」

藤太も、怒鳴るような大声で返す。

——通信長の名言を、藤太はフッと思い出した。

鳴尾基地の近くにPハウスという癒《い》やしの店ができたときのことだ。そんなことを大声で告げるのは憚《はばか》られるし不謹慎というものだ。

「戻ってくるとも！」

藤太はそう言って、通信長に敬礼、雷電の操縦席に着く。

〈サッと行って、パッとすませて、スッと戻ってくる――〉藤太は、自分にそう言いきかせる。

「どうですか座席の座り心地は……」

座席に腰を据え肩バンドで上体を固定する藤太に、風防のガラスを磨いてくれてる若い整備員が訊ねてくる。まったくもって至れり尽くせりの気配りである。

「ああ、悪くないよ。どうしてそんなことを訊く？」

すると整備員が真顔《まがお》で、挺身隊の女学生が畳《たた》んだ落下傘は開かないって、そういうジンクスがあるじゃないですか――と、縁起の悪い伝聞をもちだす。

「俺は気にしないね、そんなの……」

「ところが気にするんですよ」

と、坊主あたまの若い整備員が下から見上げてる通信長の方を見遣《みや》り、言う。

「あのオッサンがね、気にしましてね」

「通信長がか……？」

「はい。まぁ分隊士には落下傘なんか必要ないでしょうがね」

藤太は計器類のチェックに余念なく――、

「いや必要だね……」

と応じて、本絹の羽二重《はぶたえ》という上質な白生地の落下傘は最高のクッションで、これを尻に敷くことで飛行中の窮屈《きゅうくつ》な姿勢がどれほど救われるかと、そう話してやる。

〈年寄りには気になるんでしょう〉と、若者は予備役を老人と決めつけ、

「川西のおばちゃんに勤労奉仕で、縁起直しとか言ってやらせたんです……」

「何を……？」

「女子挺身隊の女学生が畳《たた》んだ予備機の落下傘をたたみ直してくれって――」

藤太は風防を閉めながらにっこりすると、戦時下でも暮らし向きの良さそうな芦屋夫人《あしやふじん》の人《ひと》懐《なつ》っこい微笑みを思い出す。当人は、その美貌を鼻にかけるきらいもあるが、性格が明るいから嫌味がない。山下政雄飛行長が転属になっても基地には頻繁《ひんぱん》に顔をだし、根っからの海軍びいきは本物だった。Y司令も、この美人女傑《じょけつ》には一目置いているようだ。

藤太は若い整備員にニッコリ笑って、風防をピタリと閉めきる。

「チョーク外せぇ……！」

整備員が下に待機してる同僚にそう告げて、雷電の翼からピョンと飛び下りる。たちまちエンジンが唸りをあげるとするすると滑走を始める。

まるで艦載機の発艦のように――ズングリした機体が短い滑走で、地面から浮く。

雷電一五二号は鳴尾基地上空を大きな円弧を描いて一周すると、まるでロケットのような速

力と急角度で上昇する——。

事実上、それが林藤太大尉の最後の出撃になった。

大阪そして神戸上空と、B29を求めて牙《きば》を剥《む》く雷電は、獅子奮迅《ししふんじん》の例えが決して大仰ではない大空戦を展開、その最期には真正面から敵機に体当たり覚悟で突っ込むという捨て身の攻撃で宿敵・超空の要塞と刺し違えるが、運命の女神の采配《さいはい》とでもいうのか藤太は奇蹟的な生還を許されて——神戸・六甲山《ろっこうさん》上空の天に舞う。

二十一歳の海軍大尉というのは、帝国海軍史上最年少であろう。

昭和三十年代日本の映画産業が全盛の時代、メジャー五社があり、東宝映画ではお盆興行に（8月15日シリーズ）とかいう戦争映画大作を封切っていたものだ。昭和三十五年の「太平洋の嵐」では鶴田浩二《つるたこうじ》（故人）という好漢が実在の友永丈市《ともながたけいち》大尉（空母飛龍《ひりゅう》の艦攻搭乗員）を友成《ともなり》大尉の名で好演していたものだが、そのずっと後に同社は「零戦燃ゆ」を製作して零戦搭乗員を帝国ホテルでの特別試写会に招待した。林藤太はこの作品が気に入って、当時「トヨタ自動車《オート》・群馬」の代表取締役にあったことから新車発表会のイベントにと東宝映画の常務と交渉、映画の撮影に使った実物大の零戦を一機借り受け、会場に展示して県内外の零戦ファンや元搭乗員らを感激させている。彼にとっては零戦もまた青春時代のシンボルであったのだ。

――木製のハリボテとはいえ、実物大で塗装などは本物ソックリの「零戦」である。イベントが終わり廃棄処分場行きの零戦に、林藤太や仲間たちが涙ながらの挙手の礼で送ったというエピソードが微笑《ほほえ》ましい。「老兵は死なず」である。ところで実在の友永大尉は、ミッドウェー海戦で空母「ヨークタウン」に体当たりして散華《さんげ》するのだが、林大尉の最後の空戦についてはあまり知られていないようだ。特に藤太が、雷電一五二号に搭乗してからの迎撃戦第二ラウンドとなると――これの顛末《てんまつ》も含めて実にドラマチックなのである。

この異形の局地戦闘機はトラブル続きで昭和二十年四月に製造が打ち切られるのだが、零戦の設計者としても知られる堀越二郎《ほりこしじろう》としては無念の思いもあったろう。そんな彼にとっては同郷の林大尉が雷電搭乗員として活躍した朗報には救われたに違いない。戦後、彼は幾度か林藤太と懇談している。平和の味をかみしめながらの、立場を超えた懐旧の語らいに花が咲いたことだろう……。

林藤太のその第二ラウンドの戦いを、戦後七十年の今ここに再現してみよう――。
晴れあがった夏の空――単機急上昇を続ける雷電21型・J2M3。藤太は操縦桿を力まかせに引き寄せ速度計の目盛りを見る。時速四〇〇キロ、最高速度に近いスピードだ。敵の高度を五千メートルと推定し、高度六千を目標に上昇する。

垂直に近い急上昇、操縦席からの前面の視界は紺碧の空の青さと白い雲だけ、機体が水平飛行ではない実感は、座席の背凭《せもた》れから受ける圧迫感だけだ。

重力が尻ではなく背中にかかっている——。

首輪式の無線電話発信機から、敵機の情報が次々と入ってくる。

高度六千メートルに到達して腕時計を見ると、所要時間が六分を確実に切っている。

さすがに雷電の新型だ。この高度での雷電の最高速度は、設計上・時速五七〇キロはでることになっているから、標的のB29とは互角の速度だ。

——あとは、その敵機が五千メートル台の高度で現れるのを願うだけだ。

——眼下を俯瞰する。

この高度から眺める下界の街並みはミニチュアの箱庭《はこにわ》のようだ。国鉄の駅周辺の大きなビルディングがマッチ箱ぐらいのサイズに見える。

眼下の街並みが所々で靄《もや》がかかったようにかすんで見える。その靄が大阪から、尼崎《あまがさき》、芦屋と……南西の向きに帯状に拡《ひろ》がっているのは、どうやら煙のようだ。その煙の正体は……B29がばら撒《ま》く焼夷弾による市街地の炎上に違いなかった。敵の絨毯爆撃《じゅうたんばくげき》の目標が、除々に神戸方面に移っているということだろう――。

「くそォ――」

藤太は思わず歯ぎしり、針路を六甲山上空に向ける迂回《うかい》で神戸を目指す。

このまま、おめおめと生きちゃ還れぬ。神戸市街地の防空に決意を新たにする。

――今日がおれの命日だ。

首にかけた無線電話からの情報で、次の編隊が神戸上空に現れるまで少なくとも一〇分の有余があると計算できた。藤太は眼下の武庫川《むこがわ》に沿って北上すると宝塚《たからづか》で左旋回して六甲山地の上空を飛行して神戸に針路をとった。

真下に見える六甲山地の深緑が目にも鮮やかに映《うつ》る。

この緑の丘陵は六甲山の頂上でも海抜九三〇米《メートル》ほど、裾野にひろがる湾岸の街並みが空襲の危機にさらされようとしてる今も、山間《やまあい》の村里では戦争とは無縁の長閑《のどか》な生活が営まれているのだと……藤太は、ときおり見える村落の佇《たたず》まいを目にする。

《敵編隊、新たに一一機、続いて九機……潮岬を通過》

無線電話の声が、さらにけたたましい。

(後から、あとから……よくもまあ来るもんだ!)

藤太が彼方の前方にキラリと光る銀色の光芒に気付いたのは、その時である。

スロットルを全開にして、まっしぐらの全速——アッという間に、第一梯団を捕捉する上空に到達する。高度差が千《メートル》、こっちの優位戦だ。願った通り彼らはマニュアル通り編隊の隊形まで同じで来た！　藤太は直前の記憶を呼びもどし、背面飛行からの一撃離脱で襲いかかる。こちらもマニュアル通りの戦法で、同じく一番機に狙いを付けた。

操縦席から右主翼のエンジン二基へと——二〇《ミリ》機銃の連射を浴びせる。

ダダダダダ——と、重厚な頼もしい反動がきて、敵機・主翼の付根と内側エンジンに曳光弾が命中するのをすれ違いざまに見届ける。だがこっちの機体にもガッガッ——と翼が岩を擦《こす》るような衝撃が同時にきて左翼の機銃カバーに火花散って、その部分が破けたように捲《めく》れあがってしまう。敵の前部銃座からの機銃弾を躱《かわ》しきれなかった。というより、太陽光線が目に入って敵の曳光弾の弾道が見えなかったのだ。

——迂闊《うかつ》だった、マズいことになった！

翼の二号銃は弾丸の初速度の改善に銃身が前に長く突き出ている。それで装弾点検パネルが大型化してそこに被弾した。翼の外板を締め付ける鋲《びょう》が銃撃で弾《はじ》きとび、表面が剥《は》がれかかっている。直上方攻撃などもう不可能だ。そんな急降下をやれば、風圧で左の主翼そのものが胴体から千切《ちぎ》れ飛んで機体も空中分解だろう。

藤太は命中弾を浴びせた敵機が黒い煙を引きずりながら針路を反転させ——太平洋の方面に

速度と高度を落として遠ざかり、爆撃をあきらめたのを見送る。

追撃してとどめを刺すよりも神戸の防空が責務、武士の情《なさ》けもある。

——これで同日にＢ29を二機を墜《おと》した計算だ。

高度を五五〇〇《メートル》に降下させ、藤太は次の迎撃の策を練る。

燃料も二〇《ミリ》機銃弾も充分あるし、まだ後続の部隊が来るとわかっているから、ここに踏みとどまり弾丸を撃ち尽くすまで退《しりぞ》くわけにはいかない。

今度は上からの奇襲攻撃とはいかず、同高度での強襲になるから——前方から不規則なフェイントをかけて懐《ふところ》に跳び込む接近戦での勝負になる。

敵機と正面衝突になる体勢から挑《いど》む真《ま》っ向《こう》勝負だ。敵の前部銃座の上部と下部——計、四挺の一二・七《ミリ》機銃の弾道と向き合う銃撃戦になる。敵も必死だろう。

——だが、一縷《いちる》の望みはある。

銃座に就いている銃手は射撃手《スナイパー》としては素人《アマチュア》同然の新兵で時速四〇〇《キロ》を超える標的を正確に捉える動体視力など有り得ないと思う楽観だ。

藤太は大阪湾からの上昇気流の巨大な入道雲・積乱雲を神戸の北側の湾岸に見下ろして……

これだッ！　と、天啓《てんけい》のひらめきが浮かんだ。

高度を五千《メートル》に下げて入道雲のまわりを一周する……海面からもくもくと湧き上がった密度

の濃い水滴の塊《かたまり》が、まるで巨大な氷山が聳《そび》え立つような威容《いよう》だ。

藤太はこの入道雲の陰を高度五千で遊弋《ゆうよく》し、敵編隊の端を飛ぶ一機を狙うことにした。

Ｂ29といえども入道雲は避《よ》けて飛ぶから、藤太は入道雲の外側を主翼の先端で掠《かす》めるような円弧《えんこ》を描く同高度の飛行で接近――出合い頭《がしら》に端の一機に不意討ちをかけて屠《ほふ》る作戦を立てる。

（そうは問屋が……？）

と、藤太にはこの賭けに不安もあったが――そうは問屋が卸《おろ》してくれたのだ！

入道雲の右手から一二機編隊が現れたのは、間もなくである。

ヌッと現れた雲間からの雷電に、敵編隊からの一斉射撃の弾丸が集中する。

それと同時だった、雷電の二〇ミリ機銃四挺の曳光弾が右端のＢ29の内側エンジンに見事な集《しゅう》束《そく》となって命中、凄《すさ》まじい爆発があってから紅蓮《ぐれん》の炎が噴きあがる。

その爆発の衝撃波だろう雷電の機体が大きく揺らいだ。右主翼の内側エンジンから長い炎の尾を曳《ひ》きながら、機首を下向けたＢ29の巨体が墜《お》ちていく。

雷電は右前方の同高度から水平飛行の横滑りで編隊の中央を横切り――藤太は体当たり覚悟で機銃の引き金を握りっぱなしだった。その機銃掃射が操縦席までも正面から銃撃したに違いない。Ｂ29の推力を失ったような急角度の墜落は、明らかに操縦不能の状態だ。

だが藤太の搭乗機のダメージはもっと酷《ひど》かった。

操縦席前面の計器盤の下から黒煙がもれてきて機械油の焼けた臭いが鼻をつく。それと同時にエンジンの後ろの主燃料タンクにも被弾があったらしい。アッという間に、機首から火の手があがり、操縦席のペンキの塗装が焼ける異臭が立ち込める。

——風防を力任せにこじ開ける。

もう一刻の猶予《ゆうよ》もない。座席の肩バンドを外す。幸いにも機体は蜂の巣だが身体に怪我はないようだ。エンジンの止まった雷電はとたんに燃える鉄の骸《むくろ》となって猛烈なスピードで落下をはじめる。

——済まぬ、許せ！

藤太は被弾火災で飛行続行不可能と判断、愛機・雷電一五二号に詫《わ》び、機外に脱出！

この間の所要時間はほんの数秒、素早い反応だった。

——南無三《なむさん》！

藤太の神頼み、生存に賭ける無我の境地だ。

落下する雷電から身を投げ落下傘の細い幾条かの紐に命を託す一瞬の間——生と死との境界に身をおく戦慄《せんりつ》……操縦席の火災で落下傘が燃えたり紐が焼き切れてはいないか、落下傘が無事でも、きちんと空中で開いてくれるかどうか……？

そんな不安をたちどころに吹き飛ばすショックがズシッと全身を貫いて、身体が空中で止まったような感覚があった。落下傘バンドが両股にしっかり食い込んでいる。頭上を仰ぐと純白の大輪の花が空気をいっぱいに孕《はら》んで見事に開いて、フワフワ波打っている。

その落下速度が意外に速い。上空の風次第で何処に流されるのか不安が道連《みちづ》れ、高度三千米《メートル》くらいか……神戸市街地の上空だろう、下界一面が火の海になって炎上している。焼夷弾の猛《もう》威《い》をまざまざと見る。

風が舞ってときおり焼けるような熱風が吹き上げてくるから、地上はおそらく焦熱地獄《しょうねつじごく》の様相だろう。せっかく落下傘降下に成功してもこれでは犬死にだ。その熱風に含まれる刺激性の有毒ガスか……息苦しさと涙腺《るいせん》を刺す痛みで、目があけていられなくなる。

——あぁ、なんという惨《みじ》めな死にざまか!

だがそれからの二千米《メートル》近い降下で風向きが変わり六甲山の山麓《さんろく》の方へ流された。火災による不純物の燃焼ガスを吸い込んだり気圧の関係もあったろう、呼吸困難と頭痛と涙腺の痛みは消えるが又《また》しても危機到来——秒速四米《メートル》で降下する真下に送電塔の高圧線だ。

一難《いちなん》去ってまた一難——くそッ、今度こそ黒焦《くろこ》げの感電死か!

藤太は全身を揺すって抗《あらが》う。落下傘の吊り紐を両手で掴《つか》み揺する、両足をバタつかせ空気を蹴《け》る。その勢いで片方の飛行靴がスポッと脱げ、ゆるやかな弧《こ》を描いて眼下の雑木林に消えてゆく……。藤太の必死の抵抗も空しい。紙一重《かみひとえ》の差で藤太を救ったのは六甲山から吹き下ろす涼風だった。送電線に触れて焼け焦げたのは落下傘とその吊り紐で藤太は宙ぶらりんになって後、三《メートル》ほどを落下し地面にドスンと尻餅《しりもち》をつく。

落ちた処は雑木林のなか、背丈ほどの潅木《かんぼく》が生い茂る平坦な草むらだった。五体《ごたい》満足で九死《きゅうし》に一生を得たという安堵から緊張がほぐれた途端、激しい頭痛と喉《のど》の痛みまでがぶり返してくる。おまけに目も痛い胸も息苦しい……。

〈一刻も早く人里に下りて隊に連絡しなければいけない！〉

そんな気がかりもあるのに身体が思うように動かない。仰向けで見上げる雑木林の梢《こずえ》は鬱葱《うっそう》と葉が重なって陽射しが届かず、辺りには薄暗い感じの静けさが満ちている……。

〈まだ真昼だろうに——これじゃ夕暮れ時だなぁ〉

藤太は気力をふりしぼって、やっとの思いで……よろよろと立ち上がる。

〈ここは一体どこなんだ……〉

落下傘からの眺めで農家らしい集落を見ているから、そんな山奥じゃないと見当をつけて——ともかく、雑木林をぬけて林道を探そうと潅木の密生する斜面を下った。

これが、とんだ難行《なんぎょう》になる。飛行靴が脱げた片方の素足《すあし》を庇《かば》うから妙な歩調になって歩行に困難をきたす。あそこで足をバタつかせた失態が悔《く》やまれる。

素足がすりむけたり、棘《とげ》が刺さったりという悪戦苦闘があって……三〇分も雑木林を徘徊《はいかい》したろうか、やっと荷車の通れるほどに広い山道に出た。

――「兵庫県有馬郡《ありまぐん》山口村」

その道沿いに杉の植林らしき林立があって、そこの標識から藤太は自分の所在地を知ることができた。その道路わきに自転車が置いてあり、藤太は耳を澄ます……、

――気のせいか遠くで物音がしたようだ。

コ～ン・コ～ンという、鉈《ナタ》で木の幹を砕《くだ》くような音が――幻覚ではない確かな音響が藤太の耳に届いた。植林を眼にした直後である、藤太は――空襲下にも山里《やまざと》では樵夫《きこり》（樹木の伐採を職業とする者）が木を切る日常を営んでいるのだと妙に感心した。

それで藤太は腹の底からありったけの声を絞りだして「オーイッ！」と叫んだ。

すると、その声に反応して遠方の音が――ピタッと止む。

藤太はもう一度「オーイッ！」と、声をはりあげる。

前方の杉の林から二人の人影が跳びだして、藤太を見付けると駆け足でやって来た。

〈あぁ、助かった！〉

二人の屈強《くっきょう》そうな男たちに両脇から支えられ、肩を借りて、藤太は気を失った。

――気が付くと、藤太は大八車《だいはちぐるま》（荷物運搬用の大きな荷車）の上に寝かされて小石や窪《くぼ》みの多い山道をガタゴトと下っていた。道路のでこぼこが荷台に横たわる飛行服だけの藤太の全身

に伝わるから、その揺れで藤太の昏睡が醒めたらしい。大八車には一〇人ほどの村人たちが付き添っていた。なかには竹槍《たけやり》や鍬《くわ》を持った者がいて、藤太をB29のパイロットと早合点した慌て者だろうが、彼らなりに、やはり戦時下の意識はあるのだ。この頃には搭乗機のB29が本土に不時着して、捕虜になる米兵も珍しくなかったらしい。

藤太は藁《わら》のムシロを毛布代わりに荷台に敷《し》いて貰い、飛行服姿であることから、丁重な扱いで村長のお屋敷に搬送してる途中だと、付き添いの頭役《かしらやく》が目覚めた藤太に説明する。

「村長の姪御《めいご》が、幸い看護婦の知識があるから――」

――応急手当てぐらいはできる。頭役がそうも言い添えて藤太を安心させる。

藤太自身は応急手当てなど不要と思うが、身なりが酷く疲弊《ひへい》して見えたのだろう。

その日の朝にはじまった迎撃戦では三機ものB29を撃墜・撃破、愛機を犠牲にするが本人も危機一髪の窮地を脱しての生還である。奇蹟のような武運に恵まれてこその壮挙だが二十一歳の若武者とはいえ、すでに心身の酷使は限界を超えていたに違いない。

とある農道の辻で、一行は大八車を待っていたらしい老婆《ろうば》に呼び止められる。

「兵隊さん、ごくろうさんじゃったのう……」

大八車に仰臥《ぎょうが》してる藤太に、彼女は親しげに話しかけてくる。顔なじみの村人なのだろう、老婆の善意を受け容れて――大八車が一時停止する。藤太の顔の、その真上にしわくちゃな老婆の顔が迫ってくる。

〈ごくろうさんじゃったのう〉

――その言葉が、藤太の、多感な若者の涙腺をゆるめた。

終始無言の男衆の気持ちまでもが、老婆の真に迫った一言に込められていた。

「これで元気出しゃ！」

そう言いながら老婆は――懐（ふところ）から大きな卵を二つ取り出すと、手慣れた手つきで半分に割り、藤太の口めがけて中味《なかみ》をストンと……器用に、含ませてくれた。

（――あぁ、うまい！）

あまりの美味で、とっさには、あてはまる言葉が出てこない藤太だった。

なま温かいとろみ、くっきりした歯ごたえの卵黄《きみ》、噛《か》みつぶすと口いっぱいに拡がる濃厚な味と滋養が胃袋を素通りして全身に沁《し》みわたってゆくようだ。だが同時に藤太の過敏な嗅覚が卵の殻からの鶏糞《けいふん》の独特の臭いも嗅《か》ぎとる。その臭気は老婆の手にする鶏卵の新鮮さが生みたてという贅沢《ぜいたく》を知らせる証だった。それから七十年が過ぎた今も、その新鮮な卵のことは懐かしい記憶に留まっていて、少しも色褪《いろあ》せない。

――藤太はその時、老婆の顔の輪郭がぼんやり見えるのは、自分の眼が涙ぐんでいる所為《せい》だと思って気にもしなかった。

＊　　　＊　　　＊

山口村の村長宅は、山あいの景色に馴染《なじ》んだ古式ゆかしい佇まいの屋敷だった。

広い敷地のなかに草葺《くさぶ》き屋根の母屋《おもや》と、別棟になった家屋があり、それらを背丈ほどの土塀が囲んでいた。門柱の表札に「作田」と記されている大きな字が――やっと判読できる筆字だった。

藤太が案内された奥座敷にはすでに床が延《の》べられていて――飛行服だけは自分で脱いでから、村長夫人の親切に身をゆだね顔や手足を濡れ手拭《てぬぐ》いで拭いてもらい床に就《つ》く。

藤太は雑木林に墜落してから、たて続けに見ず知らずの大勢の人々の善意に救われた幸運に胸を熱くした。村長夫人も気さくで――南方戦線に征《い》ってる息子が帰ってきたような気がすると言ってくれ、藤太の気遣いをやわらげる。

おかげで藤太は、兵学校時代の夏季休暇で帰省したときのような寛《くつろ》ぎを感じた。

「村長がね――」

夫人が枕元に身を寄せてきて、顔を覗きこむ間近かから「自転車で村役場に駆けつけ鳴尾基地に電話連絡するいうてますから……」と、藤太に囁《ささや》いてくれる。

しかし眼を閉じた藤太だが、その日の激戦を反芻《はんすう》して気分の昂《たか》まりを抑えきれない。

――鳴尾進出以来、初めての激戦だった。

——二機撃墜、一機撃破だが……雷電一五二号が犠牲になった。

——戦友たちの安否も気になるところだ……同期の仲間は、どうしたろう？

あれこれ思案《しあん》するうち、藤太は深い眠りに落ち三時間ほどの熟睡をする。その間に、如何《いか》なる事態が身に降りかかろうとも、藤太の記憶にないのは当然である。

その熟睡から醒めても藤太の視力は相変わらずだった。何が原因なのかわからない。

藤太が目覚めた気配に、隣の部屋と仕切りの襖《ふすま》が開いて——待ちあぐねていたような女性の声が、やわらかな関西訛《かんさいなま》りでご気分は如何《いかが》ですかと……控えめに問《と》うてくる。

その声は、明らかに村長夫人とは別人で、ずっと若い孫娘のような清《きよ》らかな声音だ。

藤太を思わず緊張させる、そんな華《はな》やいだ声の主が隣室に待機してたらしい。

「どなた……ですか？」

藤太のぼんやりした視界のなかに、紺絣《こんがすり》のモンペ姿ふうの若い女性がスッと立ち上がる。

※紺絣～紺地に白くかすった文様のある布地、モンペとは袴《はかま》の形をして足首のくれている股引《ももひき》に似た衣服で戦時下の女性が穿《は》いた仕事着のようなもの。

髪が長くスラリとした立ち姿が軽やかな足取りで、藤太の枕元へ向かってくる。

手にした小鉢には温水に溶いた硼酸《ほうさん》が入っていて、これで応急の処置として眼球と瞼の周辺を消毒します——と、宣告してくる。声は優しいが看護婦もどきに凛《りん》とした命令口調だ。どうやら村長夫人から話を聞いているらしい。

「自分でやります、病人じゃないんだから……」

藤太は有難うも言わず、仰向けの体勢から半身を起こしかけ、背中から腰への軋《きし》むような激痛を感じ、脳天にまでくるズキンとした頭痛におそわれる。思わず顔をしかめて歯を食いしばり、仰臥《ぎょうが》の姿勢に戻る藤太だった。

「名誉の負傷の兵隊さんやありませんか、気にせんといてください……」

彼女はやさしい手つきで脱脂綿に硼酸の溶解液を沁《し》み込ませると、洗浄や消毒というよりも慈《いつく》しむ愛撫のような感じで、両目の周辺を丹念にさすってくれる。

藤太は村長の親戚筋に、看護婦の知識のある女性がいると聞いたことを思い出した。

それで藤太は、その丁寧《ていねい》なしぐさに感謝をこめて看護婦を志す動機を訊ねると、意外な言葉がかえってきた。尼崎《あまがさき》の実家が運道具店で、戦争が終わったら自分は店を継ぎ将来は運道具の販売だけじゃなく「インストラクター」という、藤太には訳のわからない英語のスポーツ選手を陰で支える仕事もしたいと言ってから、

「わたくし村長の姪《めい》で作田絢子《さくたじゅんこ》・女学生、十七歳……兵隊さんは？」

「はぁ……兵隊さんは海軍の飛行機乗りで、林藤太、二十一」

「もう奥さんいてはるん……？」

「まさか！」

「あぁ良かったぁ！」

彼女は藤太の枕元に正座してその膝頭《ひざがしら》が藤太の頭部に触れんばかりの体勢だ。彼女が藤太の顔を真上から逆向きに見下ろし、互いの吐息が交《ま》ざり合う間近に寄っている……そのきわどい接近から、潔癖《けっぺき》な女学生の罪の意識が消えた安堵かと、そう思った藤太だ。

「おぃおぃ、看護婦サンがヘンに気をまわさないでくれ……」

「そうやないんですぅ……わたしら兵隊さんに失礼なことしてしもた……」

「失礼なこと、わたしら……？」

「はい、堪忍《かんにん》してください。悪戯《いたずら》でしたんと違いますょ……」

「つまりあなたと村長夫人が私が寝てるのを幸いに、ナニかをやらかしたと……？」

「もう気付いてはるでしょ……？」

声をひそめて彼女が問う。

——はは～ん、と、得心がいく藤太だった。

それが妻帯者かと訊ねた理由らしい。十七歳の乙女ごころ——二十一歳の兵隊さんはすがすがしい気分になる。どうも下肢がスカスカと清涼な感じの不思議が納得できた。

五千メートル上空とは違い地上は蒸し暑い梅雨《つゆ》の季節、山野をあちこち彷徨《さまよ》い夏草の生茂《おいしげ》る雑木林で汗にまみれて汚れた肌着の上下から――何と股間の褌（ふんどし・FU）までも身ぐるみはがされている藤太だった。その素肌にあるのは夏用の浴衣一枚だけ、その浴衣も糊《のり》が効いて着心地が良く戦時下では贅沢《ぜいたく》すぎる寝巻だろう。

彼女――絢子と名乗った女学生は――「洗濯ものは……」と前置いて、風通しの良い納屋に干してあると告げて、お迎えの車が来るまでには乾くでしょうと説明してくれた。

藤太はおとなしく瞑目《めいもく》したまま、「済まない――」と応えて、絢子のなすが侭《まま》に身をゆだねていた。顔に触れるやわらかな指先の感触と控えめな会話も心地良い。

「海軍の人ってお洒落なんですねぇ……」

羞《はにか》むような声で絢子が言ってくる。出陣の香水・褌の匂いを嗅ぎ付けたらしい。

「ほぅ……何を理由にそう思うんです？」

藤太も敢《あ》えて問いかける。

「何を理由いうて、こちらに疎開《そかい》してる身やからお手伝いせんならんのです……」

十七歳の女学生が、さわやかにかわす。

「それで、あなたが洗濯をしてくれたというわけなんだ……」

海軍士官もスマートに応える。

「はい。けど、脱がせたんは私と違いますよォ！」

彼女はほがらかに、その主犯格は村長夫人とも言いたげに（男性）は窃視してないことを言外に告げる。藤太はそんな彼女を愛《いと》おしく感じた。

神戸上空で撃墜された藤太――。

三三二空の落日が目前の、天王山《てんのうざん》の戦いが、藤太に数奇な出逢いをもたらすのだ。作田絢子という清らかな乙女の許に、海軍士官という精悍《せいかん》な戦士が天から降ってきて……二つの青春がはかない交錯をする。

――その日、六月五日の午後三時過ぎ、鳴尾基地からの迎えの車が到着する。

車には下士官の運転者の他に、基地の軍医が同乗していた。彼らは藤太の飛行服姿を目撃するや感嘆の声をあげるが――その動作も表情も、藤太の眼には映《うつ》らない。

同様に、藤太は自分のために大勢の村人が集まってくれてる気配を感じ、村長やお世話になった夫人からの励《はげ》ましの言葉を受けながらも、全ては音声だけの現実で……両眼の視力減退はさらに酷《ひど》くなっている。視力を奪われる辛さ、最も見たいものが見えないという無念さをかみしめる藤太だったが――、

「大丈夫です、すぐ良くなるに決まってます！」

自動車に乗り込む藤太は、その背に絢子の声を受ける。きれいな歯切れの好い標準語が藤太を元気づける。まるで眼科の女医が太鼓判を押すように明るい声だった。

《すぐ良くなるにきまってます！》

——その声が、時代が平成になった今でも藤太の記憶にとどまって消えない。自動車は山口村から林道を下り、鳴尾基地を素通りして大阪の海軍病院に向かう。

藤太にとっての長い一日、六月五日がこうして終わる——。

この日の総力戦は三三二空の開隊以来、最悪の戦力喪失となった。

ベテランの大中正行一飛曹が奈良・春日大社の裏に落ち戦死。山崎正一一飛曹も撃墜され戦死。町田次男中尉が愛機の被弾炎上から落下傘降下して重傷——。

藤太と兵学校同期の渡辺清実大尉が伊丹北方の上空で、自爆・戦死。

《今日戦死すりゃあ一躍少佐だぜ》と、四日前に冗談を言った彼だが遺品で戻ったマフラーの記名はまだ渡辺中尉のまま、身代わりのマフラーだけが無言の帰還をする。

米軍側の資料によれば、この日マリアナ基地を発進して神戸空襲に出撃したB29は総数五三〇機で焼夷弾による無差別爆撃、未帰還機が一一機とある。

（5）

大阪の海軍病院の眼科で精密検査を受けた藤太だが、やはり原因は特定できない。

入院わずかに一日、ぐっすり眠った藤太は翌日の朝日を眩しく感じ、眼科医の問診を受けながらその気難《きむずか》しい表情が見えてきて――内心、小躍《こおど》りしてよろこぶ！

部屋にある新聞の見出しが、ちゃんと読めるのだ！

それで藤太は軍医の制止をふりきって、有無を言わせぬ即刻の帰隊を院長に申し出る。

六月六日の早朝である――。

藤太は帰隊するや、早くも飛行服に身をかためて士官室に顔をだす。

《すぐ良くなるにきまってます！》

絢子といった女学生のその言葉が、見事な予言にもなっている。

藤太自身にも一時的な視力喪失の原因はわからない。雑菌の感染による悪性の炎症だろうが――硼酸の洗浄という応急手当てで救われたようだと、海軍病院の軍医が、そう言った。

藤太の奇蹟の戦列復帰は、墜落した山口村の村長宅に身を寄せる女学生、絢子の献身的な介抱のお陰だったともいえる。視力の疾患は傍目《はため》にはわからない。その朝、士官室で顔を合わせた搭乗員の誰一人、藤太を襲った突発性の視力障害など想像もしないだろう。

「林大尉、面会です――」

そのとき従兵《じゅうへい》（士官に専属しその世話をする兵）が来て、藤太に声をかける。

藤太は視力が完全に回復した両眼を瞬《しばた》かせて、訝《いぶか》る。

「おれに面会？　人違いじゃないのか……」

「はァ、親戚筋の女学生が林大尉のお見舞いとか言ってるそうです……」

若い従兵は隊門からの連絡を受け、彼なりに面会者の素性を怪しむ口ぶりだ。

藤太は（親戚筋）と聞いて一瞬《いっしゅん》――祇園の桃春を懐かしく思い浮かべた。だが女学生という言葉でその連想が窄《すぼ》まってしまう。あの艶麗《えんれい》な面立ちでは女学生は名乗れまい。

――桃春じゃなければ、思いあたる親戚筋はあと一人しかいない。

確かに……女学生とお見舞いは気になるが、六甲山地の山口村からこの時刻に鳴尾基地の隊門に現れるなんてことは時間的に可能だろうか？　それが可能としても、海軍病院にまで問い合わせて駆けつけてくるとは、どういうつもりだろう……？

「人違いだろうね、第一おれはこの通りピンピンしてるもんなぁ……」

藤太はとぼけて、従兵にそう応える。

「でも隊門までは行ってくださいよ、私が連絡を怠《おこた》ったと門衛に叱られますから――」

「あぁ、もちろん顔は出すよ、ご指名なら仕方がないだろう――」

そう言って腰を浮かす藤太だが、そのとき不思議な胸騒ぎを覚えるのだ。ひょっとしたらという思いの至福《しふく》の予感が、藤太の胸をサァーとかすめるのであった。

――その予感は藤太の期待を裏切らなかった。まるで梅雨空の曇天《どんてん》から陽が差してきたような、そんな爽快感に藤太の足が棒立ちになる。隊門の傍らで藤太を待ちあぐねていた女性は、白い半袖の制服・セーラー服にモンペ姿という紛《まぎ》れもない女学生スタイルで、おさげの髪も初々しく、野で摘《つ》んできたと思われる色とりどりの手づくりの花束を胸に抱いていた。

——あァ、なんという瑞々《みずみず》しい健康美と愛くるしい笑顔なんだ！

何の変哲もない隊門の辺りが花園になったようだ。

それは幻影なんかではなく——まばゆい若さの溢《あふ》れる女学生、汗ばんで艶やかな黒髪の匂いも芳《かぐわ》しい命の恩人……作田絢子の実像だった。裸眼の視精度が戦闘機パイロットの命だとすれば、彼女が藤太の命の恩人といっても間違いではないだろう。

その女学生の脇には、かなり乗り古した自転車がとめられていた。彼女はこの自転車を駆って山道をひた走り、途中で道端の花を摘み、身一つで見舞いにやって来た……。

藤太はその直向《ひたむ》きさに胸をうたれ彼女を抱きすくめようと思ったが、絢子の涙ぐんだ声の思いの丈《たけ》がそれよりも素早く、藤太の衝動を封じこめてしまう。

「こんなに早う良くならはって……」

そう言ってから、彼女は手にした花束を満面の笑顔を添えて藤太に差しだす。鮮やかな色彩がプ〜ンと匂って、藤太の嗅覚を蕩《とろ》めかす。

「このいい匂いがあなたの笑顔そのものだ……ありがとう！」

海軍大尉は、周囲に誰もいないのを幸いに文学的な表現をする。

文学的となれば、女学生のほうが藤太よりも上手《うわて》である。

絢子が――この出逢いは、男女と結末をさかさまにすると『竹取物語』みたいと言い、藤太が「かぐや姫」の童話ですねと応じる。これは良く知られた昔話、平安時代初期の作者不詳の物語だ。竹の中から生まれ育った美少女が成長して「かぐや姫」となり、その美しさゆえに貴公子の求愛や帝《みかど》の目にもとまるのだが、彼女は頑《かたく》なに応じない。そしてついには八月の十五夜に、天空高く星空の彼方の満月に向かって去って行くという……もの哀しい結末である。

――さらに絢子は、乙女心の告白を、飛行服姿の藤太を相手に続ける。

戦争は恐《こわ》いけれども、戦争があったから憧れの海軍士官が空からわたしの前に現れてくれたのです。だから今のわたしはとても幸せですと、素直な気持ちを打ち明ける。

藤太は、花束を抱くような姿勢で制服の乙女の独白《モノローグ》に聞き入っているから、すぐ近くに居るはずの勤番の門衛には――その光景が実に奇妙に見えたことだろう。

――こんなところでの立ち話も能がない。

そうは思う藤太だが、基地のなかにはこれといった場所がない。

藤太は窮余《きゅうよ》の策と、絢子を食堂に案内することにした。コーヒーは品薄になったが缶詰のみつ豆でもご馳走しようと思った。

絢子は花束を渡してとんぼ返りのつもりが意外な展開になり――胸をときめかせ鳴尾基地という男所帯《おとこしょたい》に足を踏み入れるのである。

有難いことに朝食の後始末が済んだ食堂は、ガランとして人気《ひとけ》がない。

藤太は従兵を呼んでみつ豆をだしてもらう。贅沢品《ぜいたくひん》でもないみつ豆も今や滅多に食べられないのだろう……絢子のスプーンを使う仕種《しぐさ》に藤太の胸が悼《いた》む。仕種が粗暴というのではなく、むしろその逆で――丁寧な行儀作法のなかにも一般の食生活の不自由さがひそむような、そういう哀れみを藤太に感じさせた。

絢子は、そんな藤太の観察など知る由もなくみつ豆という甘味に舌鼓《したつづみ》――女子挺身隊として週に三日軍需工場で働き始めた身辺の出来事や家族のことを藤太に打ち明ける。

彼女は三つ年上の姉と二人姉妹で、姉の婚約者に召集令状（赤紙）が来て今は戦地に行っているとか……そういう説明が簡潔で爽やかで、藤太は彼女の聡明さがすっかり気に入ってしまう。それは端的にいえば一目惚《ひとめぼ》れという心情と似ている。その凛《りん》とした可憐さとか目鼻立ちの整った感じに、桃春のような雰囲気があるのも魅力だった。

――無情にも、そこへみつ豆を用意してくれた従兵が戻ってくる。

ほんの数分だったが、藤太には絢子と話せたひとときに満足感があった。

「もうしわけありません、林大尉――」

「わかってる……」

その返事を得て従兵がサッと姿を消す。従兵が告げようとしたのは即時待機別法の発令である。それが無言で藤太に伝わる。分隊士はすぐさま戦闘指揮所に待機だ。絢子にもその緊迫感が伝わる。挺身隊の女学生には飛行服が戦闘服だという理解がある。

彼女は「また来てもいいですね！」と、悲壮な表情をする。

「もちろん――」

藤太は笑顔を見せて言った。

「あなたが介抱してくれたお礼をまだ済ましてない……」

絢子が言葉につまって、泣き笑いの顔になった。

その日の藤太は阪神地区の上空哨戒に就くが、敵機との遭遇はなかった。

日暮れて士官舎の自室に戻る。部屋の闇に馨《かぐわ》しい花蜜の匂いが溶け込んでいて、その匂いのなかに絢子の笑顔が浮かんだ。殺風景だったところが別天地になったようだ。

その翌々日、再び絢子が――一時間半の道のりをペダルを踏んで来てくれた。

だがそのときは、朝から空襲警報が出て基地全体が臨戦態勢である。藤太とて民間人を基地に招き入れたりはできない。二人の面会は隊門の前で見つめ合って終わり。

絢子にも、むろん覚悟はできていたろう。

絢子が御守りにと、手のなかに入ってしまうような可愛い人形を藤太に手渡す。それだけが目的で来たとばかりに絢子は殊勝だった。藤太にくるりと背を向けると……とぼとぼと歩み、自転車を押して隊門から離れてゆく。その後ろ姿があまりにも不憫《ふびん》だった。

藤太が初めて絢子の名を、声にだして呼ぶ。

「絢子さん……」

藤太は海軍大尉であることを忘れた二十一歳の若者の素顔を、絢子に見せる。

「この償《つぐな》いは――するからね」

「ほんまですかッ！」

くるりと振り向いた十七歳のお下げ髪の乙女が……案の定、涙ぐんでいる。

その涙が、藤太に軍紀違反を決意させる。

「二〜三日のうちには大雨が降る、そうなるとパイロットは臨時休暇をもらえるんだ」

この当時の天気予報は軍事機密だ。航空隊には最新の気象情報が届くから藤太たちは停滞中の梅雨前線が近く北上し近畿地方にまとまった雨が降る予報を知らされていた。

搭乗員として知り得た機密を外部に口外《こうがい》すれば、それだけで軍紀違反になる。

「それは、ほんまのことですねッ！」

「ああ、ほんまやでぇ……」

藤太がそう応える。

すると絢子は藤太に背を向けヒラリと自転車に跨《また》り、元気溌剌《はつらつ》となる。

――なるほどォ、モンペというヤツは便利だなぁ制服じゃこうはいくまい。藤太は妙な感心をしながらも、淑やかな絢子の全身にみなぎる健康美に見惚れた。

両肩から背中にかけての華奢《きゃしゃ》な肢体も嫋《たお》やかに熟《う》れはじめ、清らかな恋愛に思い焦《こ》がれる年頃なのだと藤太の想像がふくらむ。

自転車は、乙女の黒髪が風に舞う優雅な疾走でたちまち藤太の視界から消える。

六月六日――のことだ。この日が、藤太が絢子を見る最期になった。

――六月七日。大阪市街地。

――六月九日。鳴尾市街。川西航空機・鳴尾本工場。

この両日、延べ五〇〇機というB29が、それぞれの標的と周辺を空爆、京阪神の都市機能や川西航空機の生産工程にも多大な被害がでる。

――そして六月十五日。

前夜から降りだした雨が、朝になると土砂降りの大雨になった。

天気予報が見事にあたった。

宿舎は平屋だからトタン板を叩く雨足が夜通し耳について安眠を妨げたほどだ。朝になってさらに雨足が激しくなると、藤太は安心感から三時間ほどの熟睡ができた。

小学校の遠足当日の空模様とは真逆《まぎゃく》の期待感で、藤太は天候の行く末を案じていたのだ。

午前八時、雨足は依然として衰《おとろ》えず、誰の目にも悪天候による停戦が見て取れた。

今日こそは約束をはたせる。ゆっくり話もできる。朝食も早々に藤太は山口村ゆきを司令に願い出て先日のお礼を名目に車の利用を申請、案外ちゃっかりしてる藤太だ。パイロットとして特配された煙草と缶詰のみつ豆、新鮮な果物をリュックサックに——気も漫《そぞ》ろに隊門を出る。

遠い昔の……遠足の朝どころではない期待感に藤太の胸が高鳴る。

従兵の運転する車、一時間ほどの道中がやたら長く感じられる。藤太は車に揺られ、絢子が残していった置き手紙の端整な楷書体の字句をおもい浮かべた。

六月の七日と八日にも絢子は面会に来ているが、この両日とも藤太は伊丹基地への要務飛行と上空哨戒に上がっていて——絢子とは会えない。

——お元気ですか。御国の為のお勤め毎日御苦労さまです（七日）。

——♪雨々降れふれ……あゝ雨の日が待ち遠しい（八日）。

それだけの文面の手紙を、逢えぬときのメッセージと携《たずさ》えて、絢子は往復に三時間もかかる道程《みちのり》を二日続けてやって来ている。九日以降は……流石に乙女の健脚ではこの山坂がきつくてへ、たばっ、たのだろうと、藤太は勝手な想像をしている。

藤太は、そんな絢子を思い遣《や》り、わくわくして村長宅の門前に立った――。

（――絢子、とうとうやってきたぞ！）

ほんの数日前には村人に支えられてくぐった玄関の戸を開ける。それだけで藤太の高揚感は最高潮に達した。絢子の弾《はじ》けるような笑顔が、眼に浮かぶ！

薄暗くひっそりした玄関の土間に立って――藤太は奥に声をかける。

村長夫人が奥からでてきた。「林です、先日はお世話になりました」その声が弾む。

飛行服ではなく短剣を吊った白の制服・二種軍装夏服の海軍士官を――夫人はすぐには藤太と気付かず「あぁ　林さん！」と笑顔になるが、その場にへなへなと頽《くずお》れてしまう。

あっ気にとられる藤太のまえに村長の作田が顔をみせ、夫人を気づかいながら藤太を座敷に招き入れるがその表情が硬《かた》い。真っ先に姿を見せるはずの絢子は――？　玄関に立ったときの至福の気分が一転して、藤太のなかに嫌な予感がこみあげてくる。

「絢子が……九日の日に死にましたんや！」

不吉《ふきつ》な予感が、これ以上はない残酷な宣告となって藤太を打ちのめす。

（そんなバカな……）藤太の中のもう一人の別人がその現実を受け容れようとしない。

どう考えたって酷《むご》すぎる話だ。茶の間で、夫人がお茶を淹《い》れるその手許がかすかに震えている。雨は降り続き庭先の地面を叩く単調な雨音が、その場の沈黙を和《やわ》らげてくれた。

藤太は、辛《かろ》うじて冷静さをとり戻し……これが悪夢ではないという覚悟をした。

「一体何があったんです……」

藤太が虚《うつ》ろな声で問う。こんな突然の死は戦禍《せんか》以外には有り得ない。山郷《やまさと》に疎開してる絢子の身が戦渦に遭《あ》うことなど――あり得ないではないか！

「今思えば、わしが力づくでもあの娘《こ》を止めなあかんかった……」

白髪の村長ががっくりと項垂《うなだ》れる。

村長の次に洩《も》らした言葉が藤太の胸にぐさりと突き刺さった。

「林大尉にあげる慰問《いもん》の品を取りに行く言うて、尼崎の実家に戻って――」

村長が、そこまで言って言葉を詰まらせるのだ。

すると村長夫人が「それを言うたらアカンやないのッ！」と、よくよく見れば泣きはらしたような腫《は》れぼったい眼で、村長を睨《にら》むような表情をする。

「村長さんのせいじゃありません。絢子を死なせたのはこの私です――」

藤太がきっぱりと言いきった。それが事実だと認めない訳にはいかない。藤太は自分がこの村に来なければ彼女が九日の空襲の日に尼崎に戻る理由はなかった――そう言ってから、あなた方の大事な姪御《めいご》さんを死なせてしまったのは私の所為《せい》ですと繰り返す。

それがこの善人夫婦の心の痛みを少しは和らげるかと……そういう思いもある。藤太の倍も歳を積み重ねた村長夫人だ、藤太のそんな心根《こころね》が読めぬはずはない。

「そんなふうに言わんといてください、それもこれも運命いうもんです。貴方《あなた》は絢子に女と生まれた幸せいう夢をみせてくれはって、林大尉こそ絢子の短い人生の恩人や思うてます。基地で御馳走になったみつ豆が……みつ豆が、とても美味しかった言うて……」

村長夫人が言葉をつまらせ、肩をふるわせて嗚咽《おえつ》をこらえる。

——藤太も胸をつまらせる。

絢子の爽やかな笑顔が浮かんだ、ヒラリと自転車に跨った動作を想い描いた。そのとたんに涙があふれてきた。絢子を死なせた責任があらためて胸を締めつけてくる。

村長の説明では、実家に戻った彼女は空襲警報で両親や姉と一緒に防空壕に退避したが、そこを焼夷弾ではなく大型の爆弾が直撃して十数人の命が一瞬で潰《つい》えたという。遺体の識別もできぬほどのすさまじい爆発で、絢子の一家四人が全滅という悲惨な最期だと聞かされた。

——藤太の記憶は、そこでプッツリ途切れている。

どのように暇乞《いとまご》いをして、帰隊したのかも思い出せない。

多くの同期生の散華と向きあっても悲嘆《ひたん》に暮れるというダメージは受けなかった。明日は我が身という同期の結束が、慄《おのの》きや女々しさを排除してくれるからだ。すでに国に捧げた命、まして戦時だから死と隣り合わせの日常である。

――ところが戦闘員でもない、非力で清純な乙女の命が突如として奪われる。藤太は我が身にふりかかった悲運から、初めて戦争の悲惨さと敵愾心《てきがいしん》という米軍機への憎悪を肌身に感じた。だが藤太の逸《はや》る思いとは裏腹に、迎撃戦の回数は減少する。

それからの迎撃戦には、絢子の御守りがいつも一緒だった。基地の自室には絢子が持参した花束を……枯れた後も捨てぬようにと、従兵に告げている藤太だった。

「――――あれから三十七年、齢《よわい》六十近くになっても、梅雨の季節がくると、あの激戦を思い起して、心から初恋の人の冥福を祈らずにはいられない」

「わが青春回想記・飛行雲」連載・第十五回　取締役社長　林　藤太

（6）

七月に入ると、三三二空に「制号作戦」なる軍令が発動される。

作戦とは名ばかりで、

「今後航空燃料の逼迫《ひっぱく》にともない、各隊は極力燃料節減に努め、備蓄三〇万立方《メートル》を確保して来るべき決号作戦に備うべし――」との通達で、本土決戦体制への檄《げき》である。

なけなしの燃料を節約しながらも、効率の良い訓練で搭乗員の実戦的な技量の向上を図れという通達だ。一朝一夕《いっちょういっせき》に搭乗員の技量向上など望めるものではないが……。

ここで七月に入ってからの主だった戦史を挙げてみる。

七月十七日　終戦工作の為近衛元首相の派遣をソ連政府に申し入れ。
七月十八日　ソ連政府、近衛特使の受け入れを拒否。
七月二十六日　米国・英国・中国によるポツダム宣言発表。
七月二十八日　日本政府これを黙殺。
七月三十日　ソ連に条件付き和平の斡旋を依頼。

Ｂ29爆撃機の都市無差別空襲により、首都圏から、名古屋、大阪、神戸、福岡などの大都市は軒並み焦土と化している。大都市を壊滅させた米軍は――さらに地方の小都市も標的に全土を焼き尽くす作戦を展開する。この絨毯《じゅうたん》爆撃は工業生産力の破壊よりも日本国民に精神的なショックを与えることが目的になっている。

米軍がマリアナ基地から発進させたＢ29による日本の都市無差別空爆は、終戦までの九ヵ月間に及び、人的被害だけでも死傷者が約八〇万六千人（死者約三三万人）にのぼる。この作戦――日本空襲の指揮官がタフガイこと、ルメイ（LeMay）少将だ。この人物については「あとがき」でふれたいので、この名のご記憶をお願いしたい。

終戦一ヵ月前の七月——、

日本政府は国家存亡の危機という土壇場に追い込まれていて、本土決戦を準備する一方でソ連を仲介役とした終戦工作にも着手している。日本にとっては米英から日本に有利な講和条件を引き出すにはソ連を頼るしかなかった。

そのソ連はのらりくらりとした態度で、薄氷を履《ふ》む思いの日本外交を翻弄《ほんろう》している。老獪《ろうかい》なソ連は二月の米英ソの首脳によるヤルタ会談で対日参戦の密約を交わしていて姑息《こそく》な時間かせぎをしているだけだった。この国にとっては、日本侵略の野心があるから、皇国日本の落日は思う壺《つぼ》である——。

ポツダム宣言にしても、黙殺すると発言したのは時の首相・鈴木貫太郎の「言質《げんち》」とされ、当人が「静観」のつもりでも、黙殺＝Reject＝拒絶、と英語圏で解釈されては不運な舌禍《ぜっか》としか言いようがない。ポツダム宣言を日本が拒絶すれば「迅速かつ完全な破壊あるのみ」という恫喝《どうかつ》が呈示されていて、まさに日本の運命は——風前《ふうぜん》の灯《ともしび》と言えた。

八月五日の深夜である——、

鳴尾基地の士官宿舎で深い眠りに就いていた藤太は、緊急電話で叩き起こされる。

相次ぐ空襲で基地近くの「朝日寮」はすでに廃屋となり、藤太らは大手の保険会社の社員寮「一楽荘《いちらくそう》」を間借りして、ここを住処《すみか》としていた。全国中等学校（今の高校）野球大会の聖地、甲子園球場が大通りを隔てた向かい側にある。

藤太を起こした緊急電話は、基地が空襲を受けているという非常事態の報告だった。

飛び起きてみると、窓の外が昼間のように明るい！

基地からの電話は当直の下士官からで、その切迫した声が――分隊士、すぐに来てくださいと悲鳴のような絶叫である。

その深夜から明方近くまで西宮と鳴尾の市街地に焼夷弾の雨が降り、その劫火《ごうか》が街並みを火の海にして多くの犠牲者を生み、鳴尾基地にも甚大な被害をもたらしている。

藤太が電話を切るのと同時である。

まるで夕立がきたようなザァーという音が大気を震わせ、凄まじい地響きが木造二階建ての宿舎を揺さぶった。

長さ五〇チセンほどの茶筒型で、油脂ガソリン・ナパームの詰まったM69焼夷弾だ。

着弾するとTNT爆薬が炸裂し、火のついたナパームが三〇メートル四方に飛び散って建物や人を高熱の火焔《かえん》に包みこむという――大量殺戮《さつりく》と都市を焼き払うのが目的の爆弾だ。

この爆弾を三八個束ねた塊《かたまり》を、B29は一機で八トンも搭載、これを上空から落下させると――

地上約六〇〇メートルで束ねたベルトが弾《はじ》け焼夷弾がばら撒《ま》かれる仕掛けだ。

「建物の中にいては危険だ、外へ出ろ！」

藤太は電話のある応接間を飛び出すと、そう言い置いて二階へ駆け上がり部屋に保管してる重要書類をいれたトランクを持ち出す。これが命がけ、間一髪だった！　一楽荘の建物に数発の焼夷弾が唸《うな》りをこめ直撃、屋根を突き破る。ガシャーン、と耳を聾《ろう》する凄《すさ》まじい音とともに窓のガラスというガラスが一瞬で砕け散り、天井と壁に火炎がへばり付き砕けたガラスがナパームの高熱で水飴《みずあめ》のように溶けはじめる。広い庭を横切って走り全員が裏門から大通りに出て基地に向かった。振り向けば一楽荘がメラメラと炎上している。危ないところだった！　その道すがら藤太たちが眼にした光景はまさに生き地獄――。

大通りが逃げまどう人であふれ、行き場のない群衆の悲鳴と怒号が渦巻き、道路端には黒焦げの遺体……それも、原形を留めない骸《むくろ》となって、あちこちに散乱してる。

街は火の海であたり一面が真昼の明るさ――甲子園野球場のスタンドが崩壊し、藤太はその隙間から異様な光景を目にする。内外野の一帯に何百という焼夷弾が弾頭をめりこませ林立しているのだ。まるで（雨後の筍《たけのこ》）の言葉そのものに、不揃いの高さの焼夷弾が地面から生えてきたように刺さっている。容赦ない焼夷弾の雨はまだ降ってくる。

そのうち真っ暗な空から――ホンモノの雨粒が落ちてきた。

その雨粒はまるで墨汁のようにどす黒く、集中豪雨のような降りかたになった。誰の顔も人相がわからなくなるほどに真っ黒で全身黒ずくめのずぶ濡れになる。

——夜が明けた、八月六日の朝がくる。

天気晴朗《せいろう》——快晴の兆《きざ》しである。

きらめく陽光を浴びて、藤太らの眼が鳴尾基地の壊滅的な惨状を目撃する。

雷電一二機・零戦七機が完全に焼失、その他にも機体の損傷を受けた戦闘機は基地の残存機の半数以上で絶望的な戦力喪失となった。特に三〇ミリ機銃を搭載した新型雷電の数機が修理不能の損傷で、これは本土決戦に備えて大きな痛手となった。

だが藤太らは、悪夢の一夜が明けて東の空にきらめく曙光《しょこう》を遥拝《ようはい》したとき、地上で頓死《とんし》という無念が避けられたことを、ひとまず歓びあった。

だが問題は飛行機だ——。

雷電はすでに製造中止、零戦にしても補充など望めないだろう。それどころか軍需工場も空襲にさらされて部品の調達さえも難しい。藤太は地元の中島飛行機が空襲を受けて生産工程に重大な支障がでたことを聞いていた。

——そんな八方塞《はっぽうふさ》がりのなか、鳴尾基地の迎撃態勢は見事な復活を遂《と》げる。

これも奇蹟のような知られざる戦史だ。整備員たちは軍歌「月月火水木金金」のペースで昼夜二交代制という苛酷な勤務を続け、搭乗員の期待に応えた。老練の整備兵と技術の習得に貪欲な若者との見事な連携が絶望的な窮状を乗り越えた。こういう労働力の資質こそが、戦後の工業立国という復興を成し遂げた日本人の底力といえよう。

――この朝の午前八時過ぎに広島上空で、三日後の八月九日には長崎で原子爆弾（げんばく）という忌《いま》わしい核兵器が炸裂――言語に絶する惨状をもたらす。

八月九日のこの日ソ連が日本に宣戦布告、まさに「踏んだり蹴ったり！」だ。翌十日午前二時三十分、前夜の十一時三十分から始められた宮中の地下防空壕での御前会議《ごぜんかいぎ》で国体護持のみを条件にポツダム宣言を受託するという聖断《せいだん》（天皇の裁断）が下される。

八月十四日の夜半、鳴尾基地は異様な緊迫に包まれていた。

通信室の無線機に、次々と、重大な暗号電報が入ってくる。その電文が解読されて通信士が駆け足で司令に届けにゆく。

司令の部屋はピタリとドアが閉ざされ、飛行長ら数人の幹部が詰めている。

――決号作戦か、それとも特攻か！

この期に及んで、藤太らの胸のうちには何の恐れも迷いもなかった。

――明けて十五日、カラリと晴れた夏空に朝から太陽がギラつき、むし暑い。

飛行服に身をかため、いつもとおなじに指揮所に待機する。昨夜の異常な雰囲気があるから、誰もが無言でY司令の登場を待っている。

蒸し暑くて息苦しいような沈黙、飛行場の砂地が直射日光で焼け、滑走路の照り返しもあるから飛行服を着こんだ全身は、はやくも汗でぐっしょりだ。

やがて現れたY司令は、相変わらずの髭面と黒メガネでむっつりしてる——、

「本日正午に重大な放送がある。全員、戦闘指揮所前の広場に集合。解散！」

Y司令はそれだけ言うと再び司令室に閉じこもる。

その様子から、誰もが容易ならざる事態の到来を予感した。昨夜来の訳のわからぬ不安の正体が目の前に迫ってきたという、そんな切迫感を——Y司令は残して去った。

（——重大放送とは陛下御自ら一億玉砕の勅語《ちょくご》を下されるのか……）

藤太ら士官はそんな想像をしながらも、あらためて基地司令としてのY中佐の特異さを想う。

Y司令の人物評には士官の間でとかくの悪評があるのは事実だった。だがそういう評価を顕《あらわ》にすることがご法度《はっと》だし、軍人の資質を貶《おとし》める欠点ともいえないから——Y中佐の威厳は揺るぎないものとして存続してきた。前任の柴田武雄司令が操縦士としての技量だけでなく人格者でもあったから、後釜《あとがま》のY司令の言動が何かと比較されて目立つという損な役回りであったことは否めないだろう——。

——正午一〇分前。

鳴尾基地の搭乗員の全員が、指揮所前の炎天下に整列、威儀《いぎ》を正して時を待つ。

――正午、すでに基地の全員が整列。

ラジオの音声が拡声器で増幅され、まず厳《おごそ》かに国家「君が代」が流れる。

続いて、基地の誰もが、初めて耳に拝する天子《てんし》（天皇）の玉音……。

「雑音多き放送なれど、我ら、ここに日本敗戦の事実を知るなり。

常に死を覚悟し、青春のすべてを捧げてきた我々の心中、到底筆舌《ひつぜつ》の能《よ》くするところにあらず。

（――終戦の日の林大尉の日記より）」

玉音放送が終わっても、鳴尾基地の総員は茫然自失……誰もが、その場に立ち尽くす。

その炎天下、戦闘指揮所の号令台にＹ司令が仁王立ちになって蛮声をはりあげる！。

「神国日本は遂に兜《かぶと》を脱いだ。ただいま畏《おそ》れ多くも玉音を拝し唯々恐懼《きょうく》（恐れかしこまる）意外の感あるのみだ。これは決して大御心《おおみこころ》にあらず君《くん》側の奸の然らしむるところだ！」

そして、我々は刀折れ矢尽きても命ある限り戦う――と、檄をとばす。

陛下の玉音放送はその側近たちの奸計なのだと断じて、一同に徹底抗戦を呼びかける。

――動揺を戒《いまし》め、落ち着いて別命を待て！

Ｙ司令は「現職務に全力を尽くせ！」と言ってから、号令台を降りた。

藤太のなかで不可解な疑念がむくむくと湧いてくる。

Y司令の言葉は明らかに玉音放送に異を唱えるものだ。（君側の奸）とは何をさすのかはっきりしない。我々は――刀折れ矢尽きたと言ったが、そうだろうか？

――違う。我が三三二空は断じて違うぞ。司令にはこの復活を見よ！　と言いたい。

我々は伝家の宝刀を大上段に振りかぶったところで待ったをかけられたのだ。このまま武装解除では神州不滅《しんしゅうふめつ》を信じて笑って散華した彼らに合わせる顔がないではないか。まだ敵に一太刀あびせる余力はある。それが蜂の一刺しであれ、靖国神社で会おうと誓った亡き戦友たちとの約束だった。司令はあのように言ったが、この機会を逃して我々の死に場所があるというのか……。だがこれで、郷里の先輩・直さん――岩佐直治大尉が戦死した真珠湾攻撃ではじまった太平洋戦争の三年八カ月、日中戦争から数えれば八年を超える長い戦争が終わるというなら仕方がない。

焼夷弾による火炎地獄を見ている藤太は、一般の市民を巻き添えにするあの恐怖から解放されることを思えば終戦は心から願うところだ。負《ま》け戦《いくさ》とは何と惨《むご》く――戦の場にあった戦士に屈辱と悔恨《かいこん》の痛みをもたらすものだろう。炎天下のもと藤太ら搭乗員はその場に立ち尽くし、言いようのない無力感から誰はばからず、すすり泣きをもらす。

そんななかで暑い十五日が過ぎ、翌、十六日が暮れた。

――十六日の夜八時。搭乗員に総員集合がかかる。講堂（待機所）に駆けつけた搭乗員たちのどの顔も放心したように見え、みな無言だ。中央のテーブルにはチャートや航法計算盤などが並んでいて、明らかに出撃を目途《もくと》とする気配が察せられる。

前線への進出か、あるいはこの鳴尾からの特攻出撃か――？

ややあって、のっそりと現れたY司令が野太《のぶと》い声で藤太に下命する。

「分隊士、可動全機をもって編制を作れ。雷電六ケ小隊、零戦八ケ小隊、これの搭乗割である。大至急かかれ――」

整備員たちは昨夜から徹夜して整備にかかっていると、藤太も聞いていた。

藤太は手許の搭乗員名簿を見ながら、白墨《はくぼく》（チョーク）を握って黒板に向かう。

この当時の一ケ小隊は四機編成だから、合計一四ケ小隊、五六機の攻撃隊である。

これぞ三三二空が総力を賭ける玉砕戦――斃《たお》れて果てる男児の花道だろう。

第一小隊長に、一期先輩の中島大尉、第二小隊長には自分の名、第三と第四小隊長には同期の生き残り、相澤大尉・渡辺（光）大尉を書き連ねる。

何事も率先垂範《そっせんすいはん》は兵学校以来のモットーである。死地に赴く任務なら尚更《なおさら》、先陣を切るのが当たり前だ。藤太はしかし――指先の動き一つに部下の生死を分ける重大事に胸の痛みが起こり作業がしばしば中断する。途端に、まだ名の挙《あ》がらぬ者が大声をだす。

「分隊士、お願いしますッ！」

「私を、＊＊を、一緒に連れてってください！」

「分隊士、私をやってください、お願いですッ！」

――やかましいッ！　静かにせいッ！

藤太は振り向きもせず怒鳴りつけるが、背中に数十人の熱い視線を感じながら――黙々と非情さに徹した仕事を遂行する。編制の目的も知らされず任務もわからぬ出撃だが命を捨てる決死隊だと誰もが承知しながら、志願の雄叫《おたけ》びを競う熱気が――藤太には救いだった。

そんな喧騒《けんそう》のなか、藤太は隊員の気持ちを痛いほど感じ搭乗割を書き終える。

腕組みをしてジッと黒板を見つめたY司令が、搭乗員たちに視線を向け、語気荒く、

「敵情を伝える――」

と言ってひと息つくと、部屋のざわめきが水を打ったように静まりかえる。

「敵機動部隊及び大上陸船団が四国に向けて接近しつつある……わが隊は明十七日の早朝に可動全機をもってこの敵艦船に対し特攻をかける。雷電の全機と零戦の半数を爆装の特攻とし、零戦の残り四ケ小隊が特攻機の直掩《ちょくえん》にあたる。これが海軍航空隊最期の殴り込みである！　出撃時刻は追って指示する。搭乗員は宿舎にて待機せよ。解散！」

Y司令は一気にまくしたてた。

第一小隊～第六小隊までは全員が雷電に搭乗、藤太らは必然的に特攻隊員となる。

自室に戻った藤太は、何だか胸の痞《つか》えがおりたようなスッキリした気分になる。どういうわけだか目前に迫った死というものに実感がない。死の実感がないのに、明日こそが我がパイロット人生の最期になるという認識だけは胸にしっかりと刻《きざ》まれている。

就寝を前に、両親宛てに簡単な手紙を書き始めると、

「分隊士――！」

ドアがノックされ来栖《くるす》上飛曹が跳びこんでくると入口で土下座《どげざ》する。右手首の損傷で巻いていたはずの包帯と副木《ふくぼく》を取り払っている。この春先から藤太が編隊の四番機として目をかけてきた有望な若手搭乗員だ。藤太は即座に、彼の要求を察知する。

――今さら搭乗割の変更は不可能だし前途有為な若者の命を粗末にはできない。

「分隊士、なぜ私を外したのですかッ！」

――案《あん》の定《じょう》だ。

「来栖上飛曹、見せたいものがある……ついて来い！」

宿舎を出た北側の濃い闇の彼方で懐中電灯の弱い光が、蛍の群れが舞うようにせわしなく動いている。整備員たちが明朝の出撃に向けて機体の最終整備にとりかかっている。劣悪な状況下で、おそらく徹夜になる苛酷な作業だ。闇の静寂《せいじゃく》のなかでの張りつめた緊張が伝わってくる。

「彼らとて命がけだ。あの精魂こめた成果に応えるには体調万全でありたい。わかってくれ。

ここで貴様にムリをさせたくない、道連れにはできんのだ。わかってくれ……」

「…………」

来栖上飛曹は納得せず、嗚咽をもらして抗《あらが》う。

「散る桜、残る桜も散る桜――後のことはよろしく頼むぞ！」

藤太は、まだ少年の面影をのこす来栖上飛曹の坊主頭を少し乱暴に撫《な》でつけてやる。

――遺書に替え、両親に宛てた藤太の最後の書簡である。


この世に生を享《う》けて二十一年、何等お心を按《あん》ずる遑《いとま》なかりしを悔《く》ゆ。

日本に生まれ、醜《しこ》の御楯《みたて》と国に奉げしこの一身、故国の急に際し些《いささ》かなりともご奉公の機を得たるを欣《よろこ》ぶ。国敗れたりとも帝国海軍は健在なり。〝空征かば雲に散りなん若桜九段の花と咲くぞ嬉しき〟

年老える父上母上に先立つ不孝を許し給え。ご長寿を祈らん。


藤太の寝入りばな、またしても状況が変化する。

宿舎の廊下を、従兵が大声をあげる伝令となって走る。

――〝出撃見合わせ、出撃見合わせ……総員起こしは定時！〟

「おいッ、従兵！」

藤太は飛び起きるとドアを開けて従兵を呼び止める。

「それは誰から言われたんだ！」

「ハッ、指揮所からの伝達であります！」

——一体どういうことだ。出撃見合わせとは何だ、敵の機動部隊はどうなったのだ？

ほんの今しがた、国敗れたとはいえ最期の出撃の機会を得て勇み立った高揚感がみるみる萎《しぼ》んでゆく。こんなバカな話があるかッ！　藤太は無性にハラがたってきた。

ベッドに仰向けにひっくり返る。眠気などふっとんでしまう。

それから間もなくだ、従兵が今度は藤太の部屋に入って来て直《じか》に口頭で伝える。

「林大尉と越智上飛曹は〇四三〇（午前四時半）発進、策敵《さくてき》を実施せよ——であります！」

藤太はガバッと跳ね起きて飛行服に着替える。

敵機動部隊の所在不明から——まずは出撃見合わせ、そして策敵機を出して居場所を突き止めてからの総攻撃だろうと、藤太はそういう推測をした。

——もう三時に近い。

外にでると夏空に星が瞬《またた》いて月も出ている。

オリオンの星座が輝いている。

藤太は清々しい気分で……基地の近隣の人達のことを想った。仲良しになった小学校の子供たちの笑顔が目に浮かぶ。できることならサヨナラを言って往《ゆ》きたいところだ。

月も上弦《じょうげん》が少し欠け美しい……竹取物語と絢子が言ったが、絢子が月のかぐや姫ならおれに早く来いと言うだろうか――。めずらしくも藤太はロマンチックな気分に浸る。

夏の夜が次第に明け星が消えてゆく。地上にミスト（霧）がかかる。

――四時半を過ぎた。

越智上飛曹が、颯爽と大股で現れる。藤太と無言で笑みを交わす。

鳴尾で出会い、その最期にまでこうしてペアを組むのも浅からぬ因縁だろう。すでに幾度も迎撃戦を共にしてる戦友どうし、事前の打ち合わせも簡単に済む。

列線にある二機の雷電がエンジンの暖機運転《アイドリング》を始める。朝靄《あさもや》の静けさをついて、その勇壮な爆音がいちだんと周辺に響きわたる。

二人は雷電から爆弾が外され増槽《ぞうそう》が胴体下に吊られているのを目聡《めざと》く発見する。

機動部隊の艦載機に発見されたら、爆装の雷電では速度が遅く逃げきれない。今日の出撃ではまず策敵である。そして敵機動部隊を発見の後には、二人とも空母の飛行甲板に体当たりして艦載機の発着を不可能にすることが狙いである。直上方攻撃の要領で、雷電そのものを爆弾として敵空母の飛行甲板を使用不能にする――というものだ。

——〇五〇〇（午前五時）。

エンジンが唸りをあげ、藤太と越智が雷電に乗り込む。

基地の全員が滑走路の近くまで寄って、声を限りに激励、帽子を振って見送る。

——川西航空機の方から、「川西のおばさん」が駆けつけてくる！

息を切らして、手を振りながら、なりふりかまわず、藤太の搭乗機に走り寄る。

「死んじゃだめッ、死んだらあかんよ！」

だがおばさんの絶叫は、一瞬遅れて、藤太の耳には届かない。

時間にすれば二秒かそこらだろう。藤太は視野の端《はし》におばさんの姿を捉えた。年齢を感じさせない綺麗な女性《ひと》だった。藤太は鳴尾にきて二十歳の誕生日を迎えこれまで禁忌《きんき》としてきた扉の向こう側の娑婆には、美しい花々が咲き競っていることを知った。

——もう思い残すことはない。

雷電二機は砂塵をまきあげ滑走、相次いで離陸——たちまち雲のなかに消える。

雲上飛行での洋上策敵は辛《つら》い。針路二一〇度。西へ向かう。雲の切れ間から太平洋の波頭が見えてくる。足摺岬《あしずりみさき》上空まで来て針路を南に取り、更に東に変えてみる。視界は開けてきたが船団どころか漁船の一隻すら見えない。

——おや？

藤太はその一時間後、左前方約二千メートル、同高度で飛ぶ二番機の異変に気付く。越智・搭乗機の速度が落ち、機体を左右に捻る——エンジン不調の合図《バンク》をしながら、みるみる高度を下げていく。藤太は愛機の速度を上げ二番機の後を追う。立ち直ってくれと念じながらその後尾五〇〇メートルにピタリとつけ機内無線で藤太は声を限りの激励を送るが——雷電は海面に墜落。

——だが流石《さすが》に「サントリー角瓶」を山下飛行長からせしめた越智の見事な着水だ。まるで水上機のようにスーッと白い波の尾を曳《ひ》きずって停まる。

停まった途端、雷電は尾部を高く上げた逆立ちの体勢で、頭部を下に沈みはじめアッという間に海面から姿を消してしまう。雷電を呑《の》みこんだ紺碧の海原は何事もなかったように長閑《のどか》な揺蕩《たゆたい》を繰り返し、藤太はその洋上一〇〇メートルまで高度を下げ戦友・越智の安否《あんぴ》を確認する旋回飛行を続ける。そして間もなく海面下からポッカリ浮上する戦友の無事を見届ける。機内から脱出し怪我も負ってない様子の越智上飛曹はすぐさま泳ぎはじめるから、高知の海岸線まで自力で着けるだろう。それに安堵した藤太は機首を上げ急上昇——単機となって再び策敵を続行する。その越智上飛曹の危機が、数分後の自分の姿になるとは想像もしない藤太である。

室戸岬上空通過、高度二千メートル左に徳島、前方に淡路島を見る航路を北上中エンジンから異音が発生する。

燃料タンクの油圧がゼロに落ちている。ガガガガと金属が擦れ合う悲鳴のような大音響が耳を劈《つんざ》く！　まるで鼓膜に電動ドリルを突き刺される衝撃音だ。潤滑油のポンプも停まり金属部品が擦《こす》れあう高熱からエンジン火災が発生するのは時間の問題だ。

【こちら林・敵を見ず・間もなく淡路島上空・エンジン不調不時着す！】

機内電話にも、電信キーの発信にも返信なし。

高度は下がるばかりで遂に一千《メートル》を切る。失速寸前まで機首を保とうとしたがもう限界だ。エンジンが黒煙を吐きはじめる。左に由良湾《ゆらわん》が迫ってくる。左旋回をして由良港に機首を向ける。水面がかぶさるように接近してくる。

落ち着け！　落ち着け！　そう言いきかせて、操縦桿を手放す。

落下傘バンド、電話コードを首から外す。

落ち着け！　もう一度——わが身に言いきかせ呼吸を整え着水の衝撃に身構える。

ザザザザーと雷電の機首が水面を切り裂く。思ったほどの衝撃はなかった。風防がもろに海水をかぶり行脚《ゆきあし》の止まらぬうちに機首から沈みはじめる。先刻、藤太が上空から眺めた越智上飛曹の搭乗機と同じ光景だ。肩バンドを外し風防に手をかけ思いっきり引く、身を乗り出す——つもりがゴツンと頭部を強打する。風防が一〇《チセン》ほどしか開かない。

だが機体は容赦なくブクブクと沈み……焦った藤太はガブッとばかり、したたかに塩水を呑み込む。沈下する雷電は恐るべき速度である。海面が藤太の頭上からみるみる遠ざかり周りの空間が、緑色から次第に暗い濃紺に変わっていく。風防の両手に両脚で計器盤を踏みつける弾みをつけ思いっきり引いてみる。頭部がかろうじて外に出た。

息苦しくなり、またしても大量の塩水を呑みこんだ。

風防から胸までが出かかった――そこで藤太は気を失う。

気がついたのは由良湾の漁師の伝馬船《てんません》の上である。

漁師に救い上げられ、由良警備隊の手厚い救護で息を吹き返し胃袋から大量の塩水を吐き回復――翌日に鳴尾基地に帰還する。

戦史からは抹消されている幻《まぼろし》の特攻出撃の顛末だ。


終戦に伴う混乱は、藤太の周囲でそれからも続く。

藤太たち鳴尾基地の士官たちが終戦後も基地に留まる背景には、敗戦国の戦力分析を米軍が徹底究明するための協力要請からだ。被・占領側は何事であれNo！と言えぬ立場である。

十月二日。占領軍から「雷電」「月光」に空輸命令がくる。

これは横須賀鎮守府にきた命令で残存する「雷電」を接収するという通告だ。

接収した雷電を横須賀から空母に載せて本国に持ち返り、その性能の秘密を暴《あば》き利するところあらば、米軍で盗用せんという魂胆《こんたん》だろう。

かつて無敵を誇った「零戦」は、こういう彼らの探究心で秘密のベールを剥《は》れている。

「雷電」とくれば、最強軍団だった「三三二空」である。

ところがその旧本陣である鳴尾基地は、九月十七日に関西地方を襲った大型台風の直撃を受けて基地機能は壊滅、残存の雷電は全機が海水に浸かって廃棄処分だ。湾岸という海軍航空基地の利便性が裏目になった。

結局、米軍に接収される雷電は三菱重工・鈴鹿工場にある四機と決まった。

ところがその四機は完成した直後に終戦となり、一度も羽撃《はばた》いてない新品だが、ずっと雨ざらしのままですぐには飛行できない代物とわかった。

——この苦境から、またしても分隊士・藤太たちの戦史に洩れた奮戦が始まる。

すでに離散した三三二空の要員召集と雷電の空輸飛行だけでも大事《おおごと》なのに、占領軍ＧＨＱ本部に出頭しての飛行許可申請や、米軍の Air Technical Intelligence Office という空輸を担当する部署との交渉にも藤太は関わることになる。

本来ならこういう業務は基地司令かそれに準ずる高官の責任だろうが、Ｙ中佐との接触などが困難な状況では仕方がないのだろうと、藤太はさばさばとした気分で難艱《なんかん》と屈辱に対峙する肚《はら》をきめる。

十月二十二日。鳴尾基地が米軍に接収される。

それからの約一週間、鳴尾基地と雷電に関わった人々の努力の結実が——人知れぬ伝説となった。その事実は彼ら自身のひそやかな矜持《きょうじ》にもなったと信じたい。

雷電の全四機が完璧に甦り、その爆音を轟かせ三菱の鈴鹿工場を離陸して帝国海軍航空隊の最期をしめくくる花道を飾る——。

雷電の機体にはすでに日の丸が消え、手足（機銃・通信機）は捥《も》がれたものの、劣悪な条件下で整備作業に心血を注いだのは神業《かみわざ》に近い日本人の技術、操縦する歴戦のパイロットも全員が苛酷な空戦を生きのび、青春のさなかにある日本の若者たちだった。

米軍のアベンジャー雷撃機四機の髄伴する雷電隊は、まさに威風堂々《いふうどうどう》の勇姿で晩秋の空を高度二五〇〇《メートル》時速約三〇〇《キロ》で翔《と》び、一機の落伍もなしに横須賀に着陸する。

昭和二十年十一月三日のことである。

雷電の一番機を操縦した林藤太《はやしふじた》大尉は、五年前のこの日に憧れの海軍兵学校の合格通知電報を受け取っているから、まるまる五年間の海軍生活をこの日に終えることになる。

——まだ二十一歳という若者の、なんと波乱万丈の青春であったろう。

（完）

【参考文献】

「海軍兵学校出身者の戦歴」　後藤新八郎　原書房
「局地戦闘機・雷電」　渡辺洋二　文春文庫
「日米空戦記・撃墜」　豊田　穣　光人社
「江田島・究極の人間教育」　徳川京英　講談社
「海軍兵学校・機関学校・経理学校」　秋元書房
「あゝ江田島」（大映映画）監督 村山三男
「海軍」　岩田豊雄
「俺だけの海軍兵学校・岩国分校物語」「丸」所載　菅原完
「写真で読む昭和史・太平洋戦争」　水島吉隆　日経プレミアシリーズ
「B29 the Superfortress」　中野五郎・他訳　産経新聞社出版局
「ミッドウェー海戦」　左近允尚敏　新人物往来社
「藤田隊長と太平洋戦争」　阿部三郎　霞出版社
「七十二期クラス会史抄」
「日本の名機一〇〇選」　木村秀政　他　文春文庫
「祖父たちの零戦」　神立尚紀　講談社
「敷島隊死への五日間」　根本順善　光人社
「海軍用語おもしろ辞典」　瀬間　喬　光人社

その方々は、毎月一度の定例会を――都内某所で続けておられる。

定例会といっても堅くるしいものではなく、昼食をともにしながら歓談してカラオケを楽しんだりする親睦会である。会員の平均年齢が米寿（八十八歳の祝賀）を超えかけているから、これは世間的には老人会と呼んでも失礼には当《あ》たらないだろうが……でも、やっぱりこのグループの紳士諸兄にはどこか老境を寄せつけない精神力の強さがみてとれる。

それはつまり、加齢からくる衰えとの相克《そうこく》が、きわめて自然体で健全なのだろうと思う。それ故に老醜を寄せつけず、人目にさらさない。

今年が終戦七十年という。

先の大戦末期には「義勇兵役法」というのが帝国議会で制定され、男子は十五歳から義勇兵役を課すことを定めた。その当時の十五歳の方ですら八十五歳になられている。七十年もすれば従軍して戦闘を経験した方の多くが、すでに物故者にもなっていよう。

戦友会などの組織も、そのほとんどが高齢化などを理由に解散している。

――ところで、老人会まがいの誇り高き紳士諸兄の正体だが、

「海軍兵学校」の最期の卒業生たちである。

卒業生にふった傍点は「卒業証書」は貰ったが卒業式はしていない――という理《ことわり》だ。一号生徒とよばれる最上級生徒で終戦を迎えているから「永遠の一号生徒」とも言われる第七五期生だ。本編の主人公・林さんの三期後輩になる。

この七五期生が戦後のクラス会を江田島《えたじま》（海軍兵学校の所在地。広島県・江田島市）でやったとき、作家の菊村到《きくむらいたる》氏（「硫黄島」で芥川賞受賞）がその模様を取材している。

（――最も恵まれた戦中派）

（――あの時代にエリートとしてのブリリアント（Brilliant）な青春を生きた）

などと、七五期生と同世代の氏は取材から大層な感銘を受けるのだが残念なことには病没、七五期生との以後の友好は叶わない。菊村氏に代わり――氏の作品「あゝ江田島」を愛読していた私に天恵《てんけい》とも言える偶然が――七五期生・鈴木武士《すずきたけし》兄を引き寄せる。

その鈴木兄の兵学校時代の柔道の好敵手《ライバル》で親友が中村豊《なかむらゆたか》さん（故人）だ。

中村さんは親分肌の好人物で、先に述べた親睦会のリーダー的存在だった。

「Never give up !」の信条どおり癌《がん》などの病魔と壮絶に闘い、八十路《やそじ》の天命をまっとうされた。脳の老化防止にと、毎年新聞に載る大学入試のセンター試験問題に挑戦していたのも懐かしい。英語と数学だけだが八十歳を超えた年齢で英語の八割正解（私が幾度か採点してる）は立派だったし、時間無制限だが数学の九割正解など驚異的だった。

気が付いてみれば私はこのグループの一員となっていて――中村さんの要請で会の会計係と事務局長なる責任を負わされて以来、八年余という歳月が過ぎていた。

昭和十六年の生まれで、大戦の末期にはB29の東京大空襲に遭っている私はグループでは（若手）でも、後期高齢に片足をかけてる年齢、世間的には文句なしの爺《じい》さまだ。

中村さんを欠いたグループだが、ニューリーダー・久保田淳一《くぼたじゅんいち》さんの登場で会の存続は今しばらくは安泰だろうと思う。幸いなことに私は久保田さんとも親交が深い。

――このグループには、七五期では知らぬ者がない三好達《みよしとおる》さんも会員である。海軍兵学校の七五期だけの名声ではない、日本史の年表には内閣総理大臣とともに名を連ねる司法組織のトップにいた方である。

ご本人は飾らない性格の気さくな方であるがふつーの人には近寄り難い存在だ。

その三好さんに、前作『遥かなりわが海軍』（上毛新聞社・刊）に続き、本編でも史実の検証やら表現の適確性などについて懇切《こんせつ》ていねいなご指導をいただいた。

三好さんは今もって硬派の論客として現役だから、その語り口が――まるで機関銃の連射のように淀《よど》みなく滑《なめ》らかだ。戦時下の日常的な状況やら海軍に関する博識、階級差のもたらす言葉遣《づか》いなど、本編で拘《こだわ》った作品のリアリズムにどれほど役立ったことか！

三好さんの卓見《たっけん》を伺うのはカラオケ・タイムに限られ宴酣《えんたけなわ》に背を向け二人でヒソヒソとやるのが常だった。公平に順番がくるカラオケだが、会のマドンナで紅一点・星山《ほしやま》ママのご配慮で私たちはパスする。三好さんは「浪花恋しぐれ」「麦と兵隊」などを熱唱する機会を逸してしまい、申し訳ない反省がある。（ママ）こと星山富子《ほしやまとみこ》さんの人柄も座を潤《うるお》わす存在として貴重な方だ。

昨年秋の定例会のまぎわに中村さんから電話がきた。

――今度の会合で長官に勲章を持参してもらうことになったのでよろしく頼むと言う。三好さんは今でも仲間うちでは（長官）と呼ばれることがある。むろん揶揄《やゆ》ではなく親しみをこめた敬称である。勲章とは言わずもがな勲一等旭日大授章のことだ。中村さんも同期生の誰もが勲章の実物を篤《とく》と拝見してないと言う。勲章自体もさることながら――皇居に参内《さんだい》し今上陛下《きんじょうへいか》から直々に賜ったという、最高裁長官の功績を讃える勲一等とあらば、安易に披露するものではないだろう。

今想うと、電話の用件には中村さんに虫の知らせでもあったのか、勲章と一緒に全員で記念写真を撮りたいというのは切実な願いだったような気がする。

そのときの集合写真が……中村さんの遺影となった。

さらには中村さんの逝去の前――若菜昭二《わかなしょうじ》さんが年明け早々に急逝される。

その訃報もまた会にとっては衝撃だった。

記念写真を撮った例会では「同期の桜」を元気よく歌っていたのに……。

ところで「勲一等」の、豪奢《ごうしゃ》にして華麗《かれい》……重厚なデザインの勲章だが――、この同じ勲章を、昭和三十九年に日本政府が米国の空軍参謀長に航空自衛隊の創設と育成に貢献したとして贈っているのだ。

その空軍参謀長こそがルメイ、大戦当時のルメイ少将である。

日本を焼き払った焦土作戦の指揮官で、広島に原爆を投下したB29「エノラ・ゲイ」もマリアナ基地から発進させるゴーサインを出してる人物だ。

太平洋戦争では制空権を失って敗北したという戦訓もあろう、日本政府としては国防上からも航空戦力の整備は急務だったとしても――終戦後二十年くらいで、大戦末期のあの惨状をケロリと忘れたわけではあるまい。

昭和二十一年に開廷された「極東国際軍事裁判」が公正な審理をしたならば、ルメイは間違いなく、戦争犯罪人の烙印《らくいん》を押されて然《しか》るべき人物なのである。

――不幸にして我が国は厄介な隣人たちと向き合ってる現実がある。

やたらミサイルをぶっ放す北国は論外としても、仏頂面《ぶっちょうづら》が素顔みたいに、何かというと都合のいい「歴史認識」とやらをもちだす方々とのお付き合いがある。

日米同盟の必要性は、それ故に、当面は論を俟《ま》たないであろう。

日米同盟を深化《しんか》させるためにも、盟友には言うべきはきちんと言わねばならない。

「勲一等―」の勲章は、ルメイ自身が欲しがった……との裏話もあるようだが、もしそれが本当なら、当時の担当部署の方には、丁重にお断りしていただきたかった。

ルメイの叙勲を、林さん達の同期生をはじめ靖国の若桜たちはどう思っているだろうか。

過去の戦禍から妙な「歴史認識」を一方的に掬《すく》い上げるのはお隣さんの選択として、私たちは敗戦から続いた混沌《こんとん》のなか、日本人の矜持《きょうじ》を喪《うしな》いかけてる事実に気付かねばならない。

——それがせめてもの、あの方々への鎮魂である。


海軍兵学校物語の完結編が上毛新聞社出版部から刊行となり、出版部の富澤隆夫氏に前作に次いで大変お世話になりました。深く感謝いたします。

平成二十七年五月　著者

押尾隆介（おしお・りゅうすけ）
１９４１年、東京生まれ。自称、海軍兵学校91期生。会社役員。横浜市鶴見区在住。
〈著書〉『あゝ江田島の健男子』『遥かなり わが海軍—青年士官 茂木明治、かく戦えり』

林 藤太氏（左）と並ぶ著者

空ゆかば　海軍航空隊　林藤太大尉の空戦記録

平成二十七（二〇一五）年八月十五日　初版第一刷発行

著　者——押尾隆介

発　行——上毛新聞社事業局出版部
〒三七一－八六六六
群馬県前橋市古市町一－五〇－二一
電　話　〇二七－二五四－九九六六
ＦＡＸ　〇二七－二五四－九九〇六

ISBN978-4-86352-137-7